나의
왼손은 왕,
오른손은
왕의 필경사

한유주는 1982년 서울에서 태어나 2003년 제3회 『문학과사회』 신인문학상(소설 부문)을 수상하며 등단했다. 소설집으로 『달로』와 『얼음의 책』이 있으며, 문학동인 '루'의 멤버로 활동 중이다. 제42회 한국일보문학상을 수상했다.

한유주 소설집
나의 왼손은 왕, 오른손은 왕의 필경사

초판 1쇄 발행 2011년 12월 30일
초판 2쇄 발행 2014년 10월 13일

지은이 한유주
펴낸이 주일우
펴낸곳 (주)문학과지성사
등록번호 제1993-000098호
주소 121-894 서울 마포구 잔다리로7길 18(서교동 377-20)
전화 02) 338-7224
팩스 02) 323-4180(편집), 02) 338-7221(영업)
전자우편 moonji@moonji.com
홈페이지 www.moonji.com

ⓒ 한유주, 2011. Printed in Seoul, Korea
ISBN 978-89-320-2265-9

나의 왼손은 왕, 오른손은 왕의 필경사

한유주 소설집

문학과지성사
2011

토마스 베른하르트에게
y와 k와 b를 위하여

차례

나는 필경……

　나의 왼손은 왕, 오른손은 왕의 필경사. 오늘 왕의 입은 고요하고 왕의 필경사는 왕의 명령을 기다린다. 나의 왼손은 왕, 나의 오른손은 왕의 필경사. 오늘 왕은 피곤하고 왕의 필경사는 제 낯에서 피로를 감춘다. 나의 왼손이 드물게 말하므로 나의 오른손은 드물게 받아쓴다. 나의 오른손이 나의 왼손을 베끼는 동안 왕국은, 몰락의 징후를 드러내거나 혹은, 힘겹게 지속된다. 왕국의 국경이 나날이 수도와 가까워지고 있으므로 적국이 곧 모국인 소문과 풍문 들이 점점 더, 점점 더 크고도 사나운 목소리로 들려오고, 자식들을 모두 잃은 왕의 얼굴은 이미 노쇠한 지 오래. 조상의 초상들이 무겁게 걸려 있는 서재에서 왕이 낮잠을 청한다. 그러나 잠과 꿈은 왕의 명령에 좀처럼 응하지 않고, 필경사는 왕의 곁에서, 아니 왕의 발치에서 머리를 조아린다.

어제도 여전히, 그러므로 오늘도 여전히. 나의 왼손은 왕. 나의 오른손은 왕의 필경사. 필경사가 왕의 말을 길들이는 동안 왕은, 광대들의 입에 물려놓은 재갈을 풀어라, 낮게 명령한다. 광대의 입에서 말이, 말들이 쏟아져 나오고, 왕의 필경사는 왕의 말을 왕의 말들로 오기한다. 그러므로 왕의 마구간은 나날이 비어가고, 사라진 말들의 등마다 신하들의 안장이 얹히는 동안 왕은, 그 모든 광경을 바라보고 또 바라보지 않으면서, 잠들거나 잠들지 않으면서, 왕국의 쇠망을 영원히 유예한다. 왕의 신하들이 왕의 관과 왕의 말과 왕의 의자를 은밀히 탐하는 오늘, 그 사실들을 왕의 귓가에 전하는 이는 왕의 광대들, 왕의 필경사는 유구무언과 묵묵부답을 온몸에 새긴 지 오래, 광대들이 왕의 이마 위에서, 왕의 어깨 위에서, 왕의 손바닥 위에서 광대놀음을 계속하는 오늘, 그들의 농담과 재담과 기담으로 왕국의 마지막 페이지가 채워지리라, 왕은 생각한다.

건기에도 여전히, 그러므로 우기에도 여전히. 나의 왼손은 왕. 나의 오른손은 왕의 필경사. 백성들이 봄이라 부르는 계절이 허망하게 지나갔으므로 왕은 여름 궁전을 향해 떠날 채비를 하라는 명령을 내린다. 낡은 비단옷을 걸친 가신들과 연신 흘러내리는 베일을 걷어 올리는 시녀들이 왕의 명령을 받든다. 왕은 꽃들의 폐허를 가로질러 여름 궁전으로 떠날 준비를 마친다. 은제 접시와 은 촛대, 비단 차양과 비단 베개. 금테를 두른 담뱃갑과 타구. 왕의 사물들이 차례대로 짐마차에 오른다. 붉고 노란 모자를 비뚜름히 눌러쓴 광대들이 앞장서고 그 광경을 지켜보는 왕의 신하들의 얼굴마다 그림자가 켜켜이 고인다. 왕의 신하들이 왕의 말들을 취했으므로 왕은 더 이상 어떠한 말도 소유하지 못한다. 왕의 필경사가 왕의 말을 왕의 말들로 오기했으므로 왕은 더 이상 아무런 말도 소유하지 못한다. 그러므로 왕의 출발과 이동과 도착은 영원히 유예된다. 왕의 여름이 오지 않는다. 왕의 광대와 가신 들, 왕의 시녀와 대신 들의 입에서 일시에 말들이 풀려나오는 순간, 나의 왼손이 나의 오른손에게 말한다.

—네 목을 치고 싶구나.
—그러면 당신은 영원히 침묵하게 될 것입니다.

여름에도 여전히, 그러므로 겨울에도 여전히. 나의 왼손은 왕. 나의 오른손은 왕의 필경사. 나는 두번째 책의 제목을 여전히 결정하지 못했다. 오늘도 여전히, 그러므로 내일도 여전히. 나의 왼손은 왕, 나의 오른손은 왕의 필경사. 오늘이 지난 후에는 내일이 올 것이라는 헛된 믿음을 버리지 못했다. 나는 세번째 책의 제목을 여전히 결정하지 못했고, 어쩌면 첫번째 책의 제목 역시도, 여전히, 결정하지 못한 것이다. 어쩌면 첫번째 책과 두번째 책의 제목은 "불가능한 동화", 세번째 책과 네번째 책의 제목은 "불가능한 동화"일지도 모른다. 지나치게 크거나 지나치게 작은 왕관을 머리에 얹은 나의 왼손은 다섯 명의 광대들을 소유했으므로 왕은 때때로 그들의 놀음에 동참하고 싶어 했던 것. 광대들이 말놀이에 열중하므로 왕의 필경사는 백 년을 하루같이, 하루를 백 년같이, 아니, 하루를 천 년같이 수사와 서사를 혼동하는 것. 여름이 지나면 겨울이 돌아오고 왕의 달력에는 소설과 대설이 동시에 표기되어 있었던 것. 건기에는 쥐들이 왕의 서책들을 갉아먹고 우기에는 표지가 떨어져 나간 왕의 페이지들마다 곰팡이가 푸르게 만개했던 것. 그렇게 왕국의 이야기는 처음도 끝도 없이, 시작도 종결도 없이 영속하는 것. 필경사는 왕의 말을 오기하고 신하들은 왕의 말을 오독하므로 왕은 늘 그들의 목을 치고 싶었다. 왕의 강이 범람하고 왕의 땅이 메마르고 왕의 하늘이 검고도 희게 그늘지는 동안, 왕은 늘 자신의 목을 치고 싶었다. 그러나 나는 오른손을 사용하므로 누군가의 목을 치는 일 역시 나의 오른손이 행해야만 한다. 왼손잡이로 태어나 오른손잡이가 된 나의 오른손은 나의 왼손이 하는 말들을 공손히 받아 적어야만 한다. 왕의 말들이 하나둘씩 왕국의 국경을 벗어나는 동안, 왕의 영토는 지상을 떠도는 모든 이야기들의 출처가 되었던 것. 왕국은 그렇게 영속하고 나의 오른손은, 왼손이 한 일을 오른손이 모르게 하라는 옛 전언을 고스란히 오해한다.

아침에도 여전히, 그러므로 밤에도 여전히. 나의 왼손은 왕, 나의 오른손은 왕의 필경사. 여름 궁전으로 떠나지 못해 권태로운 왕이 서재의 문을 연다. 왕국의 역사서에는 왕의 출생이 기록되어 있지 않으므로 왕의 죽음도 기록되어 있지 않았던 것. 왕이 왕국의 사전을 펼쳐 왕국의 단어들을 열람한다. 옛날 옛적의 선왕들이 차례대로 서기관들의 목을 베었으므로 왕국의 언어는 처연히 부스러지고 바스러지는 메마른 꽃잎들. 왕국의 계절은 각각 봄, 여름, 가을, 겨울의 이름을 내려 받았으나 겨울에도 털외투를 걸친 이들은 왕의 신하들뿐이었다. 곧 먼 나라에서 사신들이 도착할 것이고 왕의 필경사는 사신들을 사신들로 오기할 것이다. 왕국의 사전에는 더 이상 권위라는 단어가 등재되어 있지 않으므로 왕은 권위의 권리도 상실했던 것. 권위라는 글자 위에 섬세하게 음각된 곰팡이들이 하얗고 푸른 꽃을 피웠으므로 왕은 스스로 사신들을 맞을 준비를 행해야 하는 것. 왕의 필경사는 금종이와 은종이를 펼쳐 사라진 단어들의 흔적을 철필로 새겨야 하는 것. 말을 잃은 왕이 말을 잊는 동안 왕의 필경사는 제 손금 위에 왕의 소유였던 말들의 이동 경로를 덧새긴다.

밤에도 여전히, 그러므로 새벽에도 여전히. 나의 왼손은 왕, 나의 오른손은 왕의 필경사. 나는 왼손의 지문을 들여다보며 첫번째 책과 두번째 책, 세번째 책과 네번째 책의 제목을 짓는 일에 골몰한다. 왕국의 사계는 그 경계가 모호하므로 왕의 백성들은 겨울에도 가는 비를, 여름에도 가는 비를 맞아야 한다. 첫번째 책은 겨울, 두번째 책은 얼음, 세번째 책은 소설, 네번째 책은 대설이라 불렸고 왕국의 사계절은 순환하지 않는다. 왕궁의 유리창마다 투명한 얼음 결정이 맺히기 시작했으므로 왕의 가신들은 모두 여름 별장으로 물러간 지 오래, 왕의 광대들만이 짐승의 가죽을 두른 채 끝없는 말놀이에 열중하는 동안, 왕은 왕국의 사전을 펼쳐 영속과 지속이라는 단어들을 지우며 나의 오른손에게 말한다.

—네 목을 칠 것이다.
—그러면 당신은 내일을 맞지 못할 것입니다.

과거에도 여전히, 그러므로 현재에도 여전히. 나의 왼손은 왕, 나의 오른손은 왕의 필경사…… 현재에도 여전히, 그러므로 미래에도 여전히. 내일 나는 텅 빈 페이지에 단 하나의 문장을 적고 그 위에 "불가능한 동화"라고 쓴다. 내일 나는 단 하나의 문장이 적힌 페이지에 두번째의 문장을 적고 그 위에 "불가능한 동화"라고 쓴다. 나의 왼손이 왕궁의 유리창과 왕의 머리칼에 단단히 달라붙은 얼음 조각들이 녹기를 기다리는 동안, 왕의 필경사는 왕이 입을 여는 순간을 고요히 기

16

다린다. 그렇게 나는 내일이라는 단어를 증거하는 것. 나의 왼손과 나의 오른손이 두 줄의 문장이 적힌 페이지에 세번째 의 문장을 적고 그 위에 "불가능한 동화"라고 쓴다. 그렇게 왕과 왕의 필경사는 서로의 목숨을 담보하는 것. 왕국의 사전 에는 끝이라는 단어가 없으므로 왕의 필경사는 날마다 철필 의 끝을 날카롭게 다듬어야 한다.

농담

　누군가는 흡연이라 부르고 누군가는 끽연이라 부른다. 담배 한 개비의 시간, 그렇게 그들은 서로의 시간관을 나누어 가진다. 시간이 연기처럼 흩어진다. 그렇게 말하고 싶지만, 말하지 않는다. 시간과 관련된 모든 표현들은 어쩌면 무용하다.

　누군가는 소모라 부르고 누군가는 소비라 부른다. 누군가는 소진이라 부르고 누군가는 탕진이라 부른다. 그렇게 그들은 서로의 인생관을 나누어 갖는다. 시간을 견디기 위해서는, 아니, 시간의 흐름에 보폭을 맞추기 위해서는 연신 무언가를 입에 넣고 물고 핥고 씹고 삼켜야 한다. 저작(詛嚼)과 저작(著作) 활동이 동시에 일어난다. 혀와 입을 놀릴 대상이 아무것도 없을 때에는 혀로 마른 입술을 축인다. 메마른 입술이 쓰디쓰다. 아니, 메마른 입술이 쓰고 쓴다. 누군가는 삼킨다고 말하고 누군가는 뱉는다고 말한다. 누군가는 토한다고 말하고 누군가는 토로한다고 말한다. 나는—내가 아니다—오랫동안, 먹다의 목적어와 먹히다의 주어가 만들어내는 두 개의 교묘한 문장에 대해 생각해왔다. 먹다와 먹히다는 짝이 맞지 않는 한 쌍의 젓가락처럼 교차된다. 나는 이 글에 등장하는 모든 주어를 삭제하고 싶다. 이 글에 등장하게 될 모든 목적어들 역시도 삭제하고 싶다. 주어는 먹고, 목적어는 먹힌다. 내가 사랑한 목적어, 사람, 문장, 단어 들은 결코 고정되는 법이 없었다. 나는 여전히 나로 불리고 있었다. 그러니 나를 부르겠는가. 당신이 나를 부를 때, 나는 당신을 어떻게 불러야 하는가. 그래도 나를 부르겠는가.

내가 자의적으로 사용하는 몇 개의 단어들이 있다. 예를 들면 저개발 상태, 회랑, 먹어치우다 따위의 단어들이다. 나는 이 단어들을 본래 사용되던 맥락과는 관계없이, 내 뜻대로, 내 것으로 했다. 내가 보고 싶은 것은 하나의 언어 체계가, 아니 어떤 문장들이, 그리고 그러한 문장들을 구성하는 단어들이 도축되는 풍경이었다. 붉고 흰 살점들이 햇빛 아래 혹은 달빛 아래, 아니 한 줌의 빛 없이도, 희고 붉은 살점들이 무참히 혹은 처참히 잘리고 나뉘고 갈라지는 광경을 보고 싶었다. 나는 그러한 단어들을 모아서, 부서지고 흩어지는 하나의 이야기를 쓰고 싶었다. 내가 쓰고 싶은 것이 하나의 이야기였

을까. 혹은 이야기라는 단어 그 자체였을까. 쓰고 싶은 욕망
은 중요하지 않다. 그러한 종류의 희망, 혹은 당신이 욕망이
라고 부르는 것은 누구에게나 있다. 나는 당신의 입을 억지로
벌린 적이 단 한 번도 없다. 차마 그러지 못했다. 간혹 들려
오는 당신의 말들을 허영의 표정을 감춘 겸손함으로 말없이,
그래, 말없이 받아 적었고, 그 말들을 온전히 내 것으로 했
다. 내가 당신, 당신들의 말들을 훔치고 감추고 베끼는 과정
을 나는 솔직하게 혹은 적나라하게 드러낸다. 이 글은 그러한
방식으로 쓰인다. 그러므로 나의 문장들은 당신의 문장들과
같은 기원을 갖는다. 이 글과 나는 일종의 가지런한 혼란 상
태에 머물러 있다. 이러한 혼란을 기술하기란, 묘사하기란,
설명하기란 불가능하지 않다. 곤란을 겪을 뿐이다. 혼란에 대
해 쓴, 그보다는 혼란스러운 방식으로 쓰인 문장들이 하나의
이야기로 읽히기를 바라는 희망을 나는 버리지 않는다. 그보
다는 오히려, 희망이라는 단어를, 혹은 욕구라는 단어를 오독
오독 씹어 삼키고 싶다. 내가 먹어치운 당신의 말들, 고착과
도착, 어린 나는 말이 없었다. 나의 부모는 내가 자폐 증상을
보인다고 생각했다. 그들은 내가 지나치게 말이 없다고 말했
다. 나는 아무 말도 하지 않았다. 지나치게라는 단어가 부사
의 한 종류라는 것을 그때 알 수 있었지만, 자폐라는 단어의
뜻을 깨닫지 못했으므로 그들의 진단에 대해서도 답하지 않
았다. 아무 말도 하지 않음으로써 나는 어떠한 상태가 끝없이

유보될 수 있다는 사실을 깨달았다. 부모는 내게 입을 열기를 요구했고 나는 나의, 혹은 그들의 욕구에 불응했다. 나는 포유동물로 태어났고, 그것은 내가 나 자신에 대해 의아함을 품을 수밖에 없던 단 하나의 사실이었다. 다른 많은 사람들처럼 나 역시도, 내가 나인 것이 불편했고, 내게도 존재라는 단어가 존재한다면, 내가 존재한다면, 그 존재를 증명하는 일을 영원한 답보 상태에 머물게 하고 싶었다.

그러나 그것은 말처럼—문장처럼—쉬운 일은 아니었다. 시간이 지나갔고, 시간이 지나갔다. 나는 지나치게 많은 사물들을 소유했고, 지나치게 많은 사람들과 엮여 있었다. 어떤 사물들은 추억을 보증하는 데 사용되었고, 어떤 사람들은 그러한 추억에 분탕질을 쳤다. 나는 일기를 쓰지 않았고, 알고 있던 단어들이 기억 속에서 혹은 추억 속에서 나날이 휘발되어갔고, 잃어버린 단어들의 개수를 더 이상 셀 수 없게 되자 내가 알고 있던 세계가 고요히 무너지는 것 같았다. 나는 내가 갖고 있는 사물들에 어떠한 추억도 덧입히지 않았다. 사물들은 제각기 다른 방식으로 늘 그 자리에 있었다. 잃어버린 물건들은 도처에 있었다. 잃어버린 물건들도 존재하기를 그치는 것은 아니었다. 사라진 것들은 언제고 되돌아온다. 때가 오지 않은 것뿐이다. 이 글을 쓰고 있는 지금도, 문득문득, 휴대용 녹음기를 사야겠다는 생각이 행간의 틈으로 들어온다. 당신의 말들을 받아쓰기 위해서, 음성을 문자로 고정시키기 위해서, 덧없이, 내가 나를 베끼지 않도록, 나는 조그만 녹음기가 필요하다. 모든 물건들에는 가격이 매겨져 있으므로, 지불할 수 있거나 없거나에 관계없이, 필요하거나 필요하지 않거나에 관계없이, 나와 당신은 동류의 사물을 소유할 수 있다. 내가 아직 나였을 때, 그러므로 지금, 나는 가능한 수동적인 몸짓으로, 당신의 필체를 흉내 내기 시작한다. 나는 문맹이 아니며 당신의 글씨는 미로를 닮지 않았다. 그럼에도 불구하고 나는 당신의 필적을 알아볼 수가 없다. 내가 당신에게 건넬 수 있는 사물들의 목록은 다음과 같다:

담배 한 갑, 젖은 탄환, 국자, 반투명 플라스틱 용기, 책, 책들, 『동물로 산다는 것』, 『칼잡이들의 이야기』, 『라루스 사전』, 이가 나간 커피 잔, 『청년 아담』, 붉은 색연필, 『시간과 방』, 칼슘제와 제산제, 모나미 볼펜, 닐 영의 음반, 기타 등등.

나는 의사를 찾아가지 않았다. 과거의 일이다. 희고 검은 의자에 앉아 의사와 마주하는 대신, 나는 신경증 환자들의 상담 사례들을 읽어치웠다. 내가 먹어치운 그토록 많은 사물—생물이 아니다—들을 떠올리지 않으려고 애를 썼다. 오목하게 파인 시간의 구덩이에 몸을 묻고, 절반쯤 매장된 상태로, 착란에 가까운 언어적 상태를 찾아다녔다. 나와 당신은 같은 종류의 증상을 드러내고 있었다. 진단은 무용했다. 나는 말을 잃은 적이 단 한 번도 없다. 나의 말들은 시간의 무덤에 함몰되지 않았다. 그러나 살아 있는 것도 아니었다. 나의 혀는 유순하게 길들여졌고, 입술은 다물렸으며, 귀는 날을 세우지 않았다. 읽고 듣고 말하고 쓰는 것과 굳건히 결탁한 사물들이 언제나 요구되었다. 나는 전등을 켜고 껐고, 햇빛이 비스듬히 들어오는 자리를 찾아다녔고, 그늘에서는 당신들의 그림자를, 응달에서도 당신들의 그림자를, 찻잔 가장자리에 닿았던 입술의 흔적을, 서로 다른 꼬리를 지닌 말과 사물 들의 이동 경로를 보았고, 오기로, 혹은 오기하기 위해 늘 소지하는 만년필을 잊지 않았고, 종이의 매끄러운 표면을, 혹은 종이의 살갗에 대한 비유를, 맨살에 일어난 각질의 거친 표피를 떠올렸고, 수신인과 송신인이 바뀐 편지를 간직했고, 혼란은 가중되었으며, 탕진에 대한 감각을 탕진했다. 그러니 죽어 있는 것도 아니었다. 사물들은 곧 고갈되었지만 단어들은 그렇지 않았다. 아무리 사용해도 그대로였다. 아니다. 문자는 그대로 남았지만 의미의 몸피는 줄어들거나 부풀어 올랐다. 나는 어째서 나인가. 어떤 사람들은 어째서 어떤 사람들인가. 나는 어째서, 동어반복만이 언어의 유일한 윤리라고 생각하는가. 혹은 동어반복적인 답변만을 요구하는 물음만이. 나는 같은 색깔을 지닌 음식들로 식탁을 차리는 버릇을 들였고, 붉은 음식과 검은 음식과 푸른 음식 들이 동시에 한 상에 올라오는 일은 없었다. 나는 사람들을 길고 네모진 식탁에 둘러 앉혔고, 그들은 묵묵히 수저질을 했다. 나는 음식에 독을 풀지 않았고, 실제로도 독을 지녀본 적이 없었다. 식사가 끝나고 나면 나는 그들에게 다소 억지로 농담을 했고 그들은 최소한의 예의로 웃었다. 예의는 윤리와는 관련이 없었고 나는 그들에게 저녁 인사를 건네지 않았다. 내가 제공할 수 있는 사물들의 목록에는 끝이 없었다. 나는 실제로 많은 물건들을 잃어버렸고, 그것들 중 몇몇은 되돌아왔고, 대다수는 내 시야에서 영영 사라졌지만, 그러한 사실에 대해 아쉬움을 토로한 적은 없었다. 모든 물건들은 용처에 따라, 보이지 않는 통행로를 따라 이동한다. 그러니 여름날, 용소에 빠져 죽어간 사람들을 생각해보라. 시간에 대한 물길의 비유를 생각해보라. 소용돌이에 두 팔과 두 다리, 머리채를 사로잡힌 사람들은 되돌아오는 법이 없다. 각기 다른 방식으로 죽은 사람들이 종종 나를 찾아왔으나 나는 그들에게 식사를 대접하지 않았다. 문을 열어주지 않았다. 죽은 사람들은 없는 사람들이었으나 여전히 나는, 죽은 사람들이라는 단어를 알고 있었다. 죽은 사람들이라는 단어는, 다른 모든 단어들과 마찬가지로, 아무리 사용해도 닳아 없어지지 않았다. 나는 그들을 환대하지 않았다. 그럴 수가 없었다. 나는 나를 반복한다. 나도 어쩔 수가 없다.

내가 두번째로 만년필을 잃어버렸을 때, 나는 세번째 만년필을 구하지 않았다. 과거의 일이다. 쓰기와 관련된 사물 하나가 사라졌을 뿐이라고 생각했지만, 적적함을 견딜 수가 없었다. 내가 지녔던 첫번째 만년필과 두번째 만년필은 같은 방식으로 사라졌다. 잃어버린 사물들은 누구의 소유물인가, 나는 궁금했지만, 답을 구하지는 않았다. 나는 만년필을 잃어버린, 아니, 잃어버렸다는 것을 깨달은 곳으로 되돌아가서, 용처라는 낱말과 용도라는 낱말을, 장소라는 낱말과 장송이라는 낱말을 생각했고, 잃어버리다라는 단어가, 사물의 존재에 대한 소유권을 박탈하는 것은 아닐지도 모른다고 생각했다. 나는 나의 세번째 만년필이, 앞의 두 번과 같은 방식으로, 사라지기를 기다리고 있는지도 모른다. 나는 사물에 집착해본 적이 없었다. 더 먼 과거의 일이다. 내가 가진 사물들은 하루가 다르게, 놀라운 번식력으로, 증식했다. 하나의 공산품이 고갈되고 나면 똑같은 종류의 공산품을 얼마든지 구할 수 있었다. 공산품들의 거처와 용처는 동일했다. 나는 나의 번식 불능을 갖가지 사물들로 대체하려고 했음이 분명하다. 증식된 사물들은 결국 장식품이 되었다. 나는 밑창이 닳아빠진 가죽신들을 버리지 않았고, 만족하는 법이 없었으므로, 계속해서 나와 닮은 사물들이 필요했다. 내가 알고 있는 문장들은 번식하지 않았다. 그저 끝없이 나누어지기만 했다. 사람들은 그러한 과정을 언어의 공유라고 불렀다. 나는 쓰고, 당신은 읽는다. 나는 읽고, 당신도 읽는다. 말하고 싶어진 뒤에는 정해진 순번처럼 쓰고 싶어졌다. 이러한 마음의 상태를 어떻게 설명할 수 있는가. 당신을 어떻게 설득할 수 있는가. 당신은 어떻게 설득당하겠는가. 쓰기에 관련된 사물은 언제고 잃어 버릴 수 있었지만, 읽기와 듣기, 말하기와 관련된 사물—사 물인가? 사물이다— 은 철저히 신체에 속박되어 있다. 그러 니 읽고 싶은, 듣고 싶은, 말하고 싶은 의지를 꺾을 수 있을 까. 당신은 의지라 부르고 나는 의심이라 부른다. 당신은 의 심이라 부르고 나는 회심이라 부른다. 우리는 그렇게 서로의 단어를 나누어 갖는다. 그러나 당신은 추억이라 부르고 나는 기억이라 부른다. 우리는 그렇게 서로의 사물을 나누어 갖지 않는다. 내가 가졌던 어떠한 사물도 당신의 기억을 구속하지 않았다. 과거의 일이다. 기억 줄게 추억 다오, 나는 말하지 않았다. 대신 가능한 많은 공산품들을 내가 가진 사물들이 넘 치고 넘치다 못해 나를 질식시킬 지경에 이르렀을 때, 내가 소유한 사물들의 목록을 만들고, 이 사물들을 증여할 사람들 의 계보를 추적해야 한다고 생각했다. 나는 언어적 착란에 도 달한 적이 없다. 단지 늘 착각하고 있었을 뿐이다. 사물들은 신경증을 앓지 않는다. 사물은 말하거나 쓰지 않기 때문이다. 어쩌면 나 역시도. 그들과 마찬가지로. 내가 증여한 사물들이 증오를 안고 되돌아온다. 사물에 의미를 덧칠하는 것은 우리 의 습관이다. 내가 사물이라는 단어에 대해 지금 당신에게 건 넬 수 있는 목록은 다음과 같다:

검정, 스웨터, 꼭지, 쪽지, 펜촉, 금, 잎, 테이블, 날, 칼날, —을,

—를, 하다, 하나, 바구니, 붉음, 검정, 빨강, 검정, 황, 흑,
청, 홍, 주, 자, 의자, 테이블. 쉼표.

언어에는 방향이 없다. 그러나 글은 단일한 방향으로만 쓰인
다. 그러므로 한 번 쓴 문장은 고칠 수 없다. 내가 느끼는 무
의미한—아니, 의미가 없지는 않은—강박은 반복적으로 드
러나고, 스스로를 불편하게 한다. 내가 쓰고 싶었던 문장들은
모두, 오래전부터, 당신들에 의해 쓰였다. 나는 읽어본 적이
없는 문장들을 베끼고 또 베낀다. 쓰고 싶다는 욕망 혹은 욕
구, 혹은 희망마저도 온전히 내 것인지 알 수가 없다. 나는
당신의 말들을 간취 혹은 갈취하지 않는다. 내게는 최소한의
자의식이 최대한으로 남아 있고, 그것이 스스로를, 어쩌면 당
신들을 연신 불편하게 한다. 일종의 질투에 의해 나는, 아직
읽지 않은 당신들의 문장을 받아 적는다. 나의 말들이 사물들
이었다면, 나는 당신에게 나의 말들을 건네고, 잊어버리고,
잃어버리고, 당신의 기억이 흡수된 사물들을 되돌려받을 수
도 있었을 것이다. 사물들이 사라지고 나타나는 방식에 대해
나는 그럴듯한 지도를 그려 당신에게 설명할 수도 있었을 것
이다. 나는 사물들의 이동 경로에 대해 소비보다는 소진이라
는 단어로, 소진보다는 탕진이라는 단어로 설명할 수 있다.
그럼에도 불구하고 사물들이라는 소재는 고갈되는 법이 없다.
아니, 사물들이라는 단어는 절멸하지 않는다. 내가 세번째 만

년필을 소지하게 되었을 때, 나는 일종의 참담한 기분으로, 무엇이든 써야 한다고 생각했다. 아니, 일종의 지루한 의무감으로. 내가 말을 배우기 시작한 이후로. 내가 말에 설득당하기 시작한 이후로. 내가 말과 놀이를 즐기기 시작한 이후로.

세번째 만년필의 잉크를 채워 넣으면서 나는 건조한 펜촉이라는 짧막한 어구가 무엇을 상징할 수 있을지 생각한다. 짖는 법을 상실한 개가 느낄 법한 피곤을 느끼면서 나는 이 글을 계속해서 쓰고 있다. 마른 입술을 축인다. 마침내 의사를 찾아갈 의향을 품었을 때, 나는 그에게 반복해서 되풀이해야 할 말들을 미리 생각했다. 내가 만년필을 소유해야겠다고 마음먹었을 때, 내가 생각했던 것은 만년필로 쓰게 될 문장들이 아니었다. 그보다는 오히려, 날카롭게 다듬어진 촉으로, 누군가를 실제로 아니 물리적으로 찌를 수도 있다는 가능성을 생각하고 있었다. 나는 아직까지 내가 소유한 만년필로 누군가를 찌른 적은 없다. 앞으로도 그렇지는 않을 것이다. 그것은 용기나 호기, 혹은 만연한 두려움이나 처연한 객기와도 관계가 없다. 내가 찌르고 싶던 것이 실존하는 인물—사물이 아니다—인지에 대해서도 알 수는 없다. 나는 의사에게 이러한 이야기를 하지 않았다. 의사가 나를 어떻게 생각할지가 두려웠다. 그것이 지금도 매우 이상하게 여겨진다. 의사에게 털어놓기에 어떠한 종류의 은밀한 욕망들이 더 부끄러운 것인지 알 수가 없다. 아니다. 말로 설명할 수 없는 나의 욕망이 하나의 사례로 굳어지는 것이 두려웠다. 아니다. 부끄러웠다. 나는 항상 사물의 기능적인 측면을 중요하게 생각해왔으며, 만년필이 지닌 두 가지 이상의 기능을 알아보았을 뿐, 누군가를 굳이 찌르고—죽이고—싶었던 것은 아니라는 점을 의사에게 어떻게 설명해야 좋을지 알 수가 없었다. 앞서 말했던가, 나는 문맹이 아니며 적당한 정도의 교육을, 그리고 적당한 정도의 훈육을 받았다. 나는 스스로를 충분히 안전하게 길들일 수 있었다. 그러한 기회가 없지는 않았다. 내가 운을 떼기도 전에 의사가 말하길, 우리는 적당한, 그래, 적당량의 근거도 출처도 없는 희망을 지녀야 한다고 했다. 희망을 지니니, 희망도 사물인가, 내가 물었다. 나는 의사의 대답을 기다렸다. 현재의 일이다.

의사가 대답하기 전에, 나는, 내가 나인 것이 불가해하다고 말할 기회를 놓치지 않았다. 나는 나인 것이 아니라, 당신은 당신인 것이라고, 의사가 말했다. 나와 당신이라는 단어의 영원한 불일치는, 우리의 문법 체계와 호명의 방식을 다시 생각하지 않는 한, 해결되지 않을 것이라고 말했다. 나는 일단 답변을 보류했다. 우리가 시간을 견딜 수 있는 방법이란, 없다고 그는 말했다. 최선의 방법이란 있을지도 모르지요, 혹은 차악의 방법이라도. 그는 덧붙였고, 나는 여전히 아무 말도 하지 않았다. 현재의 일이다. 그러니까, 시간 말이에요, 나는 비교적 자세히 시간을 파악할 수 있었어요, 시간이라는 단어는 공간이라는 단어보다 한정적이지요, 선형적으로 흘러가는 것들은 하나하나의 지점들로 생각될 수 있어요, 하지만, 그래요, 동시에 아니 불시에, 수만 가지의 방향을 갖는 공간은 어떤가요, 길을 잃지 않으려면 무엇을 움켜쥐고 있어야 하나요, 내가 아직 어렸을 때, 열 살이 되기 전의 어느 밤들, 나는 몽유병을 앓은 적이 있었어요, 몸이 아프지는 않았으니 그것도 병이라 부를 수 있을까, 아이가 자라고 나면 더 이상 몽유병은 나타나지 않지요.

내가 기억하는 발병의 밤은 두 번이다. 나는 5층 아파트의 5층에 살고 있었고, 햇빛이 균일하게 아니 균질적으로, 아니 고질적으로 들어오는 작은 거실 바닥에 앉아 설탕과 소금을 쏟아놓고, 뒤섞은 뒤, 설탕에서 소금을, 아니, 설탕에서 소금을 골라내는 작업에 열중하기를 즐겼다. 나는 그것을 놀이라 불렀고, 부모는 나의 놀이 과정을 지켜보지 않았다. 빛과 어둠, 소금과 설탕은 모두 백색의 사물들이었으나 어둠 속에서는 그것들을 분간할 수 없었다. 바닥이 끈끈해지면 장판 바닥을 걸레로 훔쳤다. 바닥을 훔치다니, 바닥도 사물인가, 어렸던 나는 묻지 않았다. 바닥은 사물이었고, 바닥은 여전히 바닥이었다. 그러므로 바닥과 관련된 모든 비유를 나는 이미 알고 있었다. 그보다는 어떠한 작동 원리에 의해 그 모든 비유들이 본래의 사물을 대체하게 되는 것인지, 묻고 싶었다. 바닥에 엎질러놓은 소금과 설탕을 서로 분리하는 일은 겉보기

처럼 불가능하지는 않았으나, 다량의 시간이 소요되었다. 나
는 모래시계와 소금 인형을, 해시계와 설탕물을 동시에 생각
했고, 그러다 잠이 들었고, 잠에서 깨어나면 입가가 끈적끈적
하게 젖어 있었다. 낮잠 뒤에는 밤잠을, 밤잠 뒤에는 낮잠을.
나는 두 번, 잠에 취해 헛소리를 지껄이는 채로, 집 안에 숨
겨진 의외의 장소에서 발견되었다. 한 번은 건물의 외부에 위
치한 쓰레기 소각장으로 연결되는, 좁은 통로에, 머리통을 밀
어 넣으려 애쓰던 채로, 다른 한 번은, 불도 켜지 않은 화장
실에서, 세면대에 기대어, 물을 틀어놓은 수도꼭지에, 역시
머리통을 집어넣으려 안간힘을 쓰던 채로. 나는 부모의 얼굴
을 멀거니 올려다보았고, 그들의 얼굴에 어린 표정이, 깜짝
놀란 그것이었다는 사실을, 뒤늦게 알아차렸다. 과거의 일이
다. 나를 깨우기 위해, 그들이 내 뺨을 서너 번 때리고 난 후였
다. 내가 그날, 그 시각, 부모에게 늘어놓았던 말들은 다음과
같다:

아니다. 기억나지 않는다. 그 두 번을 제외하면, 나는 발견
된 적이 없었으므로, 내가 또 다른 어느 밤에, 집 안을, 그리
고 집 밖을, 어떤 궤적을 그리며 잠의 영역 표시를 하고 있었
는지는, 알려지지 않았다. 그때 했던 말들을, 기억할 수 있다
면, 나는 더욱더 진지하게, 어떠한 착란 상태에 도달하는 것
이 가능했을까요, 나는 질문했다. 사물들은 의식을 갖지 않아

요, 정신이 잠들어 있는 몸은 하나의 사물과도 같지요, 나는 이동하고, 발견되지만, 사물이었던 내가 만들어낸 흔적들을 되찾을 수는 없었어요, 나는 5층 베란다에서 지상으로, 혹은 빨래 건조대 밑에 자리한 쓰레기 배출구로, 발 딛지 않고 미 끄러져 내려갈 수 있었을지도 모르지요, 모든 사물들은 이동 해요, 언어는 교환되지요, 내가 하는 말들이 어떻게 들리나 요, 당신이 나를 진단하나요, 당신은 어떤 언어로 처방전을 쓰고 있나요.

다른 사물이 되겠다면, 다른 하나의 사물이 되어야 한다면, 그럴 수 있다면, 무엇을 택하겠느냐고, 의사가 묻는다. 하나 의 권총이 되겠다고, 나는 대답한다. 권총은 스스로를 살해하 지 못하지요, 의사가 말했다. 내가 당신을 당신이라 부르고, 당신이 당신을 나라고 부를 수밖에 없으니까요.

사실 나는 하고 싶은 말이 아주 많거나, 아주 적거나, 아 니, 정도를 가늠하기 이전에, 하고 싶은 말이 있거나 혹은 없 거나 했지만, 말을 하고 싶다는 것은 쓰고 싶다는 것과 달라 서, 오문과 비문을 끝없이 웅얼거리는, 혀를, 아니, 혀로 말 하는 사람은 없지, 내가 지닌 모든 발성기관들—사물이다— 을 폐기할 수 있기를 바랐고, 아니, 바라지 않았다. 무엇이, 아니 무엇을, 내가 원하는지를, 문장이 문장을 낳고, 아니, 문장 스스로가 살아 움직여, 사산하더라도, 하나의 문장이, 다른 하나의 문장을, 스스로, 쓸 수 있기를 바랐고, 아니, 바라지 않았다. 살아 있지 않은 것들이, 그러니까 무생물들이, 곧 사물들이라면, 언어가 스스로, 그래, 스스로, 진화하거나 퇴화하거나, 그러한 인과를, 나는 부정할 수가 없었다. 그렇기를 나는 바라면서도 바라지 않았다. 앞의 바람을 당신은 진심이라고, 뒤의 바람을 당신은 내심이라고 부른다. 나는 무엇도 기다릴 수가 없었고, 미래를 저당 잡힌 사람의 표정으로, 내가 소유하게 될 사물들의 행방에 대해, 의문을 품었고, 기다리다라는 동사는 영원히, 제 목적어를 상실했고, 그렇거나 그렇지 않거나, 영원히, 이접과 연접을, 접속사들로만 이루어진 사물들 간의 관계를, 나는, 파악해야만 했고, 그것만이 내가 나를, 나인 내가 당신을, 견디는 방법이었다. 내가 계속해서 같은 말들을 강박적으로 반복적으로, 되돌아오고 되돌아가는 말들을 되풀이하는 까닭에 대해, 아무리 공을 들여 당신에게 설명한다고 해도, 나의 언어와 당신의 언어는, 언어라는 단어를 분명 공유하고 있음에도 불구하고, 언어에 대한, 나에게서 당신에게로의 소유권 이전이 쉽지는 않았고, 소유격이라는 문법의 상황이 변하지 않으므로, 나는 더 이상 자력으로 변호할 수가 없다. 언어를 소유하다니, 언어도 사물인가, 나는 문득 쓰기를 멈추고 당신에게 묻는다.

농담하는 법을 가르쳐주세요, 내가 말한다. 어떤 말이 농담인지 아닌지는 화자와 청자의 합의에 의해 결정되지요, 의사가 말한다. 이것은 그것인가요, 저것이 그것인가요, 내가 묻는다. 그것이 그것이지요, 의사가 대답한다.

나와 사물들 간의 소모전이 계속되고 있었다. 스스로도 알아볼 수 없는 필적으로 사물들에 대해 무용한 문장들을 쓰기 시작했다. 그것은 일종의 받아쓰기였다. 내가 일곱 살이 되었을 때, 나는 매일 받아쓰기를 했다. 1번과 2번, 3번과 4번, 당신의 입에서 들리게 될 단어들을 기다리는 짧은 시간 동안 나는 긴장한다. 연필을 움켜쥔 오른손으로 습자지 위 낮은 허공에 글자 쓰는 시늉을 한다. 나는 무릎과 무릅을 혼동했다. 손바닥을 맞았다. 그 뒤로 무릅쓰다, 라는 단어를 배운다. 과거의 일이다. 무릅쓰다라는 단어에도 쓰다가 포함되어 있었다. 현재의 일이다. 나는 무릅쓰다라는 단어가 무척 이상하게 여겨졌어요, 메마른 입술이 쓰디쓰다라는 표현도 그러했지요, 내가 의사에게 말한다. 기를 쓰다라는 표현은 또 어떤가요, 애를 쓰다라는 표현은요, 나는 덧붙인다. 내가 당신이라면, 동음이의어들보다는 이음동의어들을 찾아내는 데 열중하겠어요, 의사가 말한다. 쓰다,에는 여러 가지 의미들이 있지요, 당신은 단순히 그러한 의미들을 혼동하고 있는 것뿐이에요, 의사가 말을 잇는다. 나는 고개를 젓는다. 그런 것들은 없어요, 백색과 흰색은 서로 완전히 다른 거예요, 그건 검정과 하양이 다른 것과 같은 방식으로 다른 거예요, 내가 말한다. 의사는 잠시 아무 말도 하지 않는다.

당신은 회랑과 낭하의 차이를 알고 있나요, 나는 질문했다.

나는 태어나면서부터 창문이라는 단어를 알고 있었던 것처럼
여겨져요, 나는 말했다. 나는 실제로 회랑이나 낭하를 본 적
이 없어요, 짐작할 뿐이에요, 나는 덧붙였다. 회랑이나 낭하
는 둘 다 복도와 비슷한 어떤 공간을 지칭하는 단어들이에요,
의사가 말했다. 그러면 당신은, 회랑과 낭하와 복도의 본질적
인 차이를 알고 있나요, 그릴 수 있나요, 그리지 않는다면 어
떻게 설명할 수 있나요, 내가 말했다.

이것이냐, 저것이냐. 그것이다. 내가, 아니 우리가 공유하
는 언어라는 단어가, 내가 언어라 부르고 당신 역시 언어라
부르는 것이, 혹은, 내가 삶이라고 부르고 당신 역시 삶이라
부르는 것이, 한 줌의 재 혹은 기억 혹은 추억 혹은 회억에
지나지 않을지라도, 우리는 여전히, 견뎌야만 했다. 스스로를
소진하는 것, 주어가 적의 위치를, 목적어 역시 적의 위치를
차지하는, 거칠 것 없는 공방전을 계속해야 했다. 펜을 꺾는
다는 표현에 대해 생각하지 않고, 내가 믿었던 일말의 의심
과, 알아볼 수 없는, 읽어낼 수 없는, 의지나 능력의 문제가
아닌, 결국에는 모든 글자들이, 시간과 사간, 내가 마침내 예
의와 예외와 예우를 구분하게 되었을 때, 존재하는 모든 언어
적 관습과 습성을, 자발적으로 포기할 수 있다면, 내가 알고
있는 모든 단어가, 문장이, 표현이, 상용어가, 일상어 들이,
낱낱이, 고갈되기를, 나는 기다렸다. 과거의 일이다. 내가 더
이상 어떠한 잘못된 언어도, 당신에게 수줍게 내밀지 않을 수

있도록, 도와주세요. 농담하는 법을 가르쳐주세요. 더 이상 아이가 아닌 내가 말한다.

모든 것이 중력의 문제였다. 지구상에서 하나의 의미를 다른 의미로 잡아매는 것은 가능하지 않았다. 그토록 바라던, '바라다'라는 의미를 지닌 지구상의 모든 말들이 전부이면서 각각인, 그러나 하나인 의미로 수렴되는 것은 가능하지 않았다. 그럼에도 불구하고 내가 나를 의미하도록, 지겹지만, 내가 나인 것에 대해 확신할 수 있도록, 그러면서도 내가 당신을 의미할 수 있도록, 도와주세요. 내가 말한다.

다른 사람이 되어보는 것은 어떤가요, 의사가 말한다. 당신은 하나의 사물이 될 수 없어 다른 사물도 될 수는 없으니까요, 그가 덧붙인다. 당신은 당신이 되는 거예요, 문자 그대로. 그래서 나는 당신의 처방전을 베껴 쓰기 시작했다.

백 권의 책. 나는 버릴 책들과 남길 책들, 그 사이에 있는 책들, 즉 팔아치울 책들의 목록을 작성했다. 그러나 버릴 책도 남길 책도 없었다. 책들은 무작위로 추려졌다. 헌책방 주인은 직접 나의 집을 찾아오는 수고를 감수했다. 나는 사과 상자와 감자 상자에 책들을 나누어 담아놓았고, 그 상자들을 문 앞까지 날랐고, 책방 주인에게 커피와 사과를 대접했다. 그는 몇 장의 지폐를 세어 사과 조각이 말라붙은 식탁 유리 위에 내려놓았다. 그와 나는 인사를 교환했다. 나는 5층 집의

5층에 살고 있었고, 책들로 가득한 상자는 무척 무거워 보였고, 상자 두 개를 동시에 힘겹게 안고 있는 책방 주인의 얼굴을 보았지만, 나는 그저 잘 가시라는 인사를 전한 뒤, 현관문을 닫아 잠갔다. 내게 빚으로 남겨졌던 책들이 사라지고 난 책장 앞에 서서, 나는 물건을 사고파는 과정에 대해 생각했고, 내가 방금 판매한 책들에 묻어 있는 나의 기억들을 고려할 때, 팔아치운 책들도 여전히 나의 소유인가 아닌가에 대해 생각했다. 그 뒤 나는 여전히 생각에 잠긴 채로, 주방으로 가서 전기 포트에 물을 끓인 뒤, 커피를 만들어 마셨다. 식탁 위에 놓인 지폐를 셌다. 오후 4시였다. 나는 식탁 끄트머리에 앉아 텔레비전을 보면서 새벽 4시가 되기를 기다렸다.

새벽 4시가 되었다. 나는 옷을 갈아입고 모자를 쓴 뒤, 지폐를 주머니에 넣고 집을 나섰다. 비는 오지 않았다. 새벽의 대기가 서늘했다. 버스가 다니지 않아 택시를 탔다. 어디까지 가시냐는 택시 기사의 말에 꽃 시장까지 가신다고 대답했다. 기사와 나는 라디오의 새벽 방송을 들으며 각각 두 개비씩의 담배를 피웠다. 택시 기사는 침묵으로 일관했지만, 두 대째의 담배를 피우고 난 뒤 불만 섞인 목소리로 내년부터는 법적으로 택시 내 흡연이 금지될 것이라는 말을 했다. 그의 말은 비문이었지만 나는 그 말의 문법적 오류를 지적하지 않았고, 내가 그렇게 하지 않았다는 사실이 순간, 묘하게 느껴졌다. 새벽의 택시는 시속 160킬로미터로 달려 순식간에, 아니, 담배

두 개비의 시간을 지나, 나를 꽃 시장 앞에 내려놓았다. 나는 주머니에 넣어둔 지폐들 중 몇 장을 택시 기사에게 건네주고는, 어둠에 잠긴 채 한껏 불을 밝혀 외곽선을 흐린 듯 드러내고 있는 장방형의 건물 출입구로 걸어갔다. 만개한 꽃들이 불빛 아래 그윽하게 아니 그득하게 쌓여 있었다. 건물 바깥에서는 무채색의 세계가 고요히 썩고 있었다. 나는 꽃을 가득 담은 수레를 지닌 사람들과, 빈손의 사람들과, 풍선처럼 풍성한 몇 다발의 꽃을 품에 안은 사람들이 지나다니는 출입문 한쪽에 서서, 꽃들을 경계로 나누어지는 두 개의 다르고도 같은 세계를 잠시 관찰했다. 형형색색의 꽃들, 다채로움, 풍성함, 겹꽃과 홑꽃, 줄기와 대궁, 기화요초들, 접붙이기와 정받이하기, 내가 꽃에 대해서 알고 있는 말들은 그다지 많지 않았다. 나는 내가 보고 있는 장면을 묘사하기를, 하나의 일상적인 광경을 스스로에게 설득하기를 문득 포기했다. 과거의 일이다. 잠이 부족했는지 졸음이 쏟아졌지만, 잠들지는 않았다. 나는 남아 있는 지폐를 센 뒤, 수첩을 꺼내 다음 상담일을 확인했다. 한 시간 반씩 두 번의 상담 일정이 남아 있었다. 나는 지금까지 세 명의 의사들을 찾아갔다. 나는 그들에게 같은 말을 했고, 그들은 내게 각기 다른 말을 했다. 상담이 진행되는 시간들마다 나는 그들이 하는 말의 문법적 오류들을 일일이 지적하고 싶어졌고, 손톱 밑을 다른 손톱 끝으로 세게 누르면서, 짧고도 균일한 아픔이 그러고 싶은 마음을 사그러뜨리기를 바랐다. 나도 입을 열 때마다, 역시 오물이, 아니 오문이 쏟아져 나왔고, 나는 입을 열지도 닫지도 못한 채 의사의 눈길을 피했다. 입이 있으면 말을 해봐, 나는 스스로를 다그쳤다. 과거의 일이다. 나는 내가 당신이라 부르고 당신이 나라고 부르는 어떤 사람, 하나의 사물이 아닌, 철저히 어떤 사람이었다. 사물들은 낡고, 사람들은 늙는다. 어떤 나라의 언어에서는 낡음과 늙음을 동일한 형용사로 표현한다. 나는 낡아가는가, 혹은 늙어가는가. 진료 기록 카드에 주민등록번호를 적으면서, 내 생일이 표기법에 따라 회문을 이룰 수 있다는 것을 깨달았다. 내 이름도 마찬가지였다. 나는 내가 나인 것이 지겨웠지만, 이 지겨움을, 온몸의 혈액을 타고 흐르는 유기적인 지겨움을, 몸 밖으로 떼어내기란 요원했다. 과거의 일이고, 현재의 일이다.

나는 한 다발의 장미를 샀다. 붉은색과 흰색이 섞여 있었다. 나는 장미의 수를 셌다. 서른 송이였다. 지폐를 세어 꽃을 파는 상인에게 건네주고 뒤이어 장미 다발을 넘겨받는 과정은 간결했다. 연보라색이나 검은 장미는 팔지 않느냐고 물었더니 품귀라고 했다. 나는 나와 상인의 대화에서 아무렇지도 않게 불거지는 문법적 오류들을 하나하나 지적하고 싶었지만 그러지 않았다. 나는 입을 반쯤 벌린 꽃봉오리들의 향기를 맡았다. 아니었다. 거의 아무런 냄새도 나지 않았다. 꽃대를 감싼 신문지를 헤쳐 가시를 찾았다. 가시는 없었다. 상인에게 그 까닭에 대해 물었더니 내가 산 장미들은 개량종이라고 했다. 나는 더 이상 아무것도 묻지 않았고, 그 순간, 물음과 묻음의 동사형에 대해 생각하고는 곧 잊어버렸다.

건물 밖으로 나왔더니 날이 밝고 있었다. 나는 부드럽고 약한 꽃잎이 햇빛의 무게에 눌리지 않도록 꽃다발을 소중히 품에 안았다. 건물의 외벽에 커다랗게 걸린 전광판이 가리키고 있던 것은 5시 15분의 붉은 시각, 그리고 섭씨 17도였다. 나는 17분이 될 때까지 기다렸다. 2분이 지났다. 졸음이 지속적으로 찾아왔으므로 차라리 꽃을 베고 잠들고 싶었다. 나는 꽃이 사용될 수 있는 여러 종류의 방식들에 대해 생각했다. 식용 장미를 키운 적이 있었다. 아니다. 먹을 수 있는 장미 묘목을 키우려고 했던 적이 있었다. 그러나 꽃봉오리가 채 올라오기도 전에 줄기부터 썩었다. 나는 창가에 올려둔 화분을 그대로 방치했다. 방치하다라는 동사에는 이미 그대로라는 부사가 들어 있다. 아니다. 이에 대해서는 알 수 없다. 나는 정확한 표현을 찾기 위한 노력을 그만두게 될 것이다. 미래의 일이다. 아니다. 과거의 일이기도 하고 현재의 일이기도 하다. 정확한 표현이란 불가능한 단어이다. 아니다. 단어 그 자체로는 가능하지만, 어떤 것을 정확하게 표현하기란 불가능한 행위이다. 그러한 표현들은, 설령 가능하더라도, 개인의 사전을 구성하는 데만 사용될 수 있을 뿐이다. 의사들이 상담 기록을 돌려주지 않았으므로 나는 화가 났다. 그러나 화를 내지는 않았다. 겉으로 보이기에 나는 화가 난 사람 같지는 않았다. 나는 속으로 화를 삭이면서, 화라는 단어가 어디에 귀속되는 것인지를 생각했었다. 나는 늘 일반적인 감정들을 설명하는 데 곤란을 겪었다. 감정의 어떠한 영역들은 결코 일반적이라 말할 수 없었고, 감정이 이동하는 방식을, 감정의 상대적으로 비교 불가능한 부분을, 절대적으로 사적인 부분을 말로 표현하는 것은 어려웠다. 누군가는 기쁨이라 부르고 누군가는 슬픔이라 부른다. 누군가는 즐거움이라 부르고 누군가는 서글픔이라 부른다. 그들은 그렇게 서로의 감정을 나누어 갖지 않는다. 누군가는 회랑이라 부르고 누군가는 복도라 부른다. 그들은 그렇게 서로가 보는 대상을 나누어 갖지 않는다. 어떤 사건들은 치명적이었고 다른 어떤 사건들은 운명적이었다. 사람들이 하나의 사건에서 비극과 희극을 동시에 볼 때, 그것은 어떻게 기술될 수 있을까? 나는 여전히 휴대용 녹음기가 필요했다. 당신과 당신들의 목소리를 녹음하고, 그 위에, 위에라니, 목소리도 방향성을 갖는 사물인가, 그렇지 않더라도 그 위에, 나의 목소리를 덧입히고 싶었다. 누구나 자기 자신이 되는 순간들이 있다. 그러한 순간들은 드물게 찾아왔지만, 전혀 일어나지 않는 일은 아니었다. 나는 지금도 앞으로 돌아가고 싶다. 처음부터 모든 문장들을 고쳐 쓰고 싶다. 처음부터 모든 문장들을 부정문으로 바꾸어 쓰고 싶다. 처음부터 모든 문장의 문법적인 오류들을 찾아내고 싶다. 현재의 일이다. 나는 여전히 앞으로 돌아가고 싶다. 처음부터 모든 문장들을 삭제하고 싶다. 처음부터 모든 문장들을 지워 버리고 싶다. 처음부터 모든 문장들을 먹어치우고 싶다. 그리고 문장들이 모두 사라지고 난 뒤의 풍경 혹은 백지 위의 폐허를, 지우다 남긴 한 줌의 문장부호와 모음 들을 보고 싶었다. 과거의 일이다. 기억을 새기다, 라는 표현을 나는 항상 묘하다고 생각했다. 정신을 차리다, 라는 표현도 마찬가지였다. 나는 꽃을 단단히 끌어안았다. 대로변으로 나가 간신히 오른손을 들어 택시를 잡았다. 택시가 발치에 와 섰다. 뒷좌석에 몸과 꽃을 구겨 넣은 뒤 어디까지 가시냐는 택시 기사의 말에 어디까지 가신다고 대답했다. 농담은 아니었다. 택시 안에서 잠시 졸았다. 꿈은 없었다. 아니다. 꿈을 꾸지 않았다. 아니다. 꿈을 꾸었을지도 모르지만 기억나지 않는다. 현재의 일이다. 집으로 돌아와 모자를 벗은 뒤 탁자에 장미 다발을 올려놓았다. 날이 밝았고 비는 오지 않았다. 커피를 끓여 마시고 다시 잠들었다.

잠에서 깨어보니 날이 저물고 있었다. 여전히 비는 오지 않았다. 어째서 모든 날씨는 흐리거나 맑은가. 비가 오거나 비가 오지 않는가. 커피를 마시고 사과를 먹었다. 사과를 씹는 소리가 집 안에 울렸고, 나는 그 소리가 아삭아삭과 비슷한지 사각사각과 비슷한지 잠시 생각했다. 책장에는 백 권의 책이 사라진 자리마다 그새 먼지가 쌓여 있었다. 마시다 남은 커피를 개수대에 버렸다. 책장의 먼지를 손가락으로 문지르며 나는 시간에 대한 먼지의 은유를 떠올렸다. 이본과 복본을 갖는 사물들처럼, 어떠한 은유와 비유는 그에 꼭 맞는 한 무리의 단어들을 지니고 있었다. 나는 이미 오래전에 발견된 그러한 표현들을 남몰래 질투했다. 표현들을 질투하다니, 표현들은 사람도 사물도 아니었지만 그것들과 크게 다르지도 않았다. 시계를 보니 9시 반이었다. 나는 다시 모자를 쓰고 꽃다발을 품에 안고 찻잔 바닥에 고여 있던 한 모금의 커피를 마신 뒤 집을 나섰다.

내가 사는 집과 번화가는 불과 몇 블록 떨어져 있지 않았다. 몇 개의 횡단보도를 건너자 나를 지나치는 보행자들이 급속도로 늘어났다. 나는 주위를 살폈다. 익숙하다면 익숙하고 낯설다면 낯선 거리가 간판불과 가로등 빛을 받아 둥글고 희미하게 부유하고 있었다. 나는 불이 꺼진 악기점 앞 계단에 앉았다. 꽃다발을 한쪽에 내려놓고 집에서 가져온 판지를 발치에 세웠다.

장미를 팝니다.
장미를 팔고 있습니다.
장미를 판매합니다.
장미를 판매하고 있습니다.
장미를 사세요.

장미를 사시겠습니까.

장미를 사지 않아도 좋습니다.

날이 완전히 저물었으므로 휘황한 거리의 불빛 아래에서도 꽃들은 그저 붉고 흰 덩어리들로만 보였다. 나는 내 앞을 지나가는 행인들의 수를 셌다. 그러자 졸음이 쏟아졌고, 나는 억지로 두 눈을 뜨고 전방을 응시했다. 마침내 한 쌍의 남녀가 다가와 장미를 팔고 있느냐고 물었다. 나는 장미를 팔고 있다고 대답했다. 그러자 그들은 장미 한 송이의 값을 물었다. 나는 순간 대답하기를 망설였다. 장미의 가격을 미처 생각하지 못했던 탓이었다. 나는 그들에게 한 송이의 장미를 거저 주었다. 붉은 장미였다. 내가 여자의 손에 장미를 건네며 했던 말은 다음과 같다:

아니다. 기억나지 않는다. 내 몸의 왼쪽에는 여전히 스물아홉 송이의 붉고 흰 장미들이 놓여 있었다. 손님을 기다리는 일이 무료하게 느껴졌으므로 나는 흰 장미 한 송이를 집어 꽃 잎들을 한 장씩 떼어내며 점을 쳤다. 비가 올 것인가, 오지 않을 것인가. 비가 오지 않을 것인가, 올 것인가. 꽃잎을 절반가량 뜯어냈을 때 다른 한 쌍의 남녀가 다가와 장미를 팔고 있느냐고 물었다. 나는 그렇다고 대답했다. 그들은 장미 두 송이의 값을 물었고, 여전히 장미의 가격이 매겨지지 않았으므로, 나는 그들에게 붉은 장미 한 송이와 흰 장미 한 송이를 거저 주었다. 그들은 고맙다는 말을 세 번 했다. 뭘요, 천만에요, 아무것도 아니에요. 나는 세 번 응답했고, 마지막 순간, 아무것도 아니라는 말이 의아하게 여겨졌는데, 아무것도 아니라는 말이 의미하는 것이 아무것도 없기 때문이었다. 내가 판매한 세 송이의 장미들이 어디로 가고 있는지, 내가 판매한 백 권의 책들이 어디로 가고 있는지, 내가 탔던 택시들이 어디로 가고 있는지, 나는 못내 궁금했지만, 그 행방을 알기란 요원했다. 내가 했던 말들이 어디로 가고 있는지, 내가 하게 될 말들이 오늘 어디로 가고 있는지, 나는 역시 궁금했지만, 그 행방을 알기란 요원했다. 책을 장미로 교환한다고 해서, 그리고 장미를 다시 없는 장미로 교환한다고 해서, 내가 다른 사람이 될 수는 없는 일이었다. 책과 장미가 아니라도, 그 어떤 사물을 내게서 제거한다고 해도, 내가 다른 사람이 될 수는 없는 일이었다. 내 몸의 왼쪽에는 스물여섯 송이의 장미들이, 내 몸의 오른쪽에는 꽃잎이 뜯긴 한 송이의 장미가 누워 있었다. 떨어진 꽃잎들은 이미 바람을 타고 거리로 날리기 시작했다. 꽃잎의 붉고 흰 살점들을 나는 멀거니 바라보았고, 내가 비가 올 것인가에서 멈추었는지, 비가 오지 않을 것인가에서 멈추었는지를 잊어버렸다. 내가 알고 있는 모든 사건들은 이접과 연접, 순접과 역접으로만 이루어져 있었고, 그 관계를 잊어버리는 순간, 그 사건들은 일어나지 않은 것이나 마찬가지였다. 과거의 일이다. 나는 수첩을 꺼내 다음 상담일을 확인한 뒤, 볼펜으로 그 날짜 위에 엑스 표시를 했다. 나는 의사를 찾아가거나 찾아가지 않을 것이다. 그 전에 의사를 찾아가는 일을 잊을 것이다. 나는 오른쪽의 흰 장미를 들어 다시 꽃잎으로 점을 치기 시작했다. 나는 다시 시작한다. 비가 오지 않을 것인가, 비가 올 것인가. 어쩌면 내일, 어쩌면 모레, 아니 어쩌면, 지금 이 순간. 마침내 세번째 손님이 찾아왔다. 나는 꽃잎을 떼어내는 손동작을 멈추고 내 앞에 선 또 다른 한 쌍의 남녀를 올려다보았다. 그들이 내게 한 말은 앞선 두 쌍의 남녀가 했던 말과 동일했다. 나는 그들에게 세 송이의 장미를 거저 주었다. 장미를 받아든 남자가 내게 묻기를 농담하는 것 아니냐고 했다. 나는 아니라고 대답했다. 나는 농담을 하는 것도 하지 않는 것도 아니었다. 내게서 꽃을 사 간 세 쌍의 남녀가 모두 내게 동일한 질문을 하기에, 나는 그들보다 먼저 대답하기로 했다. 나는 발치에 놓인 판지를 치우고, 거리를 지나치는 행인들을 향해 외치기 시작했다.

꽃 팝니다.
장미 팝니다.
꽃 사세요.
장미 사세요.
꽃 드립니다.

장미 드립니다.

행인들은 여전히 가야 할 길을 갔고, 나는 제자리에 머물러 있었다. 꽃들 역시 제자리에 머물러 있었다. 어떤 사물들은 이동하고, 어떤 사물들은 머문다. 그 사실이 여전히 의아하게 여겨졌다. 나는 네번째 손님을 기다리면서, 입으로는 같은 말들을 반복하며, 손안에 든 꽃잎들을 짓이기는 일에 골몰했다. 현재의 일이다. 나는 다시 시작한다. 미래의 일이다.

머리에 종을

징후는 어디에나 있다. 징후로 여겨지지 않는 일들은 없다. 나는 나를 버리지 않기로 했다. 언덕을 산으로 여기기로 했다. 혹은 산을 언덕으로, 바다를 강으로, 강을 실개천으로, 강물을 우물로, 이름만 다를 뿐 같은 것들을 같은 이름으로 부르기로 했다. 그곳에서 나온 이후 무언가를 골똘히 생각한다는 것이 불가능해졌다. 겉옷의 왼쪽 호주머니를 더듬었더니 열쇠 뭉치가 만져졌다. 내 방이 그대로 있다면, 자물쇠가 부서지지 않았다면, 나는 이 열쇠로 다시, 그 방에 들어갈 수 있다. 내가 입고 있는 겉옷은 본래는 숙부의 것이었다. 숙부는 이 옷을 숙모에게서 받았다고 했는데, 숙모는 숙부에게 이 옷을 건네지 않았을지도 모른다. 나는 늘 백부와 숙부의 차이를 알지 못했고, 중부라는 단어를 알고 난 뒤에는 백부와 중부와 숙부를 늘 혼동해서 말했고, 나중에는 아버지의 형제들을 모두 혼동했고, 명칭 다음에는 이름이, 이름 다음에는 얼굴이 헷갈렸다. 그러므로 내가 입고 있는 겉옷은, 백부의 것이었을 수도 있고, 중부의 것이었을 수도 있는데, 요사이 백부나 중부나 숙부라는 단어를 사용하는 사람들이 점점 더 드물어지고 있어서, 내가 누군가에게 나의 겉옷에 대해 설명하려는 마음을 먹는다면, 아무려나, 누구의 것이었다고 해도 좋을 것이지만, 내가 고집스레 나의 겉옷이 본래는 숙부의 것이었다고 말하는 까닭을 밝히고 싶은 까닭을, 나도 도무지 알 수가 없고, 내가 숙부에 대해 유달리 애틋한 기억이 있는 것도 아니지만, 내가 (숙부의) 겉옷을 입고 있는 까닭은 밝혀야겠다는 생각인데, 앞서도 말했던가, 그곳에서 나온 이후 무언가를 골똘히 생각한다는 것이 불가능해졌다.

(나의) 겉옷은 연한 회색 줄무늬가 있는 짙은 회색의 리넨 재킷으로, 멀찍이 떨어져서 바라보면, 연한 회색은 짙은 회색에 묻혀 구분되지 않을 것이지만, 나는 이 옷을 소유하게 된 후로, 겉옷임에도 불구하고, 그러니까, 면직 셔츠나 티셔츠들처럼, 속에 입는 옷이라는 물건이 따로 있고, 겉옷을 벗어도 맨몸이 되지 않을 수 있도록, 속에 입는 옷을 자주 갈아입는 편이었음에도, (나의) 겉옷을 벗어둔 적이 많지 않았으므로, 겉옷을 멀리서 바라보는 일이 많지는 않아서, 연한 회색

과 짙은 회색이 이루는 수직로에 대해서도, 특별히 생각해본 적은 없었다. 숙부가 나보다 골격이 컸는지, 어깨가 넓었는지, 팔이 길었는지는 잘 기억이 나지 않는다. 그 당시, 그러니까 내가 십대였을 때, 더 어렸을 수도 있지만 아무튼, 나는 내가 더 자랄 것인지, 자라서 숙부의 옷을 입게 될 것인지에 대해, 단 한 번도 생각해본 적이 없었고, 모든 일들은 항상 일어나지만, 그 일들이 일어나기 전에는, 그 일들이 마침내 일어나리라고 짐작하기란, 어려운 일로, 특히나 숙부의 옷을 입게 되는 것처럼, 사소하고도 특기할 만한 것이 없는 일들을, 예측하기란 거의 불가능에 가까웠다. 숙부의 것이었던 겉옷을 입고 무엇을 할 수 있을까, 나는 잠시 생각했지만, 내가 숙부의 것이었던 겉옷을 입지 않고 있더라도, 나는 추위를 제법 타는 편이니까, 다른 누군가의 것이었던 겉옷 정도는 입고 있을 것이라 여겨졌고, 숙부라는 단어가 내게 의미하는 것도, 지금에 와서 다른 누군가라는 단어 이상을 넘어서지는 않았으므로, 하필이면 (숙부의) 겉옷을 입고 있다는 것이, 무언가를, 무언가 대단한 것을, 이를테면 인생의 전환점이 되는 사건을, 암시하지는 않을까, 나는 의문을 품었지만, 앞서도 말했던가, 오늘도 계속해서 중언부언이군, 내가 입고 있는 겉옷이 숙부의 겉옷이었는지도 불분명한데, 대체 무엇을 앞당겨 알 수 있겠는가, 하여 나는 겉옷에 대한 생각을 그만두기로 했다.

그러나 내 방으로 들어갈 수 있도록 하는, 잠긴 문을 부수지 않는 한, 나는 물건을 부수는 데는 취미가 없었으므로, 간결하고 우아한 손동작으로 문을 열 수 있는, 열쇠 뭉치가 어째서, 숙부의, 아니 나의 겉옷 호주머니에 들어 있었는지는 알 수가 없었고, 그렇게 알 수 없는 일들이 요사이 매일매일, 아니 매 시각마다 일어나고 있었으므로, 대체 내일은 무슨 일이 일어날까, 내일은 백부의 겉옷을 입고 있는 것이 아닐까, 나는 생각했고, 아버지의 형제들이 세 명이었던가, 그러니까 아버지의 아버지는 네 명의 아들들을 소유하고 있었던가, 네 형제와 세 딸들, 아니, 딸들은 없었는지도 모르는데, 아버지의 누이들을 각각 어떻게 불러야 할지, 그러니까, 백부나 중부나 숙부처럼, 아버지의 누이들을 각각 지칭하는 명사들이 있는지, 나는 도무지 알 수가 없었으므로, 아버지의 아버지에게는 딸들이 없다고, 그것도 세 명씩이나 있는 것은 아니라고, 나는 나름대로 만족스러운 결론을 내렸다.

아니, 아버지에게는 분명 하나보다 많은 여동생이 있었는데, 나는 아버지의 여동생을, 여동생이라고 불러야 할지, 여동생들이라고 불러야 할지 알 수가 없었고, 왜냐하면, 아버지의 여동생(들)이 한 명이었는지, 두 명이었는지, 앞서도 말했던가, 세 명이었는지 기억이 나지 않기 때문이었다. 아버지의 아버지는, 그 사람을 어떻게 불러야 하나, 할아버지 혹은 조부, 둘 중의 하나일 텐데, 이미 삼촌들을 백부와 중부와 숙부

로 부르고 있으므로, 아버지의 아버지 역시도, 간단하게, 조
부라고 부르는 것이 좋을지도 모르지, 아버지가 분명, 조부의
집에서, 어떤 중년의 여자를, 누나라고 불렀던 기억이 희미하
게 되살아났으므로, 아버지에게는 여동생이 있었음이 분명한
데, 여동생을 누나라고 부르는 사람은 없으므로, 조부의 딸들
을, 그저 아버지의 누이들이라고 부르는 것이 좋겠지만, 그들
을 지칭하는 명사가 고모였던가, 고모들도 나이순에 따른 각
각의 명칭들을 지니는가, 아무튼 나의 고모, 혹은 고모들은
내게 겉옷 따위를 물려주지 않았으므로, 그들을 기억하는 데
도 한계가 있었다. 나이를 먹은 이후로, 아니, 나이는 늘 먹
는 법이니까, 나는 시간의 흐름에 좀처럼 저항하지 않으니까,
십대 시절 이후로, 조부의 집을 찾아가지 않았다고 여겨지고,
아버지와의 왕래마저 뜸해진 이후로는, 아버지 쪽 친척들과
만나는 일도 없어졌지만, 그들이 내 인생에서 영원히, 발을
빼고 말았다는 생각은 하지 않았는데, 어쩌면, 내가 그들의
인생에서 빠져나간 것일 수도 있기 때문이었고, 또한, 내가
숙부의 것이었던 겉옷을, 입고 있기도 했고, 그러므로 다시,
처음의 문제로 돌아와서, 얼굴을 본 지도 오래된 숙부가 내게
자신의 겉옷을 벗어준 까닭이 못내 궁금해졌고, 마침내는, 나
의 겉옷이 본래는 숙부의 것이었는지에 대해서도 의심하기에
이르렀다. 무언가 생각나지 않을 때는, 생각을 중지하는 것이
옳지만, (나의) 방으로 돌아갈 것인가 돌아가지 않을 것인가

를, 한나절 내내 생각하고 있어야 했으므로, 게다가 여전히, 결론을 내리지 못했으므로, 무언가 더 사소한 것을 생각하는 것이, 지친 몸과 마음에 유리할 것이라 여겨졌고, 나는 (숙부의) 겉옷이 (나의) 겉옷이 된 경로에 대해, 몸과 마음이 더욱더 지칠 때까지, 계속해서, 아니, 생각하는 것을 잊어버릴 때까지, 생각하기로 했다.

하지만 기적처럼, 아니, 이러한 사소한 일들에 기적이라는 명사를 사용하는 것은 적절하지 않아, 신기하게도, 그래, 신기하다는 표현이 옳을지도 모르지, 계속해서 숙부의, 아니 나의 겉옷에 대해 계속해서 생각하기로 했더니, 내가 입고 있는 겉옷이 숙부의 것이었든 나의 것이든, 그저 겉옷이라는 단어로만 여겨지기 시작했고, 어차피 숙부의 기억도 희미하다 못해 일종의 투명성을 획득하기에 이르렀으므로, 부계를 추적하는 일을 그만두어야 하다니, 게다가 내가 여전히, (숙부의) 겉옷을 입고 있는데도 말이지, 하는 묘한 아쉬움과 함께, 아무래도 좋다는 생각을 했고, 나는 정말로, (나의) 겉옷에 대해 더 이상 생각하는 일을 그만두었다.

그럼에도 불구하고 나는 여전히, 잠들지 않고 깨어 있었으므로, 숙부 혹은 숙부의 겉옷에 대해 더 이상 생각하는 것이 불가능하더라도, 내 안에서, 도대체 생각하지 않고 깨어 있는 것이 불가능하므로, 생각하다라는 동사를 지속시킬 수 있는, 생각의 대상들이 여전히 필요했다. 그래서 나는, 내 몸 곳곳

에 달라붙은 사물들을 하나하나 들여다보며, 예를 들면 구겨
진 셔츠, 구겨진 셔츠의 소매 끝, 소매 끝의 단춧구멍 따위에,
시선이 닿는 순서에 따라, 그것들에 대해 일일이, 생각하기로
했는데, 아직 해가 떨어지려면 시간이 좀 있고, 얇은 리넨 재
킷만을 입고 있어도 그다지 춥지는 않았으므로, 아직까지는
괜찮다고, 시간은 충분하다고 생각했던 것이다. 이처럼 날씨
와 계절, 햇빛의 농도와 한낮의 온도에 대해 생각하기 시작하
니, 거짓말처럼, 이와 같은 외부적 환경을 적당히 견딜 수 있
도록 하는, 맞춤옷처럼 내게 꼭 맞는 짙고도 연한 회색의 리
넨 재킷, 그러니까 숙부의 것이었던 겉옷으로 생각이 되돌아
왔고, 그 생각은 마치 마법이나 저주처럼, 내 마음에, 아니
정신이라고 해야 할까, 영혼이라고 해야 할지도 모르지만, 아
무튼 내 마음에, 단단히 박히게 되었고, 나는 아무것도 아닌
나의 겉옷이, 내 정신을, 아니 마음이라고 해야 할까, 아니
지금은 정신이라는 단어가 좋겠어, 아무튼, 내 정신의 한가운
데를 굳건히 지키게 된 과정에 대해, 아무리 생각해도, 지나
치게 생각해도, 끝없이 생각해도 도무지, 알 수가 없었다. 그
러므로 다시, 겉옷에 대한 생각으로 되돌아가서, 내가 입고
있는 겉옷의 치수나 상표 따위의 자질구레한 사항들이, 궁금
해지기 시작했는데, 나는 겉옷을 벗고 싶지 않았고, 그렇다기
보다는, 겉옷을 벗은 상태가 되고 싶지 않았던 것인데, 하여
겉옷을 입은 채로는 그것에 대한 자료를 수집할 수가 없었으

므로, 이제는 정말이지, 겉옷에 대해 생각하는 것을 그만두어
야겠다고, 생각했다. 내가 그곳에서 나온 이후로, 그곳이 어
디인지 설명할 수 있다면 좋겠지만, 더 이상 그곳을 떠올리고
싶지는 않았고, 게다가 그곳을 이곳이나 저곳으로 바꾸어 말
할 수도 없는 노릇이어서, 그곳은 그곳에 지나지 않을 수밖에
없고, 그곳에서 나온 이후로, 앞서도 말한 것 같지만, 무언가
를 계속해서 생각하는 것은 가능한 것도 같은데, 그 무언가에
대해 깊이 생각하는 것은 불가능해졌다. 내가 무언가에 대해
생각하는 것은 분명한 것도 같은데, 누군가 말했던가, 나는
생각한다, 그러므로 존재한다던가, 나는 그 말에 이의를 제기
하고 싶지는 않았지만, 그렇게 한 줌의 존재로 남아서야, 겉
옷만을 생각해서야, 나의 존재가 나로 존재하겠는가, 나는 생
각했다. 말이 나왔으니 말인데, 나는 나를 버리지 않기로 했
다고, 제법 결연하게, 의지를 표명한 이유를 알 수가 없고,
나를 버린다는 것이, 나를 어떠한 상태로, 영락이나 전락의
상태로 몰아가는 것에 지나지 않을 수도 있다는 생각이 들었
고, 그게 아니라면, 목숨을 끊는 것일 수도 있고, 어쩌면, 더
이상 아무것도 생각하지 않고, 그저 동물이나 식물처럼, 의식
이 없다고 생각되는 생명체로, 은유적으로 변신하게 될 수도
있겠지만, 나를 버리지 않는다는 것이, 이러한 생각에 지속적
으로, 함몰되어가는 것인지, 혹은 나의 방, 나의 지붕 밑으로
돌아가서, 그곳이나 그것, 그와 그녀, 그리고와 그러나를 모

두 잊고, 그들에 대해 더 이상 생각하지 않고, 이곳이나 저 것, 이 사람과 저 사람처럼, 근방에 있는 것들에 대해서만 생 각한다면, 그것이야말로 내가 나를 버리지 않는 법이지 않을 까, 나는 생각했다. 사람이 살아가려면, 세계와의 연결 고리 가 하나 정도는 필요한 법인데, 내가 그곳에서 나온 이후로, 나의 방이나 숙부의 겉옷은, 나와 세계와의 관계를, 더욱 흐 릿하게만 하는 것처럼 여겨졌고, 그래도 없는 것보다는 있는 것이 낫지, 있는 것보다 없는 것이 나은 경우는 존재하지 않 아, 그러므로 숙부의 겉옷 안쪽 주머니에 들어있는 열쇠 뭉치 가, 다른 어떤 것의 은유로도 사용되지 않고, 열쇠라는 단어 의 의미 그대로, 내가 나의 방으로 돌아가서, 나의 침대로 직 행하게 할 수 있는 도구로 사용될 것이라는, 근거 없는 희망 을, 품었던 것이다. 분명 나는 생각의 한계에 도달한 것처럼 보였지만, 나를 둘러싼, 나를 제외한 모든 것들이, 모든 것들 이라는 말에는, 날씨와 계절과 갈증이, 겉옷과 열쇠와 자물쇠 가, 이곳과 저곳과 그곳이 포함되어 있었고, 그것들이, 나의 의지와는 관계없이, 지속하는 것처럼 보였으므로, 아직까지 는 괜찮다고, 버리기보다는 버틸 수 있다고, 나는 생각했다. 그러나 버리지 않기로 한다는 문장의 목적어와, 버티기로 한 다는 문장의 주어는, 도통 일치하지 않는 것처럼 보였고, 대 체 버텨서 무엇할까, 버틴다는 것이 그저, 나의 방으로 돌아 갈 것인가 돌아가지 않을 것인가를 고민하면서, 한길에 서서 소요하는 것에 지나지 않는 것인가, 의문스러웠고, 내가 그곳에서 나온 것이 자발적이었는지 우발적이었는지도 알 수가 없었고, 오늘도 계속해서 중언부언이군, 나의 겉옷 앞주머니에는 동전 몇 개가 들어 있었는데, 같은 생각을, 아니 그래도 조금씩은 다른 생각을 반복적으로 하느라 지쳐 있었으므로, 나는 내 것인지 네 것인지 모를 동전들로, 물론 네 것은 아니겠지만, 물이나 우유를, 왜 하필이면 우유람, 우유나 물을 사서 마셔야겠다고 생각했는데, 물이나 우유를 마셔도 갈증이 사라지지는 않을 것 같았고, 게다가 지친 몸에 투명하거나 흰 액체를 들이붓는다고 해서, 그 지침이, 指針이 아닌 지침이, 사라지지는 않을 것 같았고, 그러니까 나는, 계속해서 무언가를 해결해야 했는데, 아니 무언가를 해갈해야 했는데, 해갈에 어울리는 명사는 갈증밖에 없으므로, 아니 가뭄도 있을 수 있지, 목마름도 나쁘지 않아, 그래도 갈증이 계속되었으므로, 주머니에서 동전을 꺼내, 무게를 가늠한 뒤, 값어치를 따지기 시작했는데, 과연 이 동전들로 무언가를, 갈증이나 지침에 도움이 될 만한 무언가를 살 수 있을까, 나는 의문스러웠고, 아니, 살 수는 있을지도 모르지, 그러나 어디서 살 수 있을까, 궁금했고, 나의 방에서만 살 수가 있겠지, 그러고 보니 물차를 살수차라고 했던 것 같기도 했고, 살수차라는 단어를 기억해낸 것이 기쁘기까지 했지만, 여전히 (나의) 동전들로 무언가를 살 수 있을 것 같지는 않았기에, 그 기쁨은 금세 사라지고 말았다.

　그제야 비로소 나는, 주변을 둘러보기 시작했는데, 말이 없는 겉옷의 가계를 추적하느라 내가 어디에 있는지도 모르고 있었던 것이다. 그러나 주위를 살핀다고 해서, 가게 하나 없는 대로변이라는 것만 파악될 뿐, 내가 어디에 있는지 알게 되는 것은 아니었다. 내가 어디에 있는가는 그다지 중요한 문제가 아닐지도 모르지, 다만 중요한 것은 내가 어디로 가게 될 것인가, 어디에서 왔느냐가 더 중요한 문제일 수도 있겠지만, 나는 그곳에서 왔고, 이곳에 있고, 저곳으로 가게 될 터인데, 그러니까 저곳으로 가려면, 내가 지금 어디에 있는지를 분명히 알고, 방향을 잡아야 할 터인데, 이곳이라는 지명이, 이것도 지명이라고 부를 수 있다면, 이곳이라는 지명이 가리키는 바가 분명하고도 명확해서, 대체 이곳을 이곳 아닌 다른 곳으로 부를 수 있을까, 이곳을 저곳이라고 부를 수는 없는 법, 이곳을 그곳이라고 부를 수도 없는 법, 하여 나는 길을 잃었다는 생각이 들었다. 불과 몇 달 전까지만 해도, 나의 의식은 비교적 또렷해서, 적어도 길 이름이나 동네 이름은 알고 있었던 것 같기도 한데, 지난 몇 달간 내게 무슨 일이 일어났던 것일까, 나는 알 수가 없고, 또다시 며칠이 지나, 나의 의식이 예전의 진부한 명석함을 회복하게 되면, 지금 나의 의식에, 의식이 구현된 몸뚱어리에, 아니, 몸뚱어리가 구현된 나의 의식에 드러난 징후들을, 나의 운명을, 내게 닥칠 미래를,

알아볼 수 있을까, 여기까지 생각하다니, 내게도 아직까지는 의식이라는 것이 남아 있다고, 나는 생각했고, 아직까지는 괜찮다고, 아직까지라는 단어와 여기까지라는 단어는 구분할 수가 있고, 회색 리넨 재킷 아래로 무너져가는 나의 의식을, 아직까지는 혹은 여기까지는 추스를 수가 있으니, 게다가 열쇠 뭉치도 잃어버리지 않았으니, 아직까지는 괜찮다고, 생각했던 것이다. 나는 대로를 따라 걷기 시작했는데, 어쩌면 대로가 아니라, 2차선 도로였을 수도 있고, 비포장도로였을 수도 있는데, 아무튼 인도나 보도는 아니었고, 印度나 報道도 아닌, 차도라고 여겨졌는데, 실제로 내가 길을 따라 걷고 있는 동안 지나가는 차들은 없었고, 아니, 몇 대인가가 지나갔을 수도 있지만, 그 차들의 움직임이, 나의 의식, 점점 더 상해가는 나의 의식에는 들어오지 않았을 가능성을 배제할 수가 없고, 차도는 差度가 아니었으므로, 의식이 나아지거나 하는 일도 없이, 나는 계속해서 걸었고, 그 와중에도 간간이 숙부의 것이었던 나의 겉옷에 대해 생각했다.

걷다가 문득 뒤를 돌아보니, 내가 서 있던 지점이 어디였는지, 그 자리는 내가 떠난 이후에도 여전히, 존재, 그래, 지긋지긋하게 존재하고 있을 텐데, 지구는 둥글다니까, 내가 원래 서 있던 자리가, 어떤 노래였더라, 앞으로, 앞으로, 자꾸 걸어나가면, 온 세상 어린이들을 다 만나지는 못하더라도, 보이지 않게 되리라는 것은 자명하지만, 내가 그다지 많이 이동하지는 않았다고 여겨졌으므로, 나는 또 다시 (나의) 의식을 의심하기에 이르렀다. 태양의 위치로 시각이나 방향을 가늠해보려고 시도했지만, 나는 그림자의 길이와 모양으로 시간을 재는 법을 배운 적이 없었고, 기억나는 것은, 학습 용구 상자에 들어 있던 청사진 세트로, 하얀 감광지에 작고 정교한 사물들을 올려놓고, 역시나 작고 정교한 그림자가, 한낮의 농밀한 햇빛에 잠식되지 않고, 희디흰 감광지 위에, 여전히 작고 정교한 푸른 얼룩을 그리던 날로, 문득 그날이 그리워져서, 아직도 내게 무언가를 그리워할 수 있는 능력이 남아 있다는 사실에 놀라워하면서, 그따위 사실에 놀라워할 수 있는 능력이 남아 있다는 사실에 다시 한 번, 놀라워하면서, 나의 겉옷 앞주머니에 들어있는 동전들로, 근처 문방구에라도 들어가서, 청사진 세트를 살 수 있을까, 나는 생각했지만, 내가 걷고 있는 2차선 도로가, 대체 어디로 흘러가는지, 나는 어디로 흘러가는지, 나의 방에 다다르기 전에 문구점을 발견할 수 있을지, 나는 아무것도, 확신할 수 없었다. 나는 잠시 멈추어 서서, 두 발을 내려다보았고, 왼쪽 발은 아스팔트를, 오른쪽 발은 풀밭을 딛고 있다는 것을 깨달았고, 양발이 드리운 그림자의 길이가 매우 짧았으므로, 정오를 갓 지났거나, 정오가 막 되려는 시간이지 않을까, 하고, 겨우 짐작할 수 있었다. 나는 한동안 제자리에 서서, 지상 위에, 아니 지면 위에, 나의 흔적을, 청사진처럼, 그래, 작고 정교한 얼룩을 남길 수 있지 않을까 생각하면서, 잠시 그대로 있었지만, 그곳에서 나온 이후로 무언가를 골똘히 생각한다는 것이 어려워졌음에도, 그래도 아직까지는 괜찮아, 가만히 서 있는 행위로는 아무런 흔적도 새길 수 없음을, 게다가 아스팔트나 풀숲에는 발자국마저 남길 수 없음을, 알고 있다는 사실에 안도해야 했다. 그래서 나는 다시 걷기 시작했고, 주변에서 무슨 소리가 들릴 때마다 뒤를 돌아보았는데, 그 소리는 대개, 나의 오른발이 잡풀을 스치는 소리였고, 나는 그 소리를 항상 들을 수 있는 것은 아니었는데, 왜냐하면 (나의) 의식이, 그따위 소리들을 매번 인식할 정도로, 한가하지는 않았기 때문이었다. 나의 의식은, 항상 전방을 향해 있었지만, 기실 전방이 아닌 방향이란 없었고, 만약 나의 왼발이 풀숲을, 나의 오른발이 아스팔트를 밟고 있었다면, (나는) 반대 방향으로 걷게 되었을 테니, 아무래도 좋다는 생각에 이르렀는데, 그러자 문득, 내가 옳은 방향으로 걷고 있는 것인지, 내가 나의 방까지 가는 길을 가고 있는 것인지, 가는 길을 가다니, 말이 되나, 안 되는 말이 어디 있담, 그래, 아까 부르던 노래처럼, 지구는 둥그니까, 자꾸 걸어나가면, 온 세상 어린이들의 방들을 지나쳐, 나의 방으로 돌아갈 수 있지 않을까, 생각하고 나니, 기묘한 안도감이 불쑥, 불쾌하게 찾아왔다. 해가 지기 전에 방으로 돌아갈 수 있을 것 같지는 않았다. 세상에는 어린이들의 방들만이 존재하는 것은 아니므로, 어른들의 방들도 하나하나 지나쳐야 할 텐데, 나는 해가 떨어지고 추위가 밀려오기 전에, 어서 (나의) 방으로 돌아가 (나의) 열쇠로 문을 열고 (나의) 겉옷을 벗어놓고 잠들고 싶었고, 그것이 어떻게 가능할 수 있을까, 잠시 제자리에 멈추어 서서, 골똘히 생각해보려고 했지만, 앞서도 말했다고 여겨지는데, 그곳에서 나온 이후로 무언가를 골똘히 생각한다는 것이 어려워졌으므로, 게다가 멈춰서는 것보다는 계속해서 전진하는 것이, 설령 틀린 방향이더라도, 앞으로, 앞으로 나아가는 것이, 혹여 반대 방향이더라도, 나의 방과 가까워지는 유일한 방법임을, 나는 알고 있었다.

이쯤에서, 사나운 이가 운전하는 트럭이나 버스라도 나타나서, 도로의 경계를 위태로이 오가며 지나가는 나를, 단숨에 치어버린다면, 나는 보다 편안하게, 병원의 침대 위나, 관 속에 누워, 아니, 도로 위에라도 한 자리 차지하고 누워서, 겉옷이나 열쇠나 방향, 방이나 동전이나 청사진에 대해 생각하는 것을 그만둘 수도 있을 것이다. 운 나쁘게도 (나의) 신원이 밝혀진다면, 아버지나 아버지의 형제들이, 그러니까 백부나 중부나 숙부가 모조리, 운이 더 나쁘다면 고모들이, 한꺼번에 나를 찾아와서, 나의 겉옷이 실제로는 숙부의 것임을, 아니, 이보다 불행할 수도 있겠지, 백모와 중모와 숙모가 모두 나를 찾아와서, 나의 겉옷이 실제로는 숙부의 것이 아니었음을, 내게 말해준다면, 나는 차라리 관 속에 누워, 나의 죽음을 한가로이 영접하면서, 내가 실제로 죽었는지, 혹은 죽어가고 있는 것인지에 대해 생각하면서, 다른 것들에 대한 생각을, 중지할 수도 있을 것이다. 그러나 문득 돌이켜보니, 아버지의 형제들에게 각각의 배우자들이 있는지를, 확신할 수 없었으므로, 적절한 호칭도 알 수 없는 사람들이 최대 세 명이나 나를 찾아오는, 최악의 상황은 찾아오지 않을지도 모른다는 생각이 들었고, 찾아오다니, 찾아오다니, 하고, 소리 내어 중얼거렸는데, 단언컨대 그렇게 중얼거리는 것은, 나의 의식이 지시한 일은 아니었다. 그러니까 내가 중얼거리는 동안, 나의 의식은, 혹시라도 나를 치어줄 만한 자동차가 지나가지는 않는지, 고개를 돌려 후방을 바라보게 하는 일을 꾸미고 있었는데, 나는 (나의) 의식이 지시하는 대로 유순하게, 1분에 한 번씩, 아니, 실제로 1분의 간격이었는지는 알 수 없지만, 짧은 시간마다 한 번씩, 턱 끝을 돌려 뒤를 돌아보았지만, 나의 감각이, 그러니까 나의 시력이, 아직까지는 쓸 만한 이상, 내가 보고 있는 한, 지나가는 자동차는 한 대도 없었으므로, 나는 다시 한 번, 불쾌한 안도감과 무기력한 아쉬움을, 동시에 느껴야만 했다. 어떠한 감정을 느낀다는 것이, 대체 어떠한 상태를 의미하는지에 대해 생각하면서, 나는 도로를 따라, 방향을 바꾸지 않고 계속해서 걷기 시작했고, 걷기 시작한 다음에도 걷는 것은 마찬가지였고, 대체 언제까지 걸어야 할까 생각하면서도, 도로가 끝나고 나면 마치, (나의) 삶이 끝나고 말았다는 기분이 되리라, 혹은, 도로가 끝나고 나

면, 그들이, 아니 사람들이, 아니 혹자가, 인생의 전환점이라
부르는 사건이, 일어날지도 모른다, 생각했고, 그보다는 확률
적으로, 아무 일도 일어나지 않을 수도 있고, 그곳을 나온
뒤, 내가 왜 이곳에 있게 되었는지에 대해서도, 결국 이곳과
저곳과 그곳이란, 장소의 문제가 아닌 것이, 내가 그 시각에
는 그곳에, 이 시각에는 이곳에 있는 이유가, 거리가 아닌 시
간에 귀속된 것이기 때문이었다. 나는 이곳에서 저곳으로, 노
상에서 나의 방으로 직진하고 있지만, 왜 자꾸만, 저곳이 이
곳이 되는 걸까, 왜 자꾸만, 저곳은 저곳대로 물러나면서, 이
곳은 이곳대로 머물러 있는가, 아무리 생각해도, 답을 구할
수는 없었다. 나는 시선을 멀리 뻗어서, 도로의 끝이 어디쯤
일지를 가늠하려고 노력했지만, 지구는 둥그니까, 도로의 끝
은, 아마도 존재하리라 짐작되는 도로의 끝은, 지평선에 잠
겨, 보이지 않았고, 아무리 전진해도 지평선은 뒤로 아니 앞
으로 물러나는 걸, 나는 순간 모든 것을 포기하고, 아니 모든
것이라는 단어는 적절하지 않아, 걷는 것을 포기하고, 멈춘
자리에 누워, 도로를 투박한 그림자로 물들이면서, 한나절 누
워 있고 싶었지만, 아스팔트의 거친 표면보다는 그래도 침대
가 나은 법이지, 오래된 시트는 갈아야 할지도 모르지만, 그
정도 수고는 감수할 수 있겠지, 생각하면서, 걷는 일을 그만
두지 않았다. 걷는 일이 무료했으므로, 나는 노래를 부르기
시작했는데, 앞서도 불렀던가, 앞으로, 앞으로, 그 다음의 가

사는 잊었고, 지구는 둥그니까, 자꾸자꾸 나가면, 온 세상 어린이들을, 다 만나고 오겠네, 그 다음의 가사는 잊었고, 노래를 한 소절 부르고 나자, 왼발이 아스팔트를 딛는 소리와, 오른발이 풀숲을 스치는 소리밖에는 들을 수가 없었고, 그러한 소리들 사이사이마다, 적막이 집요하게 파고들었고, 이건 정말 견딜 수가 없군, 그래도 견딜 수는 있겠지, 나는 다시 노래를 부르기 시작했는데, 내가 알고 있는 노래가 이것뿐인가, 또 다시 이것과 저것과 그것이 말썽을 부리려는 참이었으므로, 나는 억지로 내가 알고 있는 노래가 저것뿐인가, 내가 알고 있는 노래가 그것뿐인가, 생각하려고 하자마자, 이것과 저것과 그것이 지닌 각각의 쓰임새가, 마구 혼동되었으므로, 더 이상 생각할 수는 없어, 머리가 이렇게 지끈거려오는 걸, 아니, 머리가 저렇게 지끈거린다고 말하면 어떨까, 아니, 머리가 그렇게 지끈거린다고 말하면 어떨까, 이것과 저것과 그것은, 이렇게와 저렇게와 그렇게로 문자만 바꾸어, 내게 남아 있는 한 줌의 의식을 교란하기 시작했으므로, 나는 기묘한 즐거움을, 아니 교묘한 실망감을, 다시 말해서 즐거움이란, 내게 한 줌의 의식이 남아 있다는 것에 대한, 그리고 실망감이란, 내게 한 줌의 의식이 남아 있다는 것에 대한 감정으로, 동시에 다른 종류의 감정을 느끼면서도, 그러한 감정들이 실제로 동시에 발생하는 것인지, 내가 의식하지 못하는 찰나 동안 교대로 등장하는 것인지, 못내 궁금했지만, 답을 구하는 것 역시도 (나의) 의식의 몫이어서, 결론을 내릴 수는 없었다. 나는 다시 뒤를 돌아다보았고, 풍경은 조금 전의 풍경과 다르지 않았고, 나는 다시 두 발을 내려다보았고, 그사이 혹시나, (나의) 그림자가 조금은 길어지지 않았을까, 기대했지만, 그림자는 아주 약간 길어진 것 같기도 했고, 아주 조금 짧아진 것 같기도 했으므로, 그림자의 길이로 시간의 흐름을 알기란 요원한 듯 보였기에, 차라리 걸음 수를 세어볼까, 그래, 어렸을 적에, 그러니까 십대 이전에, 잠이 오지 않아 뒤척이다가, 목이 말라 부엌으로 나가보니, 잠들지 못한 어머니가 물을 따라주면서, 그럴 때는 양을 세어보라고 했던 것을 기억해냈는데, 이는 실로 놀라운 일로, 내게는 아버지뿐 아니라 어머니도 있었다는, 평범한 사실을 되새겨주었기 때문이었다. 아비 없이는 태어나도 어미 없이는 누구도 태어나지 못한다는 말을, 예전에 들었던 것도 같지만, 나는 그 말을 이해할 수 있었던 적이 단 한 번도 없었고, 너는 다리 밑에서 주워온 아이라는 진부한 농담을, 이해할 수 있었던 적은 한 번쯤 있었던 것도 같은데, 다리는 두 가지의 의미를 지니는 동음이의어로, 말하기에 따라 얼마든지, 적절한 은유로 사용될 수 있다고 생각했는데, 아비 없이 태어난다는 말은, 어떠한 은유로도 여겨지지 않았기 때문이었다. 어렸던 나는 어미의 말을 받들어, 그날 밤, 이부자리로 돌아가 양을 세기 시작했는데, 한 마리, 두 마리, 세 마리, 그러나 잠이 오지 않았고,

열 마리 열한 마리 열두 마리, 여전히 잠이 오지 않았고, 스무 마리의 양을 세고 나자, 눈꺼풀에 단단히 달라붙은 양 떼들을, 하나하나 도축하고 싶어졌는데, 아니야, 그날의 나는 도축이라는 단어를 모르고 있었던 것이 분명한데, 도축이 아니라 살해였을지도 모르지, 혹은 사살이라는 단어를 떠올렸거나, 아니면 잡아먹는다거나 목을 비튼다거나 따위의 말들을 생각했을 수도 있었다. 내가 빈 잔에 물을 다시 채우려고 주방으로 돌아갔던가, 어머니가 더 이상 식탁에 상체를 기대어 앉아 있지 않았던가, 양을 몇 마리까지 세었냐는 어머니의 질문에 내가 대답했던가, 나는 그날 밤 잠들기까지의 과정들을 되살려보려고 노력했지만, 이렇다 할 장면들은 구성해내지 못했고, 그래도 괜찮아, 아직까지는 괜찮아, 잊고 있던 어머니를 기억해냈으니 괜찮다고, 자족했던 것이다. 어머니를 생각하는 동안에는, 신기하게도 아버지를 생각하지 않았는데, 어머니를 생각하는 일을 그만두고 나자마자, 신기하게도 아버지를 다시 생각하게 되었다. 그러나 나의 의식에는, 아버지라는 단어 말고는 아무것도, 아버지의 생김새나 성격이나 말버릇과 같은, 아버지를 구성하는 사소한 요소들이, 되살아나지 않았고, 하긴 그래, 어머니를 생각할 때도 어머니의 생김새나 성격이나 말버릇과 같은, 자질구레한 사항들이 생각나지는 않았으므로, 그들 둘은 적어도 나의 의식 안에서는, 평등한 위치에 있다는, 이래도 그만 저래도 그만인 결론을 내리게 된 것이다. 말이 나왔으니 말인데, 이래도 그만 저래도 그만이라는 표현에 대해, 나도 나름대로 할 말이 있었지만, 이미 걷는 일로 충분히 피로해졌으므로, 더 이상 그러한 것들, 아니 이러한 것들에 대해 생각하는 일을, 그만두기로 했다. 따라서 다소 허망한 기분으로, 다시 도로를 따라 걸음을 옮겼는데, 그러는 사이 기온이 오르기 시작했는지, 그래 분명, 오전에서 오후가 되어가는 시점임에 분명한 것이, 그 반대의 경우에, 기온이 오르는 경우는 거의 없으니까, 적어도 나는 겪어본 적이 없으니까, 약간 더운 듯도 했으므로, (숙부의) 겉옷을 벗어볼까 하는 마음이 되었던 것이다. 하지만 나는 좀처럼, (나의) 겉옷을 벗고 싶지 않은 마음도, 동시에 품고 있었는데, 내가 겉옷을 벗는 순간, 나와 세계와의 연결 고리가, 맥없이 툭 끊어지고 말지도 모른다는 생각이 들었으므로, 조심스러워졌고, 또 열쇠 뭉치나 동전들도 각각, 앞주머니와 안주머니에 들어 있었으므로, 혹시나 그것들을 떨어뜨리지는 않을까, 걱정이 되었던 것이다. 그때 나는 문득, 내가 바지를 입고 있다는 사실을 깨달았는데, 바지를 입지 않고 다니는 사람은 매우 희귀하므로, 아니, 그것과는 별다른 논리적 연관성은 없지만, 나 역시도 바지를 입고 있는 것이, 그렇지 않은 경우보다는 말이 된다고, 생각하면서도, 그 사실이 놀랍게 여겨졌다. 나는 바지 앞주머니를 더듬어보았지만, 아무것도 만져지지 않았고, 바지 뒷주머니를 더듬어봤더니, 무언가

볼록한 것이, 지갑이나 수첩이라 여겨지는 작고 도톰한 물건이, 만져졌다. 나는 다소 기쁘기도 하고, 억울하기도 해서, 그것을, 이것이나 저것이 아닌 그것을, 주머니 위로 만지작거렸는데, 그것을 꺼냈을 때, 그것이 내가 바라는 그것이 아니라, 이것이나 저것이라면, 그때의 실망감을, 어떻게 감당할 수 있을까, 자신이 없었다. 하여 제자리에, 그러니까 내가 멈춰 선 자리에, 엉거주춤 선 채로, 왼손은 바지 뒷주머니에, 오른손은 겉옷 앞주머니에 각각 꽂은 채로, 잠시 이후에 행해질 나의 동작을, 예측하고 있었다. 마침내 겉옷을 벗는 것이 좋겠다는 마음을 먹었을 때, 그래, 아무리 덥더라도 바지를 벗는 것보다는 겉옷을, 그러니까 짙은 회색의 리넨 재킷을, 벗는 편이 나으니까, 그런데 겉옷의 재질이 리넨이라는 것을 알아차릴 정도로, 나의 감각은 허물어지지 않은 것이 분명한데, 그 사실이 문득, 터무니없이, 어처구니없이, 생각되었고, 아무튼, 꼭 둘 중 하나만 선택해야 할 필요는 없지만, 겉옷을 벗어 더위를 식힐 수 있다면, 벗지 않을 이유가 없지 않은가, 생각했던 것이다.

그래서 나는 겉옷을 벗었고, 겉옷에는 단추가 하나도 달려 있지 않았다는 사실을 그제야 깨달았는데, 단추가 없다면 옷을 입고 벗는 일이 더 쉬워지므로, 대수롭지 않게 여겼다. 나는 재킷의 안주머니와 앞주머니에 들어있는 (나의) 소지품들을, 떨어뜨리지 않으려고 주의를 기울였는데, 그때 문득, 안주머니와 앞주머니, 속주머니와 호주머니 따위의 단어들이, 어떻게 적절히 구분될 수 있는가, 묻고 싶어졌지만, 내가 아무리 무언가를, 골똘히 생각하는 것이 어려워졌더라도, 자문자답을 할 수는 없는 노릇이어서, 아무에게도, 나 자신에게도, 질문을 던지지는 않았다. 나는 겉옷을 둥글게 말아서, 왼쪽 옆구리에 끼고, 다시 걷기 시작했다. 이처럼 단순하다면 단순하고, 복잡하다면 복잡한 동작을 취하는 사이, 바지 뒷주머니에 들어 있는 물건을, 나도 모르게 그만, 잊고 있었던 것인데, 신기하게도, 걸음을 옮기자마자, 그 전까지는 인지하지 못했던 물건의 움직임이, 그러니까, 나의 보폭에 맞추어 오르내리는 물건의 움직임이, 바지의 옷감을 지나, 나의 오른쪽 엉덩이에 전달되고 있었던 것이다. 나는 막 걸음을 뗐으므로, 다시 멈추어 서서, 바지 뒷주머니에 손을 넣고, 물건을 빼내는 간소한 동작마저도, 행하기가 귀찮았으므로, 이번에는 걸음을 멈추지 않고, 물건을 빼낼 것인지 말 것인지에 대해, 생각하기로 했다. 나는 계속해서 걸었고, 바지 뒷주머니의 물건에 대해 생각함과 동시에, 도로가 두 방향으로만 뻗어 있는 것이, 다행이라고 생각함과 동시에, 도로의 끝에 도달함과 동시에, 도로에도 끝이 있다면, 혹시 두 갈래로 나뉘지는 않을까, 두 갈래면 다행이지, 서너 갈래로 나뉘면 어쩌나, 생각했다. 열 발짝쯤 옮겼을까, 아무래도 바지 뒷주머니의 물건에 신경이 쓰인 나는, 제자리에, 그러니까, 아까의 제자리와

열 발짝쯤 떨어진 제자리에, 멈춰 섰고, 내가 입고 있는 옷들의 주머니마다, 나의 다음 행보를 암시할 만한 물건이 또 들어 있지는 않은지, 혹은, 아무런 물건들도 없는 상태에서, 나의 다음 행보는 어떻게 될 것인지, 의문을 가졌다. 나는, 이번에야말로, 뭔가 결정을 내려야 한다고 생각했는데, 왜냐하면, 물건들의 존재 유무에 관계없이, 아니, 물건들은 언제나 존재하는 법이니까, 존재하지 않는 물건들이란 없으니까, 그 물건들이 (나의) 방향을, 그럴듯한 방향을, 제시할 수는 없는 노릇이라 여겨졌고, 왜냐하면, 나는 이대로, 도로가 끝날 때까지, 어쩌면 지상의 끝까지, 어쩌면 지상의 시간이 끝장날 때까지, 직진할 것인데, 이에는 아무런 이유도 없는 것처럼 보이지만, 실상은, 앞으로 나아가지 않는다면, 내가 이 자리에서, 저 자리나 그 자리가 아닌, 이 자리에서 멈추고 만다면, 혹은 되돌아간다면,—어디로?—나의 인생이, 나의 신체가, 나의 의식이, 그 자리에서, 그래, 그 자리에서 무화되고 말 것 같다는, 불안에 사로잡히고 말았던 탓이다. 나는 제자리에 선 채로, 한동안 가만히 있었다. 셔츠의 목깃 사이로, 바람이 접혀 들어왔고, 조그맣게 여물었던 땀방울들이, 사라지는 것 같았고, 다소곳한 서늘함이, 등을 타고 흘렀고, 나는 잠시 쾌적한 기분에 젖어, 다른 모든 것을 잊고 있었는데, 모든 것을 잊고 있었다는 데 생각이 미치자마자, 내가 여기서, 더 이상 아무것도 생각하지 않고, 더 이상 앞으로 나아가지 않고, 또 되돌아가지도 않고, 더 이상 아무런 동작도 취하지 않는다면, 그러니까, 숙부의 것이었던 겉옷을 내 것으로 고정시키지 않고, 바지 뒷주머니에서 나의 존재를 증명하기에 충분한, 어떠한 물건을 꺼내지 않고, 시간의 흐름을 알아채지 못하고, 주변의 풍경들을 감각하지 못한다면, 나는 이곳에 화석처럼 남아, 아무런 표지도 드러내지 못하고, 마치 한 번도 없었던 사람인 것처럼, 혹은, 한 번도 없었던 사물인 것처럼, 아무런 의미도 없이, 계속해서 사라지게 되는 것은 아닐까, 하고 다시 불안해졌던 것이다. 나는 고개를 들고, 멍한 눈길로 하늘을 올려다보았는데, 하늘에는 구름도 새들도 지붕도 바람도 해도 달도 별도, 그 무엇 하나도 보이지 않았고, 하늘은 그대로 하늘로, 하늘색을 품고 있었다. 해는 보이지 않았는데도, 불현듯, 눈이 부시다는 착각이 들었는데, 구름도 없이 맑은, 어떤 사람들은 청명하다고까지 부를 만한 날이었으므로, 눈이 부실 만한 충분한 이유가 갖추어져 있었는데도, 무슨 이유에선지 나는, 실제로 눈이 부시지는 않지만, 눈이 부신 것 같은, 착각 상태에 있고 싶었다. 하여 미간을 찌푸리면서, 한낮의 빛 너머에 잠긴 태양의 흔적을 찾으려고, 하릴없이 허공을 응시하며, 한동안 서 있었는데, 내가 어떤 것을 생각하면서, 동시에 다른 것을 생각하는 것이, 실은 동시에 일어나는 일이 아니라, 어떠한 생각이란, 항상 불시에 떠오르기 마련이라고, 생각하면서, 나는 불시에 이곳에 있게 되었고, 불시에 그곳에 있었으며, 불시에 저곳으로 향하는 것이라는, 말이 될 법도 한 생각을, 동시에, 아니 불시에 하고 있었다. 왜냐하면, 내가 처해 있는 상황처럼, 아무런 개연성도 논리적 인과도 없이, 불특정한 시간과 장소에 놓이게 되는 것이, 드물지만, 실제로 아주 없는 일은 아니고, 이러한 일들이 일어나는 것을 예측하기란 불가능에 가까운데, 결국 어떤 일이든, 벌어지게 마련이기 때문에, 그에 대해서 늘 예비하기란, 불가능에 가깝고, 오늘도 계속해서 중언부언이군, 그래도 계속해서 말하는 것은 중요한데, 그러지 않으면, (나의) 의식이, 아니, 나의 의식이, 도로 밑으로, 꺼지고 말 것 같았기 때문이었다. 마침내 나는, 바지 뒷주머니의 물건을 꺼내야겠다고 생각했고, 이러한 생각의 과정도, 역시나 불시에, 이루어졌고, 나는 왼손을 뒤로 뻗어, 바지 뒷주머니에 집어넣고, 더 이상 옴작거리지도 않던 그 물건을, 꺼내어, 앞으로, 그러니까 내 몸의 앞으로, 가져왔다. 그러는 사이, 옆구리에 끼고 있던, 돌돌 말린 나의 겉옷이, 도로 위에, 아니, 절반은 도로 위에, 나머지 절반은 풀숲 위에 떨어졌는데, 물건을 확인하기 전까지는, 다시 걸을 생각이 없었으므로, 나는 겉옷을, 떨어진 채로 두었고, 다시 시선을 돌려, 손에 쥔 물건을 들여다보았는데, 그것은 얄팍하고 낡은 갈색의 지갑으로, 가죽처럼 보이기도 했고, 인조가죽처럼 보이기도 했고, 나일론처럼 보이기도 했는데, 아무려면 어떤가, 나는 지갑을 펼쳐, 속 안에 든 내용물을 살펴보기로 했고, 실제로도 지갑을 펼쳤는데, 그 안에 들어 있던 것은, 한 장의 사진과 한 장의 지폐로, 뒤의 것은, 녹색이었으므로, 나는 그것이, 만 원 권 지폐임을 알 수 있었고, 사진은, 꺼내기 전까지는, 그 사진이 담고 있는 인물이라든가, 풍경이라든가, 정물이라든가, 그런 것들을, 알 수 없었으므로, 나는 지갑을 한 손에 쥐고, 다른 한 손으로 사진을 꺼내어, 들여다보았다.

사진 안에는, 중년의 남자 넷과, 중년의 여자 넷이 들어 있었고, 나는 그들의 얼굴을 하나하나 노려보았는데, 중년의 남자들 넷은 서로서로 닮은 것처럼 보였고, 중년의 여자들 넷은 서로 전혀 닮지 않은 것처럼 보였는데, 닮고 닮지 않고를 차치하고, 그들이 각각 누구인가, 누구의 얼굴을 뒤집어쓰고 있는가, 그것을 안다고 해도, 전혀 중요한 사실이 아닐 수도 있지만, 이 사진이 이 지갑에 들어 있는 이유가 무엇인지, 이 지갑이 나의 바지 주머니에 들어 있던 이유가 무엇인지, 그 정도는 알아내고 싶었다. 이쯤 되면, 나의 한심한 기억력에도 불구하고, 사진 속에 들어 있는 인물들이, 각각 백부와 중부와 숙부와 아버지, 백모와 중모와 숙모와 어머니라고, 넘겨짚을 수도 있겠지만, 설령 그렇지 않다면, 여자들은 고모나 이모 들일 수도 있고, 남자들은 삼촌이나 외삼촌 들일 수도 있지만, 그들 모두가, 나의 부계나 모계와는 관계없는 사람들이고, 미지의 사람들이 찍힌 사진이, 그저 우연히, 그래, 한낱 우연에 의해, 내 손에 들어온 것이라면, 그것을 알게 되었을 때, 그때의 실망감을 어떻게 처리할 것인가, 왜 하필이면, 알지도 못하는, 아니, 알 수도 있지만, 아무튼, 낯선 사람들의 얼굴이 가득 담긴 사진이, 내 손에 들어와서, 나를 이렇게 귀찮게 한단 말인가, 나는 생각했고, 또 생각했지만, 그러한 생각이 거듭될수록, 내가 생각을 하고 있다는 사실을, 잊으면서도 잊을 수가 없었고, 숙부의 겉옷은, 아니, 나의 겉옷은, 아니, 나의 것이면서도 숙부의 것인 겉옷은, 발치에 그대로 있었고, 나도 그대로, 아니, 이대로라고 할 수도 있지만, 아무튼, 제자리에 서 있었고, 나는 그렇게 두 발을 지상에 고정시킨 채로, 나아가지도 물러서지도 않으면서, 내게 무언가를 말해주는 것처럼 보이는, 그러니까, 인생의 전환점을 암시하거나, 끝장난 인생을 제시하고 있는지도 모를, 한 장의 사진을, 오랫동안, 들여다보고 있었다.

자연사 박물관

나는 언젠가부터 타인의 죽음으로 나이를 세기 시작했는데, 그래, 나를 제외한 많은 사람들이 죽었지, 그럼에도 불구하고 다른 많은 사람들은 죽지 않았고, 죽지 않았으므로 입도 살아 있었고, 그것은 나도 마찬가지였으므로, 산 입에 거미줄을 치지 않으려고, 혹은 입에 풀칠하려고, 죽은 사람들의 죽음을 반복적으로 기록하고, 산 사람들의 죽음을 예감하는 것이, 살아 있는 나에게 주어진, 온전한, 의무라고 생각했는데, 그래서 나는 가끔, 오른 손바닥을 펼쳐 손금을 들여다보았고, 거기에는, 손바닥을 악물고 있는 겨울날의 나뭇가지들이, 마른 잎 하나도 없이, 앙상하게 펼쳐져 있었고, 그것들은, 나의 운명에 대해 아무것도, 적어도 사망일이라도, 알려주려고 하지 않았으므로, 나는 다시 왼 손바닥을 펼쳐, 왼쪽의 손금을, 오른쪽의 그것과 번갈아 들여다보았고, 하지만 그 역시도, 아무것도, 의미 없는 날짜나 고유명사 하나도, 알려주지 않았다.

그럼에도 불구하고, 나는 그럼에도 불구하고, 라는 어구를 좋아하는데, 그 까닭은, 그럼에도 불구하고, 여러분에게 밝힐 수는 없다. 어쩌면 이유라고 할 만한 것이 없기 때문이기도 하고, 어쩌면 나를 드러내는 것이 부끄러워서, 어쩌면 드러낼 만한 나라는 실체가 없다는 사실이 부끄러워서, 어쩌면 이렇게 계속해서 무구유언하고 있는 것이 부끄러워서, 그래, 그것이 부끄러워서인지도 모른다. 그럼에도 불구하고, 다시 말을 시작해야지, 그래, 그럼에도 불구하고, 나는 더 이상, 타인의 죽음에 대한 감각을, 둔하게 길들일 수는 없었는데, 그렇게 많은 사람들이 죽어갔음에도 불구하고, 예정되어 있음에 틀림없는 나의 죽음 또한, 희뜩하니 칼날을 세우고 있었지만, 나는 그것의, 나의 죽음의 끝과 시작을, 예측조차 할 수 없었으므로, 언제나 죽음, 이라는 단어에 대해, 아니, 죽음이라는 사건에 대해, 생각하고 있었지만, 그것에 대해, 그러니까 나의 죽음에 대해, 섣불리, 누구에게도, 아니, 나를 제외한 누구에게도, 발설하지 않았다. 어쩌면 여러분은, 내가 이 글을 다 쓰지 못하고 죽는다고 해도, 나의 죽음이, 단지 다른 여러 죽음들 중 하나에 불과하다고, 오늘의 나처럼, 생각할지도 모른다. 그러나 죽음이란, 내가 어째서 지금 여러분에게 나의 죽음에 대해, 아니, 나의 죽음다움에 대해 설명하고 있는지, 나는 도무지 알 수가 없지만, 그럼에도 불구하고, 나의 죽음이란, 여러분이 각자 맞게 될 죽음과 마찬가지로, 절대적인, 절체절명의 순간이 될 것이기에, 그것을 짐작하는 것만으로도, 다른 것은 아무것도 생각할 수 없고, 오로지 입안에서만, 죽음, 죽음, 죽음, 하고 중얼거리는 것밖에는, 아무것도, 할 수 없었던 것이다. 나는 그것이 매우, 지겹고도 지루하다고 생각했지만, 아니, 생각하지만, 그럼에도 불구하고, 다시 한 번, 그럼에도 불구하고, 죽음이라는 단어를 한 번 생각하기 시작한 이상, 다른 어떠한 것도, 부가적으로 혹은 추가적으로, 생각할 수 없게 되었던 것이다. 이 글을 쓰고 있는 지금도, 다른 여느 때와 마찬가지로, 문장의 끝마다 마침표를 찍는 것이, 다소 어처구니없이 여겨지는데, 그 까닭은, 나의 의식은 끝나는 법이 없고, 어쩌면 문장의 규칙들을 따르는 것도 아니어서, 일정한 방향에 따라, 그러니까 왼쪽에서 오른쪽으로 적히는 문장들이, 나의 노력에도 불구하고, 나의 의식을, 형편없이 드러내고 있다는 생각에, 이르렀기 때문이다. 아니, 이르렀기 때문이라고 적는 지금 이 순간에도, 나의 의식은 여전히, 어딘가에 이르기는커녕, 어쩌면 출발조차 하지 않았을 수도 있고, 혹은 목표점 없이, 아니, 지점이라는 것이 없이, 그저 제자리에서, 방향 없이, 고여 있는 것이 아닐까, 의심하고 있다. 아니 어쩌면, 의식에는, 구체적인 장소성이, 수학에서 말하는, 존재할 수 없는 가상의 점들처럼, 결여되어 있는 것이 아닐까, 하고, 나는 의구심을 품는다. 그러나 아무리, 조금 전처럼, 현재형의 시제를 사용한다고 해도, 의식이 문장으로, 아니 문장이 의식으로 발아하는 순간, 모든 시간은 무화되는 것처럼 느껴졌고, 그럼에도 불구하고, 나는 계속해서, 의식에 떠오르는 것들을, 문장으로, 돼먹잖은 문장들로 옮겨야 한다고 생각했는데, 그것만이 내게 주어진 사명과도 같은 일이기 때문이 아니라, 단지, 그것이 어떻게 가능할 수 있는지, 혹은, 그것이 어떻게 불가능할 수 있는지에 대해, 나의 죽음을 걸고—거창하기도 하지—스스로에게 설명하고 싶어졌기 때문이다. 여기서 나는, 이 글의 제목이, 「자연사 박물관」이 아니라, 본래는, 「도둑맞을 편지」였다는 것을, 새삼스레 밝혀야 한다는, 의무감을 갖는다. 그러니까, 이 글을 쓰기 시작했을 때는, 실제로 나를 수신인으로 하는 한 장의 편지가, 도둑맞게 되는 과정을, 그러나 알고도 도둑맞는 경우는 거의 없으니까, 도둑이, 나의 편지를 훔치는, 은밀하고도 비밀스러운—나는 은밀함과 내밀함, 비밀스러움의 차이에 대해 늘 생각해왔는데—과정을, 모르면서도, 알고 있는 것처럼, 가장해서, 혹은 과장해서 쓰려고 했던 것이다. 그러나 나도 모르게, 아니, 어쩌면 모르면서도 알고 있었던 것처럼, 이 글은, 도둑맞을 수도 있고, 글이 스스로 달아날 수도 있겠지만, 그래, 나는 어떠한 글의 미래도 짐작할 수 없으므로, 감히, 섣불리, 예감할 수 없으므로, 잊을 수 없는 것을 잊고,—
나는 이 문장을 어디선가 훔쳐왔는데, 그 출처를 밝히지는 않
겠다— 있을 수 없는 것을 없게 하고, 없을 수 없는 것을 없
게 하더라도, 아무래도 좋았으므로, 이 글의 목적은, 사람들
은 늘 목적을 궁금해하니까, 내 의식을, 문법적 규칙을 거스
르지 않고, 고스란히 문장들로 옮기는 것이겠지만, 이 글의
결과는, 사람들은 늘 결과를 궁금해하니까, 중력과 가속에 의
한 물리적 실패가 될 것이므로, 편지가 도둑을 맞거나 말거
나, 도둑을 맞았거나 말았거나, 모든 사물들은, 혹은 모든 사
물화된 문장들은, 일종의 자연사 박물관에 귀속되어, 살갗이
풍화되고, 혈관이 말라붙고, 뼈가 부서지는 속도를, 가능한
눈에 띄지 않도록, 그러나 전시된 죽음들을, 누구나 관람할
수 있기를 바랐던 것이다. 그러니 나 역시도, 여러분의 죽음
을 말갛게 씻어, 하나하나 유리관에 넣은 뒤, 검은 플라스틱
판에, 흰 글씨로 이름을, 아니 이빨들을 새겨, 마음껏 비명을
지를 수 있도록, 인도할 것이다. (이 글은 일종의 선언문이 아
니다—선언문은 미래에 속박되어 있다.)

　그러니까 이제, 내가 하려고 했던 이야기를, 해야 할 차례
다. 도무지 아무것도 생각나지 않고, 아무 일도 벌어지지 않
으므로, 나는 어떠한 상황을, 어떠한 인물을, 훔쳐 와야 할
것인데, 이 글을 쓰고 있는 지금, 내가 앉아 있는 장소에는,

내가 알지 못하는, 전날이나 전전날—나는 이곳에 제법 자주 오는 편이니까—보았음 직도 하지만, 이름이나 나이를, 추정은 가능하지만, 알 수 없는, 정체불명의 사람들이, 여러 명 있는데, 그들이 나와 떨어져 있는 거리는, 물리적으로 측정이 가능하지만, 게다가 그들이 나누는 대화를 엿들으면서, 그들의 직업이나 관심사 따위의 시시콜콜한, 그러나 그들에게는 중요한, 몇 가지 사실들을, 짐작할 수도 있지만, 그들, 하나하나의 인물들이 지닌 전형성이, 나의 흥미를 감소시키고 있는데, 아니, 그들의 표정이나 옷차림 따위에서 비롯되는 어떤 전형성이 문제가 되는 것이 아니라, 그들 자체로, 하나의 완전한 존재로, 이 자리에 있다는 사실이, 내게 보이지 않고 들리지 않는 어떤 것을, 그러나 존재함에 틀림없는, 그 무엇을, 상상하게 하도록 허락하지 않는다. 창밖으로는 주차된 차와 정차된 차 들, 모자 가판대와 신호등, 회색의 콘크리트 건물과 무수히 많은 행인 들이 보이지만, 그것들 역시 그 자체로 존재하고 있으므로, 어떠한 사실적인 허구를, 혹은 허구적인 사실을 덧입히는 것이, 부질없이 여겨질 뿐만 아니라, 그들, 아니, 당신들의 존재에 대해, 무언가를 말하기보다는, 무언가에 대해 침묵하는 것이, 내가 지닌 나름의 윤리관에, 어긋나지 않는다고 생각된다. 하지만 여기서 입을 다물어버릴 수는 없는데, 내가 지닌 예의 그 윤리관에 의하면, 말을 하지 않는 것보다는 말을 하는 것이, 말을 듣지 않는 것보다는 말을 듣는 것이, 옳은 까닭으로, 게다가 여러분도 잘 알고 있는 것처럼, 죽음을 지연시키는 방법 하나는, 지친 얼굴 표정을 감추고, 계속해서, 가능하다면 영원히, 말을 하는 것이다. (혹은 말을 듣는 것이다.) 그러므로 무슨 말을 해야 할까, 그럼에도 불구하고, 망설이는 동안, 나는 허구적인 인물에 기대어, 이 글을 마저 쓰기로 마음을 먹었는데,「희극입니까? 비극입니까?」에 등장하는 인물들을, 멋대로 이용하기로 결정한 것이다. 아니, 어쩌면「비극입니까? 희극입니까?」일 수도 있고, 그것은 확실하지 않지만, 그 소설을 쓴 사람은 토마스 베른하르트라는 것은 확실한데, 베른하르트 토마스는 아니니까, 아무렴, 아무튼, 비극과 희극은 늘 동시에 불거지지만, 문자는 왼쪽에서 오른쪽으로 적히므로, 필연적인 선택에 의해, 비극이나 희극 중 하나가, 앞서게 되었을 테니, 나는 그것에 대해, 지속적으로, 착각할 것이다.

나는 장소를 옮겼고, 나의 방, 60와트 전구를 켠 책상 앞에 앉아, 주변의 몇 가지 사물들을 관찰하기 시작했는데, 작은 가위, 담뱃갑과 라이터, 은색 뚜껑이 덮인 빨간 양철 재떨이, 연필통, 그 안에 가득 꽂혀 있는 연필들, 색연필들, 펜들, 세필, 뜨개바늘 따위를 보았고,「희극입니까? 비극입니까?」가 예상했던 위치에 꽂혀 있지 않다는 것을 깨달았고, 어차피 베끼려면, 다시 읽는 일 없이 베끼는 편이 낫지 않을까, 하고,

차분히 생각했다. 오전 12시 24분, 결정된 것은 없다. 나는
왼손을 내려다보았고, 왼손 엄지에는 일주일 전 톱날에 베인
자줏빛 상처가 남아 있었는데, 그날, 나는 소리를 지르지 않
았고, 붉은 피가 뿜어져 나오는 것을, 한동안 바라보고 있었
고, 그 기억을, 「희극입니까? 비극입니까?」의 두 인물 중 하
나에, 덧씌워야겠다고, 생각했다. 그러니, 이제는 정말이지,
이야기를 시작해야 한다. 「희극입니까? 비극입니까?」에는 두
명의 인물들이 등장하는데, 그들의 이름이 나타나 있지 않았
거나, 혹은 내가 기억할 수 없으므로, 편의상, 한 사람을 햄
릿, 다른 한 사람을 트리스탄이라 부르기로 한다.

일상의 피로에 지친 트리스탄이 집을 나섰다.

나는 트리스탄이 피로를 느끼는 이유나 원인이 궁금하지
않으므로, 그의 피로를 단순히, 흔한 일상에서 기인한 것으로
치부해버렸지만, 여러분이라면 그의 피로를 추적하기를 원할
지도 모르지, 그는 글을 — 어쩌면 소설을, 아니 소설을 — 쓰
고 있었고, 그의 책상 위에 아무렇게나 널브러져 있는, 축축
한 바나나 껍질들이, 초파리들을 꼬여내고 있었으므로, 게다
가 그의 소설에 등장하는 하나의 인물이, 곧 죽음을 맞이하게
될 예정이었으므로, 게다가 방문 밖에서 책을 읽고 있던 그의
아내가 — 편의상 그의 아내를 이사벨이라고 부르기로 한다

—커피를 끓여달라는 주문을 해왔으므로, 그는 커피를 맛있게 끓이는 비법을 알고 있었는데, 그것은 그의 아버지—편의상 그의 아버지를 리하르트라고 부르기로 한다—가 그에게 물려준 유일한 유산이었지만, 그는 스스로 부과한 임무에 지쳐, 커피를 끓이기는커녕, 제아무리 훌륭한 커피라도, 그의 원고 위에 쏟아버리고 싶은 심정이었으므로, 아내의, 이사벨의 부탁을 거절하고, 그녀가 그의 등 뒤에서 토라져 있는 동안, 그는 여름용 재킷을 걸치고, 재킷 안주머니에 담뱃갑과 라이터를 넣은 뒤, 원고 뭉치를 뒤집어놓고, 편상화—맹세컨대 나는 편상화라는 물건을 실제로 본 적이 없다—를 신고 집을 나섰던 것이다.

트리스탄이 강가를 산책한다.

나는 트리스탄이 살고 있는 도시의 이름과, 그 도시를 가로지르는 강의 이름이 궁금하지 않으므로, 그에 대한 묘사나 설명은 생략하기를 원하지만, 사실 고유명사들처럼 매혹적인 것도 드물기 때문에, 편의를 위해서가 아니라, 나의 즐거움을 위해서, 그가 사는 도시의 이름은 바덴바덴으로, 그 도시를 가로지르는 강의 이름은 덴버로 부르기로 한다. 그 도시, 바덴바덴은 널리 알려진 온천 지역으로, 독일인들이 사랑하는 휴양지로 알려져 있지만, 나는 그 도시에 가본 적이 없고, 온

천 휴양지라는 것을 제외하고는, 그 도시에 대해 더 알고 싶
지 않으므로, 바덴바덴에 강이 흐르거나 흐르지 않거나, 대단
한 우연에 의해, 실제로 지도상에 존재하는 그 도시에, 덴버
라는 이름의 강이, 흐르거나 흐르지 않거나, 더 이상 마음을
쓰지 않기로 한다.

바덴바덴에 거주하는 트리스탄이 덴버 강가를 산책하고 있다.

강둑에는 갈대와 골풀이 무성하게 자라 있다. 트리스탄은
한 손이 갈대 줄기를 스치도록 하면서, 동시에, 그의 소설에
등장하는 인물—편의상 그의 이름을 토마스라 부르기로 한
다—에게, 어떠한 종류의 죽음을 맞이하게 할 것인지에 대
해, 골똘히 생각하고 있는데, 모든 종류의 죽음들은, 그것들
이 죽음이라는 단어로 설명되는 순간, 모두 동류가 되고 마니
까, 어떠한 종류라기보다는, 어떠한 상황을, 죽음의 배경을,
설정해야 했다. 고등학교 교사인 토마스는, 어느 날 수업 시
간, 창문으로 투과되는 빛의 스펙트럼에 대해, 햇빛이 드러내
는 온갖 색채들에 대해, 프리즘을 한 손에 들고, 제각기 고유
한 개성을 지닌 스물여섯 명의 학생들에게, 낮은 목소리로 차
분히 설명했고, 그날, 이유를 알 수 없는 위경련이 다시 도진
까닭에, 그는 보통 때보다 이른 시각에, 집에 도착했고, 그
때, 그가 열쇠를 돌려 집의 현관문을 열었을 때, 그의 아내는

—편의상 그의 이름을 레지나라 부르기로 한다—고기 스튜를 끓이고 있었고, 곧 풍성한 저녁 식탁이 차려졌지만, 식탁 앞에 비스듬히 기대어 앉은 토마스는 아무것도 먹을 수가 없었고, 그가 병원에 가지 않는 이유에 대해, 레지나가 추궁하기 시작했을 때, 벨이 울렸고, 토마스도 레지나도 방문객을 예상하지 않았으므로, 약간 놀란 채, 현관문을 열었을 때, 그 앞에 누군가가 서 있었다. 트리스탄은 예상치 못한 손님이 등장하는 장면을, 여섯 문단에 걸쳐 섬세하게 묘사했는데, 그 누군가를, 누구로 설정해야 할 것인가라는 문제가 남아 있었다. 트리스탄의 의도에 의하면, 그 누군가에 의해, 토마스는 죽음에 이르게 되는데, 그가 죽게 되는 이유는 전혀 중요하지 않을 수도 있지만, 그를 죽이는 사람이 누구인가는, 꽤 중요한 문제였다. 트리스탄의 아버지는, 그러니까 리하르트는, 1차 세계대전 때는 공군 장교로 복무했고, 이어진 2차 세계대전 이후로는, 끔찍한 가난과 기아를 잊지 못했고, 그로 인해 고급 음식과 음료에 대한 취미를, 필사적으로 옹호하게 되었고, 어느 날, 모퉁이의 카페에서, 한 잔의 커피를 테이블 위에 올려놓고, 신문을 읽던 도중, 총격을 받고 사망했는데, 그 시각, 서넛의 행인들이 지나가던 거리는 고요했고, 오전의 햇빛은 온순했으며, 누가 리하르트를 쏘았는지는, 결코 밝혀지지 않았다. 트리스탄은 아버지의 기묘한 죽음에 대해, 더 이상 생각하는 것이 불가능할 정도로 생각했고, 얼굴 없는 저격수의 얼

굴을, 본 것 같다고도 생각했지만, 그것은 불가능했고, 세상의 모든 죽음들은, 언제나 이유 없이, 무차별적으로 일어나는 사건이라는, 의미 없는 결론을 내렸는데, 어떠한 이유 없는 사건들도, 글로 쓰였을 때는, 중대한 이유가 있는 것처럼 보였으므로, 트리스탄 역시도, 그가 지닌 나름의 윤리관에 따라, 설명할 수 없는 이유를, 꾸며내서라도 설명하고 싶었기에, 토마스를 죽이게 될 누군가에 대해, 생각하지 않을 수 없었던 것이다. 어쩌면 리하르트를 죽인 사람은, 동독 시절의 철 지난 공산주의자이거나, 가스실에서 죽은 유대인의 후손일 수도 있겠지만, 말단 장교였을 뿐인 리하르트를 굳이, 사람들이 이 시대,라고 부르는 끔찍하고도 평범한 시대에 와서, 죽일 이유가 있었을까, 차라리 그 누군가가, 두터운 창틀 뒤에 숨어, 한길을 지나는 갑이나 을을, 평범한 시대의 평범한 사람들을, 무차별적으로, 그러나 천천히 쏘아 죽이는 것을 선호한다면, 다른 설명은 필요하지 않은지도 모른다고, 트리스탄은 생각한다.

덴버 강가를 산책하는 트리스탄이 토마스의 죽음에 대해 생각한다.

나는 덴버 강가를 산책하며 토마스의 죽음에 대해 생각하는 트리스탄에 대해 생각한다. 나는 어쩌면, 두 명의 허구적

인물들에게, 죽음을 가르쳐야 할 수도 있다. 혹은, 그들로부터 죽음을 배울 수도 있다. 나의 알량한 윤리관에 따르면, 허구적 인물들을 죽이고 살리는 것은, 그들의 죽음이, 문자 그대로, 문자적이어서, 그들을 살해하는 데 따르는 죄책감 역시도, 은유적인 방식으로만 발생하므로, 나는 그들을 쓰고, 그들을 읽는 동안에만, 조금이나마 괴로워하면 그뿐, 더 이상의 정신적, 혹은 육체적 피로를 느끼지 않아도 좋을 것이다. 이 글을 쓰는 동안에는, 「희극입니까? 비극입니까?」를 다시 읽지 않기로 결정했지만, 그럼에도 불구하고, 분명히 방 안 어디엔가 있는 것으로 여겨지는 책이 실종된 지금, 조그만 오렌지색의 책을 찾아, 자꾸만 책장 구석구석으로 향하는 시선을, 꺾을 수는 없다. 『트리스탄과 이졸데』가 발견되고, 『브라질』이 발견되고, 『소멸』이 발견되고, 『세 여인』이 발견되는 와중에도, 모든 책들이, 책장에 꽂혀 있는 모든 책들이, 일별되는 와중에도, 『모자』는 사라지고 없다. 모든 사라진 물건들은, 언제고 다시 나타나기 마련이지만, 그것은 분명하지만, 사물들이 나타나고 사라지는 것은, 공간이 아닌 시간에 달린 일이므로, 나는 책이 다시 나타날 때까지, 기다리는 것 말고는 아무것도 할 수가 없으니, 기다리면서, 다시, 덴버,라는 두 글자 이외에는, 아무런 시각적 힌트도 주지 않는, 묘사되지 않은 장소를 거니는, 금발인지 흑발인지도 알 수 없는, 트리스탄에 대해, 생각하기로 했다.

　덴버 강가를 산책하는 트리스탄이 토마스의 죽음을 떠올리는 동시에 그의 아내 이사벨과 토마스의 아내 레지나에 대해 생각한다.

　레지나는 아담한 체구의 작고 마른 여인으로, 어깨까지 내려오는 밝은 갈색 머리의, 다소 방종하고도 쾌활한 성격을 지니고 있었는데, 그녀가 토마스와 결혼하게 된 까닭은, 토마스의 아버지가 남긴 약간의 연금 때문에, 대단히 풍요롭지는 않지만, 안전한 일상이 죽을 때까지 보장될 것이라는, 얄팍한 믿음 때문이었다고, 트리스탄은 생각했다. 트리스탄은 이러한 내용을 그가 쓰고 있는 소설—트리스탄은 아직 제목을 정하지는 않았지만, 편의상 그 소설을 「겨울 여행」이라고 부르기로 한다—에 쓰지는 않았다. 토마스는 키가 크고 마른 체격으로, 창백한 얼굴에, 귀밑까지 내려온 은발에 가까운 금발이, 자주 엉켜 있었고, 그가 글을 쓰게 된 것은, 바덴바덴에서 얼마 떨어지지 않은 한 도시의 대학을, 공학부였을 수도 있고, 문학부였을 수도 있는데, 졸업하고 난 뒤, 그 도시의 시의회에서, 말단 비서로 몇 년을 일했던 동안, 의사당 구내 식당의 여급이었던 레지나를 만나, 다소 말도 안 되는 이유에 의해—트리스탄은 이 이유에 대해 자세한 설명을 생략하고 있다—간소한 결혼식을 올리고 난 뒤, 바덴바덴으로 돌아와,

고등학교 물리 교사 자리를 얻어, 그의 늙은 어머니—편의상 그의 어머니를 도라라고 부르기로 한다—와 같이 살기 시작했는데, 그러던 어느 날, 갑작스러운 심장 발작으로 도라가 죽고, 삼십 대 중반이 된 토마스는, 이제야 비로소 자신이 고아가 되었음을 실감하며, 책상 앞에 앉아, 독일어로 글을 썼던 작가들의 초상을 들여다보며, 무언가 써야 할 것임을, 직감했던 것이다. 이 부분에서 나타나는 토마스의 의식은, 상당 부분 트리스탄의 의식이 덧입혀져 있다. 트리스탄의 어머니 역시도, 도라라는 이름을 갖고 있었고, 그녀 역시도, 심장 발작으로 죽었는데, 부와 모 모두를 잃고 난 트리스탄은, 자신이 느끼는 슬픔이, 기이하다고 생각했고, 물론 그것은, 슬픔을 제외한 다른 단어로는 설명할 수 없는 감정이었지만, 정확히 슬픔이라고 부를 수도 없는 것이라고, 트리스탄은 생각했던 것이다. 그때 느꼈던, 슬픔이 분명하지만 슬픔이라고 부를 수는 없는 감정을 설명하기 위해, 트리스탄은 책상 앞에 앉았고, 공학부 학생이었던 그가, 문학부 수업을 홀깃거리는 동안, 흠모했던 작가들의 흑백사진들을, 하나하나 들여다보며, 무언가를, 써야 한다고, 생각했다. 트리스탄이 토마스의 삶을 통해 무언가를 드러내려고 했던 것은 아니었다. 그보다는 오히려, 토마스의 죽음을 통해, 무언가를 쓰기보다는, 암시하기를 원했다. 트리스탄은, 일기를 제외하고는, 장문의 글을 써 본 적이 없었으므로, 토마스의 출생이나 레지나와의 결혼식,

도라의 죽음 등이, 비교적 간략하게 묘사된 것에 반해, 토마스가 커피를 끓이는 장면이나, 우편함에서 편지들을 꺼내는 장면, 우체부와의 대화, 집 근처 빵집이나 과일 상점에서 식료품을 사는 장면, 레지나가 냉장고를 비우는 장면, 주인을 잃은 개가 그들의 집 문간에서 잠들어 있던 장면 따위는, 상당히 길고 장황하게 묘사되어 있다. 트리스탄은 주로 늦은 오후에 글을 썼는데, 그에게는 아버지가 남긴 타자기와 만년필이 있었지만, 그는 주로 컴퓨터를 사용했고, 한 페이지를 쓰고 나면, 그것을 인쇄하여, 붉은 펜으로, 넘치거나 모자란 부분을, 표시하고는 했다.

「겨울 여행」의 첫 부분은, 여간 읽기 힘든 것이 아니었는데, 그 까닭은, 트리스탄이 자신의 의식에 떠오르는 문장들을, 가감 없이, 계산 없이, 그대로 쓰고 있기 때문이었다. 그는 그 부분을 고치지 않았는데, 문장이나 단어 하나를 건드리기만 하면, 아슬아슬하게 걸쳐져 있는 다른 표현들이, 일시에 무너져, 사산된 문자들밖에는, 남지 않는 것처럼 보였기에, 그는 애써, 고칠 수 없는 부분에 손을 대기보다는, 그에게 남아 있는 페이지들을, 텅 빈 페이지들을, 생각했던 것이다.

트리스탄이 강가에 앉아 토마스의 죽음에 대해 생각한다.

그때 누군가가 트리스탄에게 다가왔다.

나는 다시 고개를 돌려, 책장은 책상의 반대편 벽에 놓여 있는데, 칸마다 빼곡하게 들어찬 책들의 제목을, 하나하나 읽으면서, 「희극입니까? 비극입니까?」가 수록된, 『모자』를 찾고 있는데, 여전히 그 책은 발견되지 않고, 마른번개가 치기 시작했고, 장대비가 내리기 시작했고, 그렇게 모든 일들이 시작되기 시작했으므로, 나는 다시, 트리스탄의 이야기를, 쓰기 시작한다. 트리스탄에게는, 그 누군가를 만나는 일이, 예정되어 있었다. 물론 그 누군가는, 토마스가 맞닥뜨리게 된 누군가와는 다른 인물로, 「희극입니까? 비극입니까?」의 마지막 부분에서, 트리스탄에게, 동일한 질문을, 그러니까, 희극입니까, 비극입니까, 라는 질문을 던지는 사람이다. 트리스탄은 고개를 들어, 그 사람을 바라보았는데, 그는 여성용 외투를 입고, 사냥 모자를 눌러쓴, 장년의 사내로, 언뜻 보기에도 무언가, 이상한 구석이 있는, 사람이었다. 앞서 말했듯, 그 사람의 이름은 햄릿—트리스탄은 그의 이름을 알지 못했다—으로, 왼손에는 지팡이를, 오른손에는 우산을 들고 있었고, 발에는 검은 고무장화가 신겨 있었다.

트리스탄이 여성용 외투를 입은 사람—햄릿—과 대화한다.

햄릿이 트리스탄에게 시간을 물었고, 트리스탄이 햄릿에게 시간을 알렸다. 오후 2시 40분이었고, 해는 구름에 가려져 있었고, 날은 춥지도 덥지도 않았으나, 햄릿이 입고 있는 여성용 외투가, 트리스탄의 신경을 자극했고, 트리스탄은 산책을 방해받은 것이, 토마스의 죽음에 대한 생각이 중지된 것이, 다소 억울하다고 생각했고, 다시 일어나서, 산책을 계속하려고, 토마스의 죽음에 대해 생각하려고, 마음먹었으나, 그러는 사이, 햄릿은 트리스탄의 곁에 앉아, 알 수 없는 말들을, 지껄이기 시작했다.

나는 두 사람의 대화를, 나의 글로 옮길 수 없다고 생각하는데, 그 까닭은, 대화의 세세한 내용을 기억하지 못하기 때문이 아니라, 그들의 대화를 그대로, 옮겨 적는 것은, 차용이 아니라, 표절이기 때문인데, 이미 베끼고 있으니, 더 베낀다고 해서, 나의 시답잖은 윤리관을, 배반하는 것은 아니겠지만, 그럼에도 불구하고, 책을 찾을 수가 없으니, 그들의 대화를, 문자 그대로 적는 것은, 피해갈 수 있겠지만, 나와 여러분은 모두, 남의 입을 빌려 말을 배웠으니, 남의 손을 빌려 글을 배웠으니, 베끼고 베껴지는 것은, 우리가 공유하는 숙명과도 같은 것, 그러므로, 나는 다시 시작한다.

햄릿이 트리스탄에게 시내의 극장에서 상연되는 작품을 알고 있느냐고 묻는다.

트리스탄은 햄릿에게, 자신은 고등학교 물리 교사이며, 오늘은 휴가를 내고 집에서 쉬던 중, 볕이 좋아 산책을 나왔으나, 어느덧 날이 흐려져, 강둑에서 잠시, 바람을 맞던 중이라고 설명한 뒤, 자신은 희곡에 관심이 없으며, 읽은 작품도 없고, 극장에는 거의 가지 않는다고, 그의 아내 역시도 연극보다는 음악회를 좋아하므로, 극장에는 갈 일이 많지 않다고 대답했다. 마침내 몸을 일으킨 트리스탄은, 햄릿에게, 자신은 다시 산책을 계속할 것이라고 말한 뒤, 인사를 하고, 몸을 돌려 걷기 시작했는데, 햄릿 역시도, 부리나케 일어나, 트리스탄을 따라, 걷기 시작했다. 햄릿은, 처음 말을 배운 사람처럼, 소박한 단어로, 아니, 유아적인 단어로, 트리스탄에게 계속해서 말을 걸었고, 트리스탄은, 걸음을 빨리 하기도 하고, 느리게 하기도 했지만, 말투와는 달리, 햄릿은, 그에게 보조를 맞추어, 빠르게도 느리게도 걸었고, 트리스탄은 마침내, 홀로 산책하는 것을 포기하고, 햄릿의 이야기를 듣기 시작했던 것이다. 햄릿은 트리스탄에게, 고등학교에서 무엇을 가르치느냐고 물었고, 트리스탄은 햄릿에게, 물리를 가르친다고 대답했는데, 햄릿은 다시 트리스탄에게, 물리의 어떤 부분을 가르치느냐고 물었고, 트리스탄은 햄릿에게, 빛의 스펙트럼에 대해 가르친다고 대답했다. 그러자 햄릿은, 트리스탄에게, 물리적인 죽음과 은유적인 죽음을, 구분할 수 있느냐고 물었고, 트리스탄은 감히 대답하지 못했다. 그렇게 대화가 오고

가는 중에도, 트리스탄은 햄릿이 입고 있는 여성용 외투가, 못내 마음에 걸렸으나, 그것에 대해 질문하지는 않았는데, 그것은, 트리스탄이 허구적인 인물이기 때문에, 아직 규정되지 않은, 혹은 드러나지 않은 그의 성격 탓일 수도 있고, 내가 트리스탄의 성격을 만들어내는 데, 그다지 흥미가 없는 탓일 수도 있고, 트리스탄의 성격은, 이미 원작에, 그러니까「희극입니까? 비극입니까?」에, 암시되어 있는 탓일 수도 있다. 어쨌든 햄릿은, 집요할 정도로, 트리스탄에게 질문 공세를 퍼부었는데, 그중에는 결혼은 했느냐, 아이는 있느냐, 아내의 머리카락은 무슨 색이냐, 휴일에는 무엇을 하느냐, 기독교인이냐 유대인이냐—트리스탄의 얼굴은 명백한 게르만 혈통으로 보였다—따위의 질문들도 있어서, 트리스탄은 고개를 절레절레 흔들며, 실례를 무릅쓰고라도, 햄릿을 따돌려야겠다고 생각했지만, 헤어짐을 암시하는 갖가지 말들에도 불구하고, 햄릿이 물러날 생각을 하지 않았으므로, 마침 강둑에서 보도로 올라가는 계단이 보였기에, 트리스탄은 그쪽으로, 황급히 뛰기 시작했고, 햄릿 역시 따라 뛰면서, 멈추라고, 아직 하지 않은 말이 남아 있으며, 그 말에는 당신의 인생이 걸려 있고, 외치는 것이었다. 그 외침을 들은 순간, 트리스탄은, 토마스의 예기치 않은 죽음을 언뜻 떠올렸고, 햄릿이 무슨 말을 지껄이든 간에, 그 말이, 대단한 의미나 울림을 주지는 않겠지만, 어쩌면, 토마스의 죽음에 대한, 짤막한 힌트라도, 얻을 수 있지 않을까, 생각했다. 그래서 트리스탄은, 제자리에 멈춰 섰고, 숨을 헐떡거리며 달려온 햄릿이, 피식 웃으면서, 조금만 더 같이 걷자고, 카를교가 나타나는 지점에서, 하지 않은 말을 하겠다고, 말했다.

트리스탄과 햄릿이 덴버 강변에서 숨을 몰아쉬고 있다.

트리스탄은 햄릿에게, 말을 하려면 지금 해야 하는 것이, 자신은 매우 바쁜 사람이고, 3시 이전에 돌아오라는 아내의 전언이 있으며, 돌아가서 해야 할 일이 남아 있다고 말했다. 그러자 햄릿은, 호주머니에 손을 넣어, 무언가를, 작은 톱날 하나를 꺼냈는데, 그것의 끝은 휴지 뭉치와 스카치테이프로 둘둘 말려, 손잡이 구실을 하고 있었고, 놀란 트리스탄이, 한 발 뒤로 물러서자, 햄릿은 태연히, 톱날을 들어, 손톱을 다듬는 척하기 시작했고, 그와 동시에, 트리스탄에게 한발 다가서며, 자신은 아직 준비되지 않았노라고, 준비한 적이 있었지만 상대방은 준비되지 않았었노라고, 조용히 말했고, 트리스탄이 한발 뒤로 더 물러나자, 그는 톱날을 세워 손톱을 다듬으면서, 트리스탄에게 가까이 다가섰는데, 그 와중에, 톱날이 엇나간 탓에, 햄릿은 왼손 엄지를 조금 벤 것 같았고, 그가 얼굴을 찡그렸으므로, 트리스탄은 물러서지도 다가서지도 못한 채, 그 상처에서, 붉은 피가 솟구치는 것을, 멍청하니 바라보았고, 햄릿이 여성용 외투에 피를 문질러 닦고, 피의 붉음이, 검음으로 변하는, 눈에 띄지 않는 속도를, 그 둘 모두 말없이, 지켜보고 있었다. 햄릿은, 톱날에 붙어 있는 왼손 엄지의 조그만 살점을 떼어내고는, 그것을 땅바닥에 던진 뒤, 고무장화를 신은 발로 짓이겼다. 본래도 잘 보이지 않던, 반투명한 살점 조각은, 영영 눈에 보이지 않게 되었고, 트리스탄이 미처, 정신을 차리기도 전에, 햄릿은, 톱날을 다시 주머니에 넣고는, 나머지 네 손가락으로 엄지를 감싸 쥔 채, 시내의 극장에서 상연 중인 작품을 알고 있느냐고, 다시 한 번, 트리스탄에게 물었다.

트리스탄은 햄릿에게 모른다고 대답한다.

햄릿은 고개를 절레절레 흔들고는, 한심하다는 듯, 트리스탄을 아래위로 훑어보고 난 뒤, 조금만 더 걷자고, 카를교는 그다지 멀리 떨어져 있지 않다고, 그곳에서, 모든 것을 이야기하겠노라고, 말했고, 트리스탄은, 약간 겁에 질린 채, 햄릿을 따라 걷기 시작했다.

나는 이제, 이 이야기의 마지막 부분을, 피해 갈 수 없게 되었다. 사실 이 이야기의 마지막 부분이란, 내가 아무리 노력한다 하더라도, 그러니까, 이름을 바꾸거나, 도시를 바꾸거나, 계절을 바꾸거나, 하는 등의 수를 쓴다고 하더라도, 소재적인 측면에서, 완벽하게 베끼는 것 말고는, 다른 것을 쓸 수는 없을 것인데, 그러므로, 이 글이, 본래는 「도둑맞을 편지」였던, 이제는 「자연사 박물관」이 된 이 글이, 스스로 무너지는, 그러나 완전히 사라질 수는 없는, 그 무엇에 지나지 않겠지만, 시작한 이상, 그래, 그럼에도 불구하고, 이야기를 끝내는 것 말고는, 다른 것을 할 수는 없으니까, 나는 계속해서, 「희극입니까? 비극입니까?」를, 베끼기로 한다.

때마침 바람이 불기 시작했고, 갈대밭이 조용히, 그러나 전체적으로, 흔들리고 있다. 카를교가 시야에 들어왔고, 트리스탄은 알 수 없는 초조함과 나른함을 동시에 느낀다. 햄릿이 서투른 솜씨로 휘파람을 불었고, 트리스탄은 그 곡조를 알고 있다고 생각했다. 트리스탄은 그 순간, 토마스나 리하르트, 레지나와 도라에 대해 생각하지 않았고, 그보다는 외려, 자신에 대해, 자신의 죽음에 대해 생각하고 있었다. 카를교가 점점 더 가까워졌고, 트리스탄은 자신이 땀을 흘리고 있음을 깨닫고, 여름용 재킷을 벗어 팔에 걸쳤다. 폭이 넓지 않은 강의 수면은 고요했고, 그들을 제외한 사람은 아무도 없었고, 트리스탄은 누군가가, 갈대밭 사이에 몸을 숨기고, 자신에게 총을 겨누고 있을지도 모른다고, 생각했고, 일어날 수 없는 일이란 없으므로, 말도 안 되는 일이라는 것은, 한낱 표현에 지나지 않는다고, 생각했다.

트리스탄과 햄릿이 카를교 밑에 도착했다.

햄릿은 마침내, 여성용 외투의 단추들을, 하나하나 풀었고, 마침내 그가 여성용 외투를 벗었을 때, 트리스탄은 왜인지 모를 안도감을 느꼈다. 햄릿이 마침내 말하길, 10여 년 전의 겨울날, 자신은 애인—그녀의 이름은 밝히지 않았다—과 덴버 강변을 산책하던 중, 사소한 말다툼이 번져, 둘 다 넘치는 화를 제어할 수 없을 정도가 되었고, 그날, 자신은 준비가 되어 있었다고 생각했지만, 그의 애인은 전혀 준비가 되어 있지 않았다고 여겨졌는데, 무엇을? 무엇을, 그러나, 실제로는 자신도 전혀, 아무것도, 준비된 것이 없었고, 그것을 깨닫자마자, 그녀의 일생이, 아니, 그녀가 포함된 자신의 일생이, 지긋지긋하게, 끔찍하도록 지긋지긋하게 여겨졌고, 그래서 충동적으로, 여기, 카를교 밑에서, 그녀를 강으로 떠밀었는데, 깊지도 넓지도 않은 그 강에서, 수영을 못하던 그 여자는, 익사하고 말았고, 그는 덜덜 떨며, 집으로 달아났는데, 며칠 후 그녀의 시체가 떠오르고, 경찰들이 그를 찾아오고, 그는 그 여자와 자신에 대해, 사실 그대로, 아니, 사실임 직하게 들리는 모든 것들을, 진술했고, 아니, 서술했고, 재판이 있었고, 그는 10년 형을 선고받았고, 형량이 적었던 까닭은, 그의 진술이, 아니 서술이, 문법과 어법을 거스르는 것이었기에, 판사와 검사와 형사 모두가, 그가 일종의 정신병을 앓고 있으며,

고의적으로 살인을 저지른 것은 아니라는, 판단을 내렸기 때문이었는데, 그렇게 내려진 판결에는, 그가, 애인이 입고 있던 외투를, 간절히 원했으며, 형벌에는 상관없이, 외투만 가질 수 있다면, 아무래도 좋다는 태도를, 계속해서 보였다는 사실이, 결정적이었다고 했다. 햄릿은, 트리스탄에게, 외투의 솔기가 뜯겨 나간 자리를 보여주었고, 불가해한 웃음을, 시도 때도 없이 보이면서, 결국 우리는, 아무것도 준비할 필요가 없고, 무엇을 준비하더라도, 다가올 미래는 예측이 불가능하므로, 소용없는 짓이라고, 준비할 필요가 없으니, 예비할 필요도 없으며, 예비할 필요가 없으니, 대비할 필요가 없다고 말했고, 대비할 필요가 없으니, 기대할 것도 없다고 말했고, 감옥에서 지내는 동안, 그는 꾸준히 체력을 단련한 끝에, 그 누구라도, 제아무리 건장한 사내라도, 완력으로 제압할 수 있게 되었고, 출소하고 난 뒤, 같은 자리에서, 같은 시간은 아니지만, 시간은 되돌릴 수 없지, 탄식하면서, 누군가를, 강물에 밀어 처넣을 수만 있다면, 자신의 남은 일생이, 더 이상, 지루하지 않겠노라고, 말했다. 그리고 그는 다시 한 번, 트리스탄에게, 시내의 극장에서 상연되고 있는 작품이 무엇인지 아느냐고 물었고, 트리스탄이 대답하지 않자, 다시 한 번, 시내의 극장에서 상연되고 있는 작품이, 희극인지 비극인지 아느냐고 물었다.

햄릿이 트리스탄에게 시내의 극장에서 상연되는 작품이 희극인지 비극인지 알고 있는지 묻는다.

트리스탄은 침묵한다.

햄릿은 트리스탄에게, 지금, 이 자리에서, 당신을, 강으로, 떠밀어도 괜찮으냐고, 물었고, 트리스탄이 대답하지 않자, 다시 한 번, 수영을 할 수 있느냐고, 물었고, 그래도 트리스탄이 대답하지 않자, 트리스탄의 한쪽 팔을 단단히 움켜쥔 채로, 햄릿 역시, 침묵을 지킨다.

트리스탄은 생각하지 않는다.

트리스탄은 생각할 수가 없다.

트리스탄은, 아무것도, 생각할 수 없었고, 생각은커녕, 당장 눈앞에 닥친 죽음이, 현전하게 될 것임을, 예감하지 않으려고 애썼으나, 덫에 걸린 짐승처럼, 목을 죄어오는 공포에 사로잡혔음에도, 두려움과 함께, 기묘한 쾌락을, 동시에 느꼈고, 만약 일이 잘못되어, 죽지 않을 수 있다면, 아니, 만약 일이 잘 되어, 죽지 않을 수 있다면, 그때의 허전함과 우울을, 어찌 처리할 수 있을까, 걱정하고 있었던 것인데, 햄릿은, 여전히 트리스탄의 팔을 움켜쥐고서, 강 쪽으로, 한 발짝씩, 천천히 한 발짝씩, 움직여 갔다. 트리스탄은 그를 따라 서서히 발을 옮겼고, 그 순간 그의 머릿속에 떠오르는 것은, 어떠한 문장이나 단어 들이 아니라, 그러한 문장이나 단어 들의 그림자, 혹은, 거울상처럼 여겨지는, 희미한, 어두운, 핏기 없는, 얼룩과도 같은 무엇이었고, 살아나더라도, 그런 것들을, 쓸 수는 없을 것이라고, 그런 것들을, 문자로 고정시킬 수는 없을 것이라고, 생각하면서, 아니, 체념하면서, 햄릿의 완력에 저항하지 않고, 질질 끌려가고 있다.

나는 여전히, 책상 앞에 앉아, 이 글을 쓰면서, 유리컵에 담긴 비린내가 나는 물을 마시면서, 트리스탄과 토마스의 죽음에 대해, 아니, 이사벨과 레지나의 죽음에 대해, 아니, 햄릿의 죽음에 대해 생각한다. 나는 쓸 것이다. 무엇을? 무엇을. 나는 희극과 비극을 써서 팔고, 여러분이 희극과 비극을 사서 읽는 동안, 나와 여러분의 운명이란, 불시에 어디선가 죽음을 맞게 되리라는 것뿐, 우리의 죽음은 한낱 주검이 되어, 일종의 자연사 박물관에, 영구히 전시될 것이나, 그것을 보러 오는 방문객들은 없을 것이며, 없는 방문객들 역시도, 나와 여러분과 같은 운명 아래 태어났으므로, 그들의 죽음 역시도, 한낱 주검이 되어, 일종의 자연사 박물관에, 영구히 전시될 것이다.

　나는 장소를 옮겨, 다른 책상 앞에 앉아, 다른 유리컵에 담긴 물을 마시면서, 다른 담배를 피우고, 나와 여러분의 죽음에 대해 생각한다. 그리고 나는 쓸 것이다. 그럼에도 불구하고 나는 쓸 것이다. 무엇을? 무엇을. 내가 옮긴 장소에도 『모자』는 존재하지 않는다. 그러니 그 책은 존재하지 않는다. 내가 허구적 인물들의 입을 빌려, 나 자신도, 허구적으로 존재하는 것처럼, 가장할 때, 내가, 허구적으로 존재하므로, 내가, 사실적으로 존재하는 것을 비밀에 부칠 때, 모든 페이지들이 일시에 말소되기를—이 표현을 나는 어디선가 훔쳐 왔는데—담담히 바라면서, 모든 편지들이 부쳐지기도 전에 사라지기를 간절히 바라면서, 너의 삶은 비극이었으나, 죽음은, 희극이로구나, 비웃으면서, 그렇게 자신을 비웃으면서, 죽어서도 죽지 않는, 죽여도 죽지 않는, 세상에 존재하는 모든 허구적 인물들의 죽음들을, 은밀히 부러워하면서, 그럼에도 불구하고, 다시 한 번, 그럼에도 불구하고, 나는 여러분들의 죽음을, 성실히 기록한 뒤, 묘비마다 아름다운 문양으로, 싱싱한 감탄사들을, 의미 없는 문장부호들을, 그리고 여러분이 유일하게 소유한, 이름들—고유명사들—을, 정교한 필치로, 새겨 넣을 것이다. 그리고 그렇게, 비명으로 새겨진 문자들을, 읽는 사람은, 아무도, 아무도 없을 것이다.

돼지가 거미를
만나지 않다

밤, 그의 아내는 층계에서 굴러떨어진다. 그날 밤이던가, 간밤이던가, 지난 밤이던가, 어젯밤이던가. 아내가 소리를 질렀던가, 눈물을 흘렸던가. 그를 불렀던가, 부르지 않았던가. 아내는 그에게 아무 말도 하지 않았다. 이것은 내 일이니 상관하지 말라고—그러나 그는 내일? 내일, 하며 고개를 갸웃거린다. 그와 아내의 대화는 식물처럼 난폭하고 또 동물처럼 고요하다. 기실 동물은 말이 없으니, 그리고 식물은 사력을 다해 뿌리를 뻗어 흙을 움켜쥐는 것이니, 일견 이상한 비유처럼 들릴지라도, 들리는 것만큼 이상하지는 않다고, 그는 생각한다. 오늘은 어제의 내일이었고, 어제는 그제의 내일이었고, 그제는 그제의 오늘이었는걸, 오늘도 어제도 그제도 그의 아내는 그의 아내다. 그러나 내일, 내일은?

그는 머리맡에 놓여 있던 안경을 손으로 더듬어 찾는다. 이제 아내는 기척이 없다. 아니, 아내는 제가 없는 양 연기하고 있는 것인지도 모른다. 그런데도 그는 몸을 일으켜 방 안을 둘러볼 마음이 들지 않는다. 간밤의 꿈에서 그는 닭과 거위와 까마귀가 뒤섞인 새를, 그것이 닭의 머리와 거위의 몸통과 까마귀의 날개가 뒤섞인 것이라고 할 수 있다면 좋을 텐데, 그러나 닭의 머리와 거위의 몸통과 까마귀의 날개가 뒤섞인 것이라고 할 수 있다면 좋을 텐데, 그러나 닭의 머리와 까마귀의 머리와 거위의 머리가 하나였고, 거위의 몸통과 까마귀의 몸통과 닭의 몸통이 하나였으며, 까마귀의 날개와 닭의 날개와 거위의 날개가 하나인, 기이한 새를 보았다. 단지 본 것만이 아니라, 그는 그 새, 새들과 함께 진흙 바닥에서 헤엄을 치고 있었다. 아무리 팔다리를 휘저어도 그는 사방팔방 그 어느 곳으로도 움직일 수 없었다. 이를 어찌한다. 이를 어찌하랴. 닭이면서 거위이자 까마귀인 새가, 그러나 닭도 거위도 까마귀도 아닌 새가, 새들이 길게 울었다. 그러자 그는 차라리 가라앉고 싶었다. 그는 더 이상 버둥거리지 않고 스스로 진흙 속으로 빨려 들어가고자 한다. 그의 몸이 가라앉는다. 그의 정신이 가라앉는다. 아니다. 새들이 울부짖는다. 그의 무릎이, 허벅지가, 허리가, 가슴팍이 진흙 속으로 천천히 미끄러진다. 미끄러진다. 따뜻하다. 미끄러진다. 부드럽다. 미끄러진다. 새가, 새들이 그의 머리 위를 선회한다. 미끄러진다. 끈적거린다. 미끄러진다. 목까지, 턱 까지, 입까지, 그는 눈을 감는다. 아니다. 그는 눈을 뜬다. 그의 눈앞에 넥타이 하나가 길게 내려와 있다. 끝이 둥글게 매듭지어진 넥타이가, 길게. 틀렸군, 이번에도 틀렸어. 그는 양순하게 넥타이 고리 에 머리통을 꿴다. 새들이 울음을 멈춘다. 그것들이 날개를 펄럭거린다. 날개의 그림자가 그의 몸을 새까맣게 뒤덮는다. 그는 어느새 진흙 바닥 위에 대롱대롱 매달린다. 그때 무슨 소리를 들었던 것도 같다고, 그는 생각한다. 크고 육중한 무 언가가 높은 곳에서 아래로 굴러떨어지는 소리를 들었던 것 도 같다고, 그는 생각한다. 아내였구나, 아내가 하필이면 그 시각에 충계에서 굴러떨어지는 바람에, 진흙으로 스스로를 매장할 수 있었던 기회를 놓치고 말았구나. 그러나 그의 아내 는 종잇장처럼 얄팍하여서, 제아무리 높은 곳에서 심하게 굴 러 떨어진다고 해도, 약이라도 먹고 잠든 것처럼 혼곤한 그의 잠을 깨울 만큼, 커다란 소리를 낼 수는 없었을 터다.

그는 손에 쥐고만 있던 안경을 마침내 얼굴에 쓰고는, 이번 에는 벽을 더듬어 벽시계를 찾는다. 오후 네 시. 아직도 오늘 은 오늘에 머물러 있다. 그러나 아직도 겨울인가. 아니면 다 시 가을이 되었는가. 겨우내 아내는 작아지고만 있었다. 그 꼴이 딱하다고는 생각하지 않았다. 바깥은 봄인가, 여름인가. 아내가 좀처럼 커질 생각을 하지 않는 것을 보니 아직도 겨울인가 보았다. 오후 네 시 일 분. 그새 일 분밖에 지나지 않았다. 눈을 한 번 감았다 뜰 때마다 일 년이 지나간다면, 일 년 후에도 그의 아내가 그의 아내라면. 그는 무심코 손을 들어 턱 끝을 매만진다. 밤새 자라난 수염이 꺼칠하다. 이것 좀 보게, 그는 혼잣말을 한다. 이것 좀 보라니까. 간밤에 내 몸이 이렇게 부풀어 올랐군. 아니, 잠들기 전에도 이미 그러했던가. 날이면 날마다 오그라드는 아내와는 달리 그의 몸피는 매일같이 부풀어 오른다. 그의 아내는 파리한 얼굴로 그의 몸을 내려다본다. 아니다. 어제는 아내가 그의 몸을 내려다보았다. 그래서 그는 몸을 숨겼다. 아니다. 그는 몸을 숨기고자 했다. 그러나 그를 덮은 이불은 한없이 작았다. 작은 이불을 덮고 그는 슬펐다. 「내 꼴을 좀 봐, 틀림없이 나를 돼지라고 생각하겠지.」 그는 이렇게 말한 적이 있었다. 사실은 수도 없이 이렇게 말했다. 그러나 아내는 들은 척도 하지 않았다. 낮, 오후 네 시 오 분이다. 아직 시간이 사 분밖에 지나지 않았으니, 그의 몸이 부풀어 오를 시간도 사 분밖에 없었을 것이다. 그는 초조하다. 아내는 여전히 아무런 기척도 없다.

그는 자리에서 몸을 일으킨다. 그의 몸을 반쯤 덮고 있던 이불이 바닥으로 스르르 떨어진다. 이불이 얇고 가벼운 것을 보니 이제 여름이 되었나 보군, 그는 혼잣말을 한다. 이것을 입자, 저것을 벗자. 그는 이불을 벗고 이불을 입고 싶다. 그러나 이불은 지나치게 작다. 아니다. 그의 몸이 지나치게 크다. 그래서 그는 맨몸으로 벽시계 앞에 선다. 그리고 벽시계를 벽에서 떼어내어—벽에 붙어 있지 않은 벽시계도 벽시계라고 부를 수가 있나—분침을 육 분 뒤로 돌린다. 세 시 오십구 분. 아직 아무 일도 일어나지 않은 시각이다. 그러나 그는 이미 일어나 있다. 시곗바늘을 돌리고 돌리고 또 돌려 일 년 전으로, 삼 년 전으로, 십 년 전으로 되돌아갈 수 있다면, 가을을 여름으로, 여름을 봄으로, 봄을 겨울로, 되돌릴 수 있다면, 그는 혼잣말을 한다. 그의 몸이 이만큼이나 부풀어 오르지 않았을 때로, 그의 아내가 거미처럼 오그라들지 않았을 때로 되돌릴 수 있다면, 아니, 그가 아내를 만나지 않았을 때로, 어제의 어제처럼, 그제의 그제처럼 다시 살 수 있다면, 그는 생각한다. 다시 오후 네 시. 부질없다. 그는 견딜 수가 없다. 커다란 창문으로 오후 네 시 일 분의 햇살이 들어온다. 그의 맨다리는 옅은 주홍색을 띤다. 닫힌 유리창 너머로 창밖의 풍경이 비친다. 어서 밤이 되었으면 싶다. 그러면 유리창은 창밖의 풍경이 아니라 창 안의 풍경을 되비칠 것이다. 그러면 그는 구태여 고개를 돌려대지 않고라도 그의 아내를 발견할 수 있을 것이다. 그는 진심으로 그렇게 생각한다. 그러나 그의 아내가 해 지고 난 뒤에도 돌아오지 않는다면.「해지다, 해지.」그러나 돌아갈 시간이 없다. 돌아갈 시간이 없다니, 그는 이 말에서 다소 장중하고도 이중적인 느낌을 갖는다. 네 시 삼 분. 그는 초침이 재깍거리는 소리를 한동안 가만히 듣고 있다.

어쨌거나 그는 수염을 깎아야 한다. 수염을 깎은 그의 얼굴은 아내의 그것보다 더욱 파리할 것이다. 그렇게라도 그는 스스로를 위안해야 한다. 아내가 돌아오면 그는 아내에게 그렇게라도 무언의 대화를 건네야 한다. 층계에서 맥없이 굴러떨어진 아내는 어디로 갔는가. 층계의 끝으로, 아니면 층계의 첫머리로. 얄궂은 중력의 힘은 거미줄처럼 가느다란 아내에게조차 제대로 작용한 것이 아닌가. 그런 점에서 그와 아내의 몸은 평등하기 짝이 없다. 그는 아내의 화장대 위에서 면도기를 찾는다. 면도기에는 아내의 것으로 보이는 체모가 한 가닥 걸려 있다. 그의 것은 아니다. 그러나 아내가 면도를 할 까닭이 없다. 그러면 그것은 그의 것이리라. 그것, 그의 것. 난데없이 끼어든 조사 하나가 그것을 그의 것으로 만들어버린다. 그러나 더 생각하는 것은 부질없다. 그는 수염을 깎는다. 이제 보니 면도기는 그가 사용하던 것이 아니다. 그는 수염을 깎고 있다. 그러나 그는 수염을 깎기를 원하지 않는다. 그는 그의 몸을 깎고 싶다. 그의 몸을 베어내고 싶다. 그는 두렵다. 내일의 내일이 되면 그의 몸은 방 안을 온통 채우고도 남을 만큼 거대하게 부풀어 오를지도 모른다. 그러면 그의 아내가 돌아올 자리가 없다. 그의 아내는 방문이 아니라 그의 몸을 두드려야 할 것이다. 방문이 아니라 그의 몸을 밀어젖혀야 할 것이다. 깎인 수염이 그의 발등으로 떨어진다. 우수수, 우수.

그러나 소리 없이. 수염이 그의 발등을 새까맣게 뒤덮을수록
그의 얼굴은 파리해진다. 아내는 어디에 있는가. 그의 아내는
어디에 있는가.

　전화벨이 울린다. 한 번. 그는 생각한다. 그의 아내가 전화
를 걸어온 것인지도 모른다. 두 번. 그는 생각한다. 그의 아
내를 데리고 있는 누군가가 전화를 걸어온 것인지도 모른다.
세 번. 그의 현실적인 망상이 비대해진다. 네 번. 그의 아내
가 전화를 걸 리가 없고, 그가 아닌 누군가가 그의 아내를 데
리고 있을 리가 없다. 다섯 번. 그는 전화를 받는다. 「여보세
요.」「실례지만 김영수 씨 되십니까.」「아닙니다.」「그러면
잠시 시간 좀 내주실 수 있겠습니까.」「저는 김영수라는 사람
이 아닙니다.」「괜찮습니다. 제 말을 좀 들어보세요. 1922년
2월 1일자 동아일보에는 '호운을 위하여'라는 제목의 기사가
실렸습니다. 말인즉슨, '좋은 운수를 위하여, 이것을 아홉 장
의 엽서에 기록하여 그대가 호운되기를 바라는 사람에게 보
내라. 아흐레만 지나면 그대에게 좋은 운수가 돌아올 것이오.
이 사슬을 끊으면 아니 된다. 만약 끊으면 크게 악운이 있다.
이 사슬은 미국 사관에게서 비롯된 것인데 아홉 번 지구를 돌
지 아니하면 아니 된다. 이십사 시간이 지나기 전에 쓰기를
바란다. 호운을 위하여'라는 내용의 편지가 경성 시내에 나돌
고 있다는 것이었습니다. 1922년에도 그런 일이 있었다니 재
미있지 않습니까? 행운을 바라는 것은 언제고 있는 일인가

봅니다.」「그런데요.」「선생님의 행운을 빌고 싶지 않으십니까? 선생님께서는 제 전화에 응답하셨으니 다른 아홉 분들께도 이 내용을 전화로 알려야 합니다. 그렇게 하지 않으시면 불운이 따를 것입니다.」「제 생각에 제게는 이미 불운이 따르고 있는 것 같습니다.」「……」전화를 걸어온 사내는 잠시 아무 말이 없다. 그가 말을 잇기 전에 전화를 끊어야겠다고 그는 생각한다.「불운하기를 바라는 사람에게 이 내용을 전화로 전달해서는 안 됩니까?」그가 말한다.「……」「이를테면 나는 당신이 불행하기를 바랍니다. 김영수라는 사람도 불행하기를 바랍니다. 나 자신도 불행하기를 바랍니다. 모두들 더 이상 불행한 것이 불가능할 정도로 불행하기를 바랍니다.」전화를 걸어온 사내는 여전히 아무 말이 없다. 그는 사내가 전화를 끊어버린 것은 아닐까 생각한다.「여보세요, 여보세요?」그가 사내를 부른다.「여보, 여보!」「……」사내는 여전히 말이 없다. 아마 전화를 먼저 끊은 것이리라. 그는 수화기를 내려놓는다. 그는 그 사내가 불행하기를 순간 진심으로 바라마지않았다. 그는 면도를 마친다. 거울 속에 비친 그는 하얗고 파랗고 검고 붉다. 왼쪽 입술 위에 미처 잘려나가지 않은 한 가닥의 수염이 남아 있다. 아내의 화장대 옆에는 작은 탁자가 하나 있고, 그 위에는 보온병 하나와 잔 하나가 놓여 있다. 아내가 보온병에 커피를 담아둔 것이 틀림없다. 그는 그렇게 생각한다. 아내는 층계에서 굴러떨어지고도 그를 위해 커피를 끓여 식지 않도록 보온병에 담아둔 것이다. 그는 그렇게 생각한다. 그는 아내가 불행하기를 바라는가? 아니다. 그는 그렇게 생각한다. 그는 보온병을 열어 잔 위로 입구를 비스듬히 기울인다. 그는 잠시 그대로 서 있다. 그러나 아무것도 잔에 담기지 않는다. 물도, 커피도, 공기도, 아무것도 잔에 담기지 않는다. 그는 보온병을 거꾸로 세운 뒤 서너 번 흔든다. 그러자 무언가가 잔 속에 툭 떨어진다. 죽은 거미다. 작고 검은 거미가 잔 속에 담겨 있다. 아내는 그를 위해 보온병에 거미를 담아둔 것이다. 그는 그렇게 생각한다. 아니다. 그는 그렇게 생각하지 않는다. 그러면 거미가 아내를 위해…… 아니다. 아내가 거미를 위해…… 그렇다. 그렇게 생각하는 것이 보다 이치에 맞는다. 이치, 이치. 그는 혼잣말을 한다. 일치, 이치, 삼치, 사치. 그는 계속해서 혼잣말을 하면서 시계를 본다. 네 시 십사 분이다. 그는 시곗바늘을 다시 세 시 오십구 분에 놓고 시계를 벽에 건다. 시계가 다시 벽시계가 되었군, 그는 생각한다. 그는 문간으로 가서 전등의 스위치를 누른다. 형광등이 켜진다. 그러나 아직 해가 사위지 않았으므로 방의 밝기에는 변화가 없다. 변화하고 있는 것은 나와 아내의 몸집뿐이군, 그는 생각한다. 나는 늘어나고 아내는 줄어드는군, 그는 생각한다. 내가 늘어난 만큼 아내는 줄어들고 있으므로 결국 변화하는 것은 아무것도 없군, 그는 생각한다. 「돼지가 거미를 만난 꼴이렷다.」 오후 네 시가 되었다. 다시 네 시 십사 분이 되면 그는 분침을 십오 분 뒤로 돌려놓을 것이다. 그러면 다시 세 시 오십구 분이 되고, 그는 또 다시 오후 네 시의 시각을 되찾을 것이다. 그러면 그의 아내는 그의 잠 밖에 자리한 층계에서 굴러떨어지는 소리를 낼 것이다. 그러므로 아직 아무 일도 벌어지지 않은 것이다. 아직 아무것도 변화하지 않은 것이다. 그러니 아내만 돌아오면 된다. 그러면 아내를 붙들고 물어볼 것이다. 그러나 무엇을? 이것 참 이상하군, 이상하기 짝이 없다. 그는 생각한다. 그는 문득 고개를 들어 천장을 바라본다. 거미줄인가, 천장 한 귀퉁이에 거미줄처럼 보이는 그림자가 걸려 있다. 이제는 모든 것이 거미로 보인다. 아니다. 이제는 모든 것이 아내로 보인다. 그는 바닥에 널브러진 이불을 내려다본다. 이불조차 아내로 보인다. 아내가 구겨져 있다. 얇고 작은 아내가 엉망으로 구겨져 있다. 그는 아내를 집어 그것으로 몸을 감싼다. 나가려면 옷을 입어야 한다. 텔레비전 옆의 옷걸이에 그와 아내의 옷가지가 걸려 있다. 그러나 옷을 입으려면 아내를 벗어야 한다. 아내를 벗으려면 아내가 돌아와야 한다. 이것 참 난감하군, 난감하기 짝이 없다. 그는 생각한다. 그는 아내를 벗고 아내를 입고 싶다. 어느 새 벽시계는 네 시 칠 분을 가리키고 있다. 시간이 없다. 그는 다시 시곗바늘을 세 시 오십구 분으로 되돌려놓고 싶다. 그러나 시간이 없다. 그런 일은 조금 나중에 해도 된다. 그는 잠시 망설이다가 이불을 곱게 개켜 바닥에 놓는다. 아내가 얌전히 접혀 있다. 그는 옷걸이에서 아내의 옷을 꺼낸다. 어느 것이 아내의 옷이고 어느 것이 그의 옷인지 알 수가 없다. 외투 한 벌을 꺼내 탁탁 털자 넥타이가 바닥에 떨어진다. 간밤의 꿈에서 그의 목을 매달았던 넥타이다. 그는 그렇게 믿는다. 그러나 셔츠도 입지 않고 넥타이를 맬 수는 없다. 게다가 아내는 넥타이를 필요로 할지도 모른다. 그는 맨몸에 외투를 걸친다. 수염도 깎고 외투도 입었으니 이제 그는 외출할 수 있다. 아니다. 뭔가 이상하군, 바지를 입어야지. 그는 생각한다. 그는 바지를 찾기 위해 걸려 있는 옷들을 뒤적거린다. 스커트가 손에 걸린다. 스커트는 아내의 옷이다. 아내는 여자고 스커트는 여자용이니까. 그는 생각한다. 아내의 옷을 입을 수는 없지, 아내를 입어야지. 그는 생각한다. 마침내 그의 손끝에 바지가 걸린다. 바지가 여자용이던가, 여자용 바지란 것도 있지. 그는 생각한다. 「이렇게 품이 큰 것을 보니 내 것인가 보군. 마치 사육장처럼 커다랗군.」 그는 바지에 두 다리를 꿴다. 어쩌면 셔츠도 입어야 할지 모른다. 그러면 넥타이도 매야 할 것이다. 그러나 외투로도 맨가슴을 그럭저럭 가릴 수는 있겠다 싶었다. 게다가 그는 아주 잠시 동안만 외출할 것이었다. 아내가 밖에 있는지 없는지만 살피고 돌아오면 되었다. 외투와 바지를 입은 그는 다시 한 번 거울 앞에 선다. 그의 얼굴은 여전히 파랗고 하얗고 붉고 검다. 거울은 그의 몸을 모두 비추기에는 터무니없이 작다. 그의 얼굴만이 간신히 드러날 뿐이다.「목 잘린 개처럼 보이는군. 아니 돼지의 머리처럼.」그는 문간으로 가서 전등불 스위치를 내린다. 그러자 방의 어둠이 한결 짙어진다. 그가 시곗바늘을 돌려놓는 사이 해가 지고 있었다. 그는 다시 벽시계로 돌아가고 싶은 욕구를 느낀다. 그러나 시간이 없다. 그런 일은 나중에 해도 된다. 그는 방문을 연다. 손잡이가 돌아가는 소리가 울린다. 축음기가 있다면 좋을 텐데. 그러면 시곗바늘이 움직이는 소리도, 방문이 열리는 소리도, 이불이 구겨지는 소리도, 거미가 떨어지는 소리도, 불행이 움트는 소리도, 아내가 굴러떨어지는 소리도, 아내가 불행해지는 소리도, 불길한 소식을 전해올 전화벨 소리도, 해가 이동하는 소리도, 어둠이 내리는 소리도, 내가 잠에서 깨어나는 소리도, 모두, 들리지 않을 텐데. 그는 생각한다. 마침내 방문이 열린다. 그는 복도로 나온다. 신발을 신는 것을 잊고 있었다. 내가 단칸방에 살고 있었던가, 왜 나오자마자 바깥이 되어버렸지. 그는 생각한다. 시멘트 바닥의 서늘한 냉기가 그의 발바닥을 타고 올라온다. 그는 복도를 따라 걷는다. 누군가의 방에서 희미한 음악 소리가 들려온다. 누구와도 마주치면 안 된다. 누군가의 방에서 희미한 음식 냄새가 풍겨온다. 누구와도 마주치면 안 된다. 꼭 그래야 하는 것은 아니지만 그는 셔츠를 입고 있지 않다. 그는 맨발이다. 그의 아내는 없다. 그는 아내를 벗고 있다. 그의 아내도 그를 벗고 있다. 그는 없다.

아니다. 그는 계단 앞에 있다. 밤, 어젯밤, 그의 아내는 층계에서 굴러떨어졌다. 그는 아래로 뻗은 계단을 내려다본다. 하나, 둘, 셋. 하나, 둘, 셋. 그는 계단의 숫자를 센다. 하나, 둘, 셋. 하나, 둘, 셋. 그러나 계단은 영원처럼 아래로 뻗어 있다. 그는 조심스레 오른발을 앞으로 내밀어본다. 해가 지기 전에 방으로 돌아가야 한다. 방에서 아내를 기다려야 한다. 해가 진 뒤에는 해지다, 해지. 해가 이긴 뒤에도 해지다, 해지. 그는 연신 말을 삼킨다. 하나, 둘, 셋. 하나, 둘, 셋. 그는 분명 넷과 다섯을 셀 줄 알고 있다. 여섯과 일곱도 물론이다. 그러나 셋 다음의 숫자를 셀 수가 없다. 그러나 오후 네 시. 어서 방으로 돌아가서 시곗바늘을 네 시 이전으로 돌려놓아야 한다. 아내가 돌아오기 전에, 아내가 떠나가기 전에. 아내를 벗기 전에. 아내를 입기 전에. 어디선가 희미한 음악 소리가 들려온다. 아내는 저 방에 있는지도 모른다. 어디선가 희미한 음식 냄새가 풍겨온다. 아내는 저 방에 있는지도 모른다. 어디선가 희미한 웃음소리가 들려온다. 어디선가. 어디선가. 아내는 필시 저 방에 있는지도 모른다. 틀림없다. 그는 생각한다. 그는 마음이 다급해진다. 이 방인가, 저 방인가, 그 방인가. 그 방이다. 그의 방이다. 아니다. 그 방이다. 그는 그 방으로 가기 위해 급하게 몸을 돌린다.

이 방인가, 저 방인가, 그 방인가. 그의 방은 아니다. 가방 나방 다방, 그는 혼잣말을 한다. 다락 나락 가락, 그는 혼잣

말을 한다. 타락 파락 하락, 하나, 둘, 셋. 쥐락펴락. 저 방에
가려면 저만큼 가야 하니 분명 이 방이렸다. 분명 금방이나
시방은 아니다. 금은방도 시계방도 아니다. 아내에게는 금붙
이가 하나도 없으며 시곗바늘을 돌리는 것은 그의 몫이다. 분
명…… 분명한 것은…… 아내는 시방 사라지고 없다. 아내
는 금방 오지 않는다. 그러니 이 방으로 가야 한다. 아니다.
그는 이미 이 방 앞에 있다. 그는 문 앞에 씌어진 숫자를 읽
는다. 103. 방해하지 마시오. 그러나 그는 방해를 해야 한다.
방해, 해방, 방해, 하나, 둘, 셋. 그는 방문을 세 번 두드린
다. 그러나 아무 대답도 들려오지 않는다. 예상했던 바다. 아
니다. 그는 아무것도 예상하지 않았다. 아내가 이 방에 숨어
있는 것이 분명하다. 그는 문고리를 돌린다. 문이 열린다. 예
상했던 바는 아니다. 아니다. 그는 아무것도 예상하지 않았
다. 방은 텅 비어 있다. 그는 방으로 들어간다. 그의 방과 똑
같은 위치에 벽시계가 걸려 있다. 그는 시간을 확인한다. 네
시 오십구 분. 침대 위에 얇고 작은 이불이 깔려 있다. 그의
아내가 넓게 펼쳐져 있다. 그는 고개를 돌린다. 아내일까, 혹
은 아내를 닮은 이불일까. 그는 생각한다. 텔레비전 옆의 옷
걸이에는 서너 벌의 옷가지가 걸려 있다. 검정색, 회색, 다시
검정색. 그는 아내의 옷이 걸려 있지나 않은지 살펴본다. 그
의 식물과도 같은 아내가 벗어두고 간 옷이 남아 있지나 않은
지 살펴본다. 그러나 그의 눈에 익숙한 옷은 한 벌도 없다.

어쩌면 그의 아내는 이 방에서만 입는 옷이 따로 있는지도 모른다. 아니다. 그의 아내가 그럴 리가 없다. 「나의 아내는 그의 아내가 아니라 나의 아내다.」 그는 혼잣말을 한다. 이 방이 아니라면 저 방일 것이다. 저 방에 아내가 있을 것이다. 「저 방으로 가자.」 그는 혼잣말을 한다. 문득 그는 이 방의 시곗바늘을 세 시 오십구 분으로 돌려놓아야겠다고 생각한다. 그러나 다음 순간 그는 그 생각을 까맣게 잊어버린다. 「까마귀, 까마귀.」 그가 중얼거린다. 「까뮈, 까뮈.」 그가 중얼거리면서 이 방의 문을 닫는다. 「카프카, 카프카.」 그의 비대한 몸이 힘겹게 방문을 빠져나온다. 「까악, 까악.」 그는 저 방 앞으로 간다. 104. 방해하지 마시오. 그러나 그는 이번에도 방해를 해야 한다. 그는 문을 두드린다. 하나, 둘, 셋. 그러나 아무런 대답이 없다. 넷, 다섯, 여섯. 여전히 아무런 대답이 없다. 그는 문에 왼쪽 귀를 가져다댄다. 희미한 음악 소리가 들려온다. 왈츠, 아니다. 가곡, 아니다. 무엇보다도 4분의 3박자가 아니고, 4분의 4박자가 아니다. 아니다. 어떠한 박자도 아니다. 그러나 선율은 있다. 어쩌면 사람들의 말소리 같기도 하다. 그는 한동안 가만히 그 소리들을 듣고 있다. 그가 문고리를 돌린다. 들려오던 소리가 문이 열리는 소리에 묻힌다. 아내여, 아내여. 문이 열린다. 그는 잠시 긴장한다. 아내가 있어도, 아내가 없어도 그는 곤란해질 것이다. 한번 그의 아내가 되었으니 있더라도 없더라도 그의 아내는 그의 아내다.

그렇게 거미처럼 오그라들고 말았으니 어딘가에 숨어 있기에도 안성맞춤이렷다. 그러나 그는 숨을 곳이 없다. 숨는 것은 그가 아니다. 그가 숨긴다. 그의 몸은 날마다 눈에 띄게 부풀어 오른다. 그는 부풀어 오른 몸으로 장소들을 숨긴다. 그러니 아내가 숨은 것이 아니라 그가 아내를 숨긴 것일지도 모른다. 그의 아내는 그의 안에 있는가. 그는 고개를 흔들면서 열린 문 앞에 서 있다. 음악 소리는 이미 사라지고 없다. 그는 안쪽으로 고개를 들이민다. 방 안의 광경은 조금 전에 보았던 방의 그것을 밑면을 축으로 한 바퀴 돌린 모양새다. 이쪽에 있던 침대가 저쪽에 있다. 이쪽에 있던 이불이 저쪽에 있다. 이쪽에 있던 화장대가 저쪽에 있다. 이쪽에 있던 거울이 저쪽에 있다. 이쪽에 있던 벽시계가 저쪽에 있다. 이쪽에 있던 아내가 저쪽에 있다…… 이쪽에 있던 시간이 저쪽에 있다…… 저쪽에 있던 아내가 이쪽에 없다…… 시곗바늘은 다섯 시 십오 분을 가리키고 있다. 이쪽에 없던 사람은 저쪽에 없다. 그는 염치불구하고 방으로 성큼 들어선다. 안에는 아무도 없다. 이쪽에 있던 텔레비전이 저쪽에 있다. 그러므로 이쪽에 있던 옷걸이도 저쪽에 있음은 당연하다. 옷걸이에 아내가 걸려 있다. 아니다. 옷걸이에 아내의 옷이 걸려 있다. 그의 얼굴이 창백해진다. 그는 방을 가로질러 옷걸이 앞에 선다. 붉은색 스커트 한 장과 진홍색 외투가 걸려 있다. 아내의 옷이 틀림 없다. 그는 스커트를 손에 들고 냄새를 맡아본다. 아내의 체

취가 풍긴다. 아니다. 아내의 체취가 아니다. 아니다. 거미는
체취를 풍기지 않는다. 오그라들 대로 오그라든 아내는 냄새
를 꾸며낼 살갗도 줄어들었을 터다. 그는 스커트를 다시 옷걸
이에 건다. 스커트는 여자들이 입는 옷이고, 외투도 여자들이
입는 옷이다. 물론 남자들도 외투를 입지만 여성용 외투라는
것이 있다. 게다가 그는 이제까지 진홍색 외투를 입은 남자를
직접 본 적이 없다. 「그리고 이렇게 어깨 너비가 좁은 옷이라
서.」 아내는 여성이지만 여성은 아내가 아니다. 아내가 아닌
여성이 붉은색 스커트를 입고 진홍색 외투를 걸칠 수도 있다.
그러니 이 옷들은 아내의 것이 아닌지도 모른다. 게다가 아내
가 옷들을 벗어놓고 사라졌을 리가 없다. 저 방에 옷들을. 아
니, 이 방에 옷들을. 그는 어째서 저 방이 이 방이 되고 말았
는지 알 도리가 없다. 「어째서 저 방이었던 곳이 이 방이 되
었는가.」 그는 혼잣말을 한다. 그는 진홍색 외투에 오른팔을
꿴다. 그러나 소매통이 좁아서 팔꿈치까지도 집어넣을 수가
없다. 그의 외투는 아니다. 그의 아내도 아니다. 그는 다소
의기소침하여 다시 외투를 옷걸이에 건다. 그가 그의 발등을
내려다본다. 기실 그러기란 쉽지 않다. 그의 배가 시야를 불
룩하게 가리고 있는 까닭이다. 문득 그는 그의 배 밑에 그의
아내가 있을지도 모른다고 생각한다. 「말도 안 되지, 말도 안
돼. 말로 주고 되로 받을 수는 없지. 아니, 되로 주고 말로 받
을 수는 없다던가.」 다섯 시 십구 분. 그는 더 이상 견딜 수가

없다. 그는 벽시계 밑으로 다가가서 팔을 뻗어 벽시계를 밑으로 내린다. 그는 시곗바늘을 뒤로 돌리고 또 돌린다. 시간이 빠르게 가라앉는다. 네 시 십구 분. 네 시 구 분. 세 시 오십구 분. 어제의 시간이다. 다시 네 시 십구 분. 네 시 구 분. 세 시 오십구 분. 그제의 시간이다. 또 다시 네 시 십구 분. 네 시 구 분. 세 시 오십구 분. 그끄제의 시간이다. 망연히 시곗바늘을 뒤로 돌리는 동안 그는 나흘 전, 닷새 전을 가리키는 이름이 있었으면 좋겠다고 생각한다. 어제, 그제, 그끄제처럼. 그는 나흘 후, 닷새 후를 가리키는 이름도 있었으면 좋겠다고 생각한다. 내일, 모레, 글피처럼. 그러나 그런 이름들은 없다. 내일도 모레도 글피도 그의 아내는 그의 아내여야 한다. 나흘 후에도, 닷새 후에도. 그는 시곗바늘을 돌리다 말고 잠시 창밖을 내다본다. 새벽녘인가, 저녁녘인가. 한낮이나 한밤은 아니다. 그는 벽시계를 다시 제자리에 건다. 그것은 두 시 십사 분의 시각을 가리키고 있다. 틀렸다. 너무 늦었는지 너무 이른지를 더 이상 가늠할 수가 없다. 지난 밤, 그의 아내는 층계에서 멋없이 굴러떨어졌다. 어쩌면 지난 밤이 아니었는지도 모른다. 그러면 오늘 밤인가, 혹은 지금인가. 그는 다시 계단을 확인해야겠다고 생각한다. 계단참에서 그의 아내가 오그라든 몸으로 발발 떨고 있을지도 모른다. 누군가 가 거친 발로 그의 아내를 밟고 지나갈지도 모른다. 그는 방 안을 한 번 휘 둘러본 뒤 몸을 돌려 방 밖으로 나간다. 그의 등 뒤로 저 방의 문이 닫히는 소리가 울린다. 그는 아무 말이나 되는 대로 중얼거린다. 「……」 혹은 지껄인다. 「……」 그는 계단 앞에 선다. 계단과 마주한 방이 하나 더 있다. 그 방이다. 그의 방은 아니다. 그는 계단과 그 방문 사이에 이러지도 저러지도 못하며 서 있다. 마지막 방이다. 이 방, 저 방, 그 방 외에 다른 방은 없다. 그는 그렇게 믿어야 한다. 그렇다면 그 방에 그의 아내가 있는지도 모른다. 「마지막 방이렷다.」 계단은 나중에 조사해도 된다. 아직 시간은 있다. 그러나 어떤 시간이? 그는 잠시 주춤한다. 그는 그 방의 문을 향해 몸을 돌린다. 101. 방해하지 마시오. 그러나 그는 이번에도 —이번에도— 저번에도 그러했듯 금번에도— 방해를 해야 한다. 그는 방문을 두드린다. 똑똑똑, 하나 둘 셋. 그는 문틈에 귀를 가져다 댄다. 희미한 음식 냄새가 새어나온다. 기름에 볶은 양파 냄새, 혹은 기름에 볶은 기름 냄새다. 누군가가 발을 질질 끌며 다가오는 소리가 들린다. 그는 곧 문이 열리기를 고대하며 상반신을 똑바로 세운다. 그러나 누군가는 그의 뒤에 있다. 누군가가 그의 어깨를 두드린다. 「누구시오?」 그는 뒤를 돌아본다. 한 남자가 그의 얼굴을 올려다보고 서 있다. 그는 적잖이 당황한다. 남자는 그의 대답을 기다리며 바지 주머니에서 열쇠를 찾는 중이다. 그는 아무 말이나 해야 한다. 되는 대로 지껄여야 한다. 그가 입을 연다. 「당신은 불행하십니까?」 남자가 열쇠를 찾던 손동작을 잠시 멈춘다. 「1922년 2월 1일자 동아일보에는 '호운을 위하여'라는 제목의 기사가 실렸습니다. 말인즉슨, '좋은 운수를 위하여, 이것을 아홉 장의 엽서에 기록하여 그대가 호운되기를 바라는 사람에게 보내라. 아흐레만 지나면 그대에게 좋은 운수가 돌아올 것이오. 이 사슬을 끊으면 아니 된다. 만약 끊으면 크게 악운이 있다. 이 사슬은 미국 사관에게서 비롯된 것인데 아홉 번 지구를 돌지 아니하면 아니 된다. 이십사 시간이 지나기 전에 쓰기를 바란다. 호운을 위하여'라는 편지가 경성 시내에 나돌고 있다는 말이었습니다.」 남자는 팔짱을 낀 채 그를 올려다보고만 있다. 「재미있지 않습니까? 백 년 전에도 그런 편지가 나돌았다는 사실이 말입니다. 저는 이 이야기를 오늘 들었습니다. 우연히 말입니다. 그래서 선생님께도 이 사실을 알려드리려던 참이었습니다.」 잠시 아무 말이 없던 남자는 다시 호주머니를 뒤져 열쇠를 찾아낸 뒤, 그것으로 자신의 방문을 연다. 남자의 방문이 열리는 동안, 그는 다시 말하기 시작한다. 「그래서, 선생님은 불행하십니까? 혹은 불행을 원하십니까? 행운을 구하기란 쉽지 않지만 그 반대로 불행해지는 것은 터무니없이 쉬운 법입니다. 굴러떨어지는 것은 쉽지만 그 반대로 오르기는 쉽지 않으니 말입니다.」 어느새 그 방으로 들어간 남자는 재빨리 문을 닫으며 그를 마지막으로 쏘아본다. 그는 다소 다급해진다. 난데없이 그는 자신이 셔츠를 입고 있지 않다는 데 생각이 미친다. 그는 닫히고 있는 문 사이로 몸을 밀어 넣는다. 그러나 그의 몸은 지나치게 크고 육중하다. 그의 몸놀림은 둔하기 짝이 없다. 그가 미처 한쪽 발과 어깨를 들이밀기도 전에 문이 닫힌다. 그 문이다. 그 방의 문이다. 그의 방문이 아니다. 그는 닫힌 문을 향해 소리치기 시작한다.「당신이 불행하기를 바랍니다. 더 이상 불행해지는 것이 불가능할 정도로 불행하기를 바랍니다. 당신이 나보다 불행하기를 바랍니다. 당신이 이 지상에서 가장 불행한 사람이기를 바랍니다. 당신이 내 몫까지 다해 불행하기를 바랍니다. 이 방, 저 방, 그 방, 세상의 모든 방에 들어 있는 사람들이 사력을 다해 불행해지기를 바랍니다.」그러나 그를 향해 되돌아오는 대답은 없다. 아내여, 그의 아내는 어디로 갔는가. 그의 아내는 사라졌다. 말없이, 멋없이, 덧없이. 그 방의 문이 굳게 닫혀 있으므로 그는 동물처럼 난폭하고도 식물처럼 고요하게 그것을 밀어젖힐 수가 없다. 그것은 그의 것이 아니다. 그러나 그의 것이 그것일지도 모른다. 동물이나 식물이나 말 없는 것들이다. 그는 그 방문 쪽으로 몸을 던지며 발길질을 한다. 그의 주먹이 그를 완전히 외면하고 선 그 방문을 두드린다. 그러나 그를 향해 되돌아오는 대답은 없다. 말 없는 것들. 그는 곧 울음을 터뜨릴지도 모른다. 그러나 그러기에는 시간이 없다. 그런 일은 조금 나중에 해도 된다. 게다가 눈물이 안경알에 닿으면 시야가 뿌옇게 흐려질 것이다. 그러면 아내의 얼굴을 알아보지 못할지도 모른다. 아내여, 아내여. 백 년 전과 지금은 조금도 다르지 않다. 백 년 전에도 그는 불행했으며 백 년 후에도 그는 불행할 것이다. 그것은 이도 저도 그도, 너도 나도 그도 마찬가지다. 백 년 후에도 그는 아내를 찾지 못할 것이다. 그의 아내는 이미 백 년 전에 사라지고 없다. 그가 시곗바늘을 백 년 전으로 돌리는 동안 백 년의 시간이 흐를 것이다. 그가 백 년 동안 시곗바늘을 거꾸로 돌리더라도 그의 아내를 되찾을 수 없을 것이다. 어젯밤, 그의 아내가 그를 내려다보고 있었다. 그의 몸은 불행의 표지 외에는 아무것도 아니다. 그의 불행은 날이 갈수록 제 몸피를 불려간다. 그의 아내는 겨우내 오그라들고만 있었다. 그런데다 아내의 불행은 조금도 줄어들지 않았다. 그런 아내의 눈길이 부끄럽게 느껴져 그는 작고 얇은 이불로 애써 자신의 불행을 가리려고 들었다. 아내가 그를 책망한다. 아내의 눈길이 망측하다. 아내의 시선에 포위된 그의 몸이 망극하다. 그는 몸 둘 바를 모른다. 독한 것, 독한 것 같으니. 그는 생각한다. 「넥타이를 가져와야겠다. 아내를 낚아야겠다.」 굴러떨어지기는 쉬워도 다시 오르기는 어려운 법이다. 그는 몸을 일으킨다. 101 7호는 여전히 아무 소리를 내지 않는다. 103 8호는 여전히 아무 냄새를 내지 않는다. 104 3호는 여전히 아무 소리를 내지 않는다. 그는 천천히 이 방과 저 방과 그 방을 지나 그의 방으로 가려고 한다. 그의 머릿속에는 그 모든 걸음들이 이미 들어 있다. 그의 머릿속에서 그는 이미 그의 방에 들어서 있다. 그의 머릿속에서 이미 넥타이는 그의 손에 들려 있다. 그의 머릿속에서 이미 넥타이의 끝이 둥글게 매듭 지어져 있다. 그의 머릿속에서 그의 머리는 이미 넥타이의 매듭 안으로 들어가고 있다. 아니다. 그의 머릿속에서 그는 그의 머리를 넥타이의 매듭 안으로 밀어 넣지 않는다. 대신 그는 계단참에 서서 아래를 내려다본다. 아내여, 아내여. 그는 아내를 부른다. 「까악, 까악.」 그는 아내를 부른다. 그는 잠시 목덜미를 만져본다. 그의 목소리가 이상하게 들린다. 그는 다시 한 번 아래쪽을 향해 아내를 부른다. 「까악, 까악!」 넥타이를 매지 않은 탓이렷다. 그는 생각한다. 역시 넥타이를 목에 매어야 한다. 그래야 사람 구실을 하는 법이라고, 그의 아내가 말한 적이 있었다. 그는 그의 방으로 돌아가기 위해 몸을 돌린다. 그때 둘둘 만 피륙처럼 두터운 그의 두 다리가 이내 엉키고 만다.

그의 몸은 지나치게 거대하고 육중하다. 그의 몸이 휘청거린다. 그는 발을 헛딛는다. 그는 몸의 중심을 잃어버린다. 그의 몸이 회전한다. 그의 몸이 구부러진다. 그의 머리가 한없이 바닥으로 향한다. 그의 두 발이 기묘하게 엉킨다. 그의 두 발 아래로는 영원처럼 기다란 계단이 뻗어 있다. 영원한 원한처럼. 그는 기이한 비명을 지를 새도 없이 계단을 내리구른다. 아니다. 그는 비명을 지른다. 까악, 까악! 아니다. 그는 아내를 부른다. 까악, 까악! 시간이 없다. 그러나 계단은 영원처럼 길고 길다. 백 년 후에는 또다시 백 년 후를 기다릴 것이다. 기약 없이, 가약 없이. 계단에서 굴러떨어진 그의 아내는 어디로 갔는가. 기나긴 계단이 그를 집어삼킨다. 그렇게 그는 지상에서 영원으로, 영원에서 지상으로 추락한다. 까악, 까악…… 그의 외투에서 단추가 떨어져 나간다. 그의 벌거벗은 목이 드러난다. 그가 소리 없이 아내를 부른다. 그의 아내는 여전히 반복해서 사라지고 있다.

도둑맞을 편지

무슨 말인가를 쓰려고 했는데, 잊어버렸다. 아마도 나는 오늘, 어제 읽었던 책의 문체를 흉내 내어 말하거나, 쓰게 될 것이다. 끝까지 읽지 않은 그 책은 지금도, 선반 위, 작고 빨간 나무 상자 위에 놓여 있다. 상자 안에는 양철로 된 담뱃갑이 들어 있는데, 그것의 겉면에는, 흡연이 당신을 죽인다는 프랑스어 문구가 고딕체로 적혀 있다. 담뱃갑 안에는 담배가 들어 있지 않다. 대신 깨끗한 면봉들이 여러 개 들어 있다. 그것들은 여간해서는 사용되는 일이 없다. 그리고 당연하게도, 면봉 안에는 아무것도 들어 있지 않다.

붉은 나무 함이 다시, 주의를 끈다. 나는 말을 하는 대신, 이 문장들을 쓰고 있는데, 내가 이것을 쓰는 행위에 몰입하게 될수록, 어제 읽다 만 책의 문체를 자꾸만, 자연스레, 잊어버리게 된다. 그러면서 동시에, 나의 문체로, 혹은 나의 문체라고 부를 수 있는 어떤 것으로, 되돌아가고 있는데, 단언컨대 (나의) 문체 역시도, 누구나 알 만한, 누구나 읽었을 법한 사람들에게서 빌려온 것이기에, 나는 이 글의 문체에 대해서는 더 이상, 언급을 하지 않을 것이다. 다만, 보다 좋은 글을 쓰기 위한 최소한의 노력으로, 전해지는 규칙처럼, 한 페이지 안에서는, 아니 적어도 한 문단 안에서는, 같은 단어나 표현들이 반복되는 것을, 최대한 피할 것이다. 그러나 아무래도, 빨간 나무 상자를 붉은 나무 함으로, 그것을 다시 적색 목궤 따위로 적는다고 해서, 처음부터 마지막까지 무용할 이 글이, 나아지리라는 보장은 없지만, 아무려나, 붉은 나무 함이, 나의 주의를 끌었다. 그것 안에는, 양철 담뱃갑 말고도, 제수용 양초 상자가 있는데, 그 안에는 다리가 하나 없는 목각 관절 인형이 있고, 그것은 손뜨개로 정교하게 만들어진 손가방을 들고 있는데, 실제 가방처럼 여닫을 수 있는 그 장난감 가방 안에는, 플라스틱으로 만들어진 인형의 눈알과, 역시 플라스틱으로 만들어진 모조 지폐 다발이 가득 들어 있다. 그 외에는 더 이상 열고 닫을 수 있는 물건은 없다. 러시아 인형처럼, 하나의 커다란 입이 다른 작은 입을 물듯, 하나의 커다란 말이 다른 작은 말을 삼키듯, 작고 빨간 나무 상자는, 유연하게 팽창하고 수축하는 감옥처럼, 저보다 몸피가 작은 사물들을 자유롭게 가두고 있었다. 그 상자의 뚜껑은, 두 개의 경첩이 모두 떨어져나간 탓에, 몸체에 꼭 맞물린다기보다는, 그 위에 얹혀 있다는 인상을 주었고, 뚜껑을 열고 닫을 때마다, 달캉, 하고 흔들리면서, 생각보다는 가벼운 무게로, 손에 들렸으므로, 그 상자를 열어본 기억이 있는 사람들은 누구나, 자신도 모르게 주의를 기울여, 뚜껑을 들어 올리고는 했다. 그러나 상자 안에 들어 있는 물건들이, 사용을 목적으로 하기보다는, 버리기에는 조금 아까웠던 것이 대부분이므로, 뚜껑이 열리는 일은 드물었고, 그보다는 오히려, 그 위에 다른 사물들이, 이를테면 읽다 만 책이나, 읽지 않은 책들이 차곡차곡 쌓였고, 또 그 위에는, 보다 작고 쓸모없는 사물들이, 이를테면 고장 난 카메라나 빈 물약 통이, 놓여 있었다. 그것들 위로는, 일상의 먼지가, 중력의 법칙에 의해, 섬세하게 내려앉았고, 다시 그 위로는, 잊어버린 기억이나 불편한 추억이, 눈에 띄지 않고, 먼지의 입자들 사이마다, 소리 없이 고여 있었다. 그 모든 것들은, 조용히, 보이지는 않지만, 무시무시한 기세로, 서서히, 붕괴되어가고 있다.

붉은 상자가 놓여 있는 선반 옆으로는, 커다란 창문이 있고, 창문은 노랗게 변색된, 곧 바스러질 듯 보이는 레이스 커튼으로 반쯤 덮여 있고, 커튼 자락은 다갈색 책상의 상판 위로 가지런히 내려와 있다. 책상 위에는 엽서 몇 장과 볼펜, 과일 껍질이 말라붙어 있는 과도, 커피 잔 하나, 구겨진 담뱃갑이 놓여 있다. 담뱃갑에는 '건강에 해로운 담배, 일단 흡연하게 되면 끊기가 매우 어렵습니다'라는 문구가 적혀 있고, 흰 바탕 위로, 팔리아멘트 라이트라는, 담배의 이름이, 푸른색과 금색의 영문자로 음각되어 있다. 책상의 상판 아래로는 세 칸짜리 서랍이 자리하고 있는데, 첫번째와 두번째 서랍은, 단단히 잠겨 열리지 않는다. 그리고 아직, 세번째 서랍을 열어야 할 시간이 되지 않았다.

그리고 내가 있다. 책상 앞에 앉으면, 창문 밖으로 멀리, 파도가 들어오고 나가는 것이 보인다. 맑은 날이면 수평선이 한결 분명하게 드러난다. 수평선 너머로는 아무것도 보이지 않는다. 수평선 너머를 볼 수 있는 이는 없으며, 이는, 지평선과 마찬가지로, 수평선이라는 단어가 존재하는 이유이므로, 나는 바다 너머의 바다를 상상하려고 애쓰지 않는다. 그러나 보이지 않는 것을 존재하지 않는다고 말할 수는 없다. 그러나 보이지 않는 것을, 쓸 수 없다고 쓰는 것은 가능하다. 바다 너머에는 바다가 있다. 바다 너머의 바다 너머에도 바다가 있다. 그럴지도 모른다. 나는 시선을 수평선 안쪽으로 거둔다. 내가 시야라고 부를 수 있는 것, 혹은, 배경이라고 부를 수 있는 것이 하나의 풍경으로 굳어진다. 갈매기들이 사선으로 상승하고, 다시 사선으로 하강한다. 시선을 왼쪽으로 돌리면, 멀리 작은 섬의 푸른 윤곽이, 어렴풋이 드러나 있는 것이 보인다. 섬의 절반은 창문의 테두리에 가려 더 이상 보이지 않는다. 나는 가끔, 창문의 바깥으로 상반신을 기울여, 다른 각도에서, 섬의 나머지 부분을 바라보기도 했다. 창문틀의 모서리마다 소금 더께가 희뿌옇게 남아 있었다. 사람들이 드물게 지나다녔다. 나는 그들의 행색으로, 이곳의 거주민과 저곳의 외지인을 구분할 수 있었다. 그리고 어부의 표정을 지닌 고양이들이 있었고, 며칠 전 누군가가 천연기념물이라 일러준, 이름을 잊어버린 새들이 있었다. 그것들은 지금 창 밖에 없다. 그것들은 내가 볼 수 없는 어느 장소에 있을 것이다. 창문을 닫으면, 바깥에서 들려오는 소리들이, 일시적으로 멀어지지만, 귀를 기울이면, 창문 틈으로, 어느 사이엔가 서서히, 새어 들어오기 시작한다. 나는 창문을 닫았다. 빛바랜 커튼 사이로, 오후의 햇빛이 유리창을 투과해, 한두 점의 먼지 입자를 비춘다. 먼지가 부유한다. 나는 움직이지 않고 가만히, 책상 앞에 앉아 있다가, 눈앞의 엽서를 한 장 집어 들었다. 새것이다. 엽서에는 물결이 일지 않은, 새파란 바닷가 사진이 인쇄되어 있고, 아래쪽에 프랑스, 니스라는 글자가 영문으로, 혹은 불문으로 찍혀 있다. 엽서의 뒷면에는 아무것도 적혀 있지 않다. 다른 엽서 한 장에는, 다리를 접어 웅크리고 앉은 사슴의 사진이 인쇄되어 있고, 그 뒷면에는, 나의 이름과 주소가, 번진 글씨로 적혀 있고, 소인이 찍힌 우표가 두 장 붙어 있다. 그 외의 다른 표식이나, 글자들은, 없다. 나는 그 엽서를, 언젠가, 어디선가, 나의 이름과 주소를 적어, 우체통에 넣은 적이 있었고, 그곳에서 돌아왔을 때, 먼저 도착한 그 엽서는, 다른 무용한 우편물들과 함께, 긴 여정을 거치느라 나달나달해진 상태로, 우편함에 꽂혀 있었다. 당시 나는 그 엽서를 간직하기로 했는데, 그것이, 내가 여전히 주소를 갖고 있음을, 돌아갈 곳이 있음을, 증거하는 것이라 여겨졌기 때문인지도 몰랐다. 나는 그것을 책갈피 대용으로 사용하고 있는데, 여러 번, 당시 읽고 있던 책을 잃어버렸는데도 불구하고, 사슴이 그려진 엽서만은, 기적적으로, 혹은 필연적으로, 여전히 간직하고 있다. 나는 예전과 동일한 주소를 갖고 있지만, 그것을 증거하기 위해서는, 그곳을 떠나올 때마다 매번, 그 주소를 적어 엽서를 보내야 할지도 모른다. 엽서를 보내지 않더라도, 이변이 일어나지 않는 이상, 내가 (나의) 주소를 잃어버리는 일은, 없을지도 모르지만, 그럼에도, 한 줄의 주소와 이름을, 간결하고도 분명하게 쓰고, 우표를 붙이는 일은, 일시적이고도 소박한 즐거움을 제공할지도 모르지만, 그럼에도, 나는 이곳에서 지내는 동안, (나의) 집으로 엽서를 보내지는 않았다. 나는 엽서에 나타난 사슴의 형상을 한동안 들여다본다. 거실의 시계가 오후 4시를 알리는 전자음을 낸다. 고개를 4시 방향으로 돌리면, 나뭇결 무늬가 새겨진 액자 세 개가 나란히 벽에 걸려 있는 것이 보인다. 액자 안에는 각각, 노파, 노인, 장년의 사내의 상반신이 찍힌 사진이 들어 있다. 그 밑에는 진하고 두꺼운, 고집이 느껴지는 손글씨로 각각, 1994년, 1994년, 1996년이라고 적혀 있다. 액자들 옆에는 달력이 있다. 2007년 8월. 8월 20일에 커다란 동그라미가 그려져 있고, 그 안에는 다시 오각 별이 그려져 있다. 별 모양 안에 그려져 있는 것은 없다. 숫자들 위에는 연한 푸른색의 바다가 펼쳐진 풍경 사진이 인쇄되어 있고, 사진 밑에는 제주도—외도라는 글자가 조그맣게 쓰여 있다. 달력 종이 위에도 먼지가 고르게 앉아 있었지만, 글자들과 숫자들을, 그리고 풍경을 완전히 가릴 정도는 아니었다. 그러나 그것들이 암시하는 것은 없었다. 그저 우연히, 2년 전의 시간이 고정되어 있었다. 짐작일 뿐이다.

나는 책상 위의 커피 잔을 집어 들고, 주방으로 간다. 방문은 닫혀 있지 않았고, 나는 방을 나오면서 문을 닫지 않는다. 문은 열린 채로, 닫히지 않은 채로 있다. 작고 어두운 거실과 연결되는 주방의 왼쪽에는, 그러니까, 내가 서 있는 방향의 왼쪽에는 2인용 식탁이 있고, 식탁 위에는 식탁 유리 밑에 흰 식탁보가 깔려 있다. 유리 위에는 전기 요금과 수도 요금 고지서가 서로 포개진 채 놓여 있고, 조금 더 가까이 다가가면, 맨 위에 놓인 전기 요금 고지서에는 8월 5일까지 요금 미납 시, 단전이 실시된다는 붉은 경고문이 별지로 붙어 있는 것이 보인다. 그 외에는 아무것도 식탁에 올라와 있지 않다. 식탁 밑에는 전기밥솥과 휴지통이 있고, 식탁과 마주한 벽면에는 직사각형의 코르크 메모판이 걸려 있다. 메모판에는 광주광 역시 우치동물원의 입장권이 압정으로 꽂혀 있다. 붉은 스탬프로 찍힌 입장 일자는 거의 지워져 있다. 나는 날짜를 알아내려고 하지 않고, 싱크대로 다가가서 수도꼭지를 튼다. 가늘게 흐르는 물에 커피 잔을 헹군 뒤, 다시 잔에 수돗물을 받아, 싱크대 맨 끝, 가스레인지 옆에 놓인 전자레인지의 문을 열고, 그 안에 커피 잔을 넣은 뒤, 1분이라고 쓰인 버튼을 누른다. 전자레인지는 작동하지 않았다. 나는 다시 커피 잔을 꺼낸 뒤, 그것을 싱크대 위에 올려놓고, 찬장을 열어, 작은 찻주전자를 꺼내, 다시 수도꼭지를 틀고, 물을 받은 뒤, 수도꼭지를 잠그고, 그것을 가스레인지 위에 올려놓고, 레버를 돌린다. 가스레인지는 작동하지 않았다. 나는 가스관을 확인했고, 노즐이 잠긴 것을 확인한 뒤, 그것을 세로 방향으로 돌려놓고, 다시 레버를 돌려, 가스 불을 켠다. 파란 불꽃이 일어난다. 나는 그 앞에서 잠시, 멍하니 서 있다. 나는 그 앞에서 잠시, 그러니까, 물이 끓어오르는 소리가 날 때까지, 멍하니 서 있다. 물이 끓고 있다. 나는 싱크대의 오른쪽 서랍을 열어, 커피믹스 한 봉을 꺼낸 뒤, 다시 서랍을 닫고, 앞니로 커피믹스 포장의 윗부분을 물어 찢는다. 물이 끓었다. 나는 커피 가루를 커피 잔에 담고, 그 위에 끓은 물을 붓는다. 커피 스푼이 보이지 않는다. 나는 왼손에 커피 잔의 손잡이를 쥐고, 조심스레 그것을 빙글빙글 돌린다. 탁한 거품이 피어오른다. 막대 모양의 커피 포장으로 커피를 젓는다. 가스 불을 끄는 것을

146

잊고 있었다. 가스 불은 여전히 파랗게, 파랗게 타고 있었다.

나는 커피를 마시면서 방으로 돌아온다. 그사이, 햇빛이 한 결 사위어 있다. 방 안을 비추는 햇빛의 농도가 옅어진다. 다시 창문을 열었다. 삐걱거리는 소리를 내며 열린 창문을 통해 더운 바람이 들어온다. 바닷바람이다. 창문 밖, 오른쪽으로는 긴 방파제가 보인다. 방파제 끝에는 등대가 있고, 등대와 부두를 연결하는 긴 선분 위에, 사람의 형상이 서넛 움직이고 있는 것이 눈에 들어온다. 그 순간 나는 이곳의 지명과 그 기원에 대해 생각했다. 등대는 온통 붉은 색으로 칠해져 있다. 방파제는 콘크리트 색이고, 물이 닿는 부분은 검게 얼룩져 있다. 바다는 파랗고, 하늘은 푸르다. 그러나 그것들의 색은 매 순간 새로워진다. 그저 하늘빛, 물빛일 뿐이다. 오후의 태양은, 빛이 사그라지면서, 점점 커지고 커져, 잘못 던져진 노란 공처럼 보인다. 방파제 위를 걷는 사람들은 역광으로 인해 검은 윤곽으로만 드러나 있다. 나는 담뱃갑을 열어, 가운데 부분이 살짝 휘어진 담배를 한 대 꺼낸다. 담뱃갑에는 이제 세 가치의 담배가 들어 있다. 나는 라이터나 성냥을 찾으려고 책상 위를 더듬는다. 그러나 책상 위에는 엽서 두 장과 볼펜, 과일 껍질이 말라붙어 있는 과도, 아직 뜨거운 커피가 담긴 잔 하나, 구겨진 담뱃갑만이 가만히 놓여 있을 뿐이다. 나는 첫번째 서랍을 열고자 했으나, 잠겨 있었다. 두번째 서랍도 잠겨 있었으므로, 열리지 않았다. 나는 세번째 서랍의 고리에 오른손을 얹고, 잠시 무언가를 생각했다. 그리고 세번째 서랍을 열었다. 세번째 서랍이 열렸다. 그 안에도 라이터나 성냥은 없었다. 그리고 가운데가 볼록한 흰색의 우편 봉투가 하나 들어 있다. 나는 그것을 꺼내 책상 위에 올려놓는다. 다시 창밖을 내다본다. 풍경이 흔들리고 있다. 풍경은 점차 커지고 커져, 볼록렌즈를 투과한 사물의 모양처럼, 한없이 부풀어 오른다. 그리고 일그러진다. 나는 두 눈을 감았다 떴다. 눈물방울이 떨어졌다. 나는 운다. 어느 순간, 바다가 약동하는 소리와 바람 소리, 멀리 지나가는 사람들의 인기척, 갈매기들의 울음소리, 햇빛이 저무는 소리들이 들리지 않게 된다. 내가 우는 소리도 들리지 않는다. 아니, 나는 분명히 그 소리들을 듣고 있다. 아니, 어느 순간, 나는 그 소리들을 더 이상 듣고 있지 않다. 그러나 나는 그 소리들을 듣고 있지 않다고 쓸 수가 없다. 불가능. 불능. 불응. 불운. 눈물방울이 책상 위에 떨어지는 소리만이 둔탁하게, 간헐적으로 울린다. 거실의 시계가 오후 5시를 알리는 전자음을 낸다. 나는 고개를 든다. 눈물이 멎는다. 나는 얼굴에 남아 있는 울음기를 짧은 소맷부리로 닦는다. 코를 들이마신다. 순간이 영원처럼 느껴지지 않는다. 순간은 순간일 뿐이다. 그 순간이 의미하는 것은 없다. 다시 창밖을 내다본다. 아무 일도 일어나지 않는다. 잊고 있던 더위가 방 안을 파고든다. 의자와 맞닿은 엉덩이와 허벅지 밑으로 땀이 찬다. 나는 엇갈려 있던 다리를 풀고, 왼쪽 발바닥을 내려다본다. 그것은 바닥의 먼지로 새까맣게 더러워져 있다. 굳은살이 하얗게 드러나 있다. 책상 위의 편지 봉투를 오른손 약지로 톡톡 두드린다. 커튼의 그림자가 길어졌다. 책상 위에 정교한 그림자가 얼룩진다. 그것이 이동한다. 나는 그것을 보지 않는다. 등에 땀방울이 맺히는 것이 느껴진다. 덥다. 다시 창밖을 내다본다. 등대와 방파제와 섬과 바다는 그대로 존재한다. 방파제 위를 거니는 사람은 없다. 커피는 차갑게 식어 있다. 담배에 불을 붙이는 것을 잊고 있었다.

나는 담배를 들고 다시 주방으로 간다. 거실의 소파 위에 보라색 쿠션이 놓여 있다. 좌식 테이블 위에 주간지로 짐작되는 얇고 반들거리는 책자가 펼쳐져 있다. 그 옆에 신문 몇 부가 네모지고 반듯하게 접혀 있다. 가운데를 자른 페트병 안에 담배꽁초가 가득 들어 있다. 테이블을 덮은 유리 아래 사진이 세 장 깔려 있다. 나는 멀리서 그것들을 보지 않는다. 그리고 몸을 돌려 싱크대로 다가간다. 가스관의 노즐을 확인한다. 열려 있다. 가스레인지의 레버를 돌린다. 파란 불길이 일어난다. 그것에 담배 끝을 가져다 댄다. 불이 붙은 것을 확인하는 순간, 재빨리 그것을 물고 필터 끝을 빨아들인다. 담배 종이가 타들어가는 소리를 듣는다. 나는 가스 불을 끈다. 싱크대 모서리에 기대어 담배를 피운다. 담배 한 가치 분량의 시간이 소모되고 있다. 더위는 여전하다. 싱크대 위로 조그맣게 난 유리창이 닫혀 있다. 유리는 투명하다. 건너편 집의 텃밭 일부가 보인다. 벽은 투명하지 않다. 천장은 투명하지 않다. 벽이나 천장을 통해 가시적으로 드러나는 것은 없다. 벽과 천장이 보일 뿐이다. 나는 순간 벽감과 천공이라는 단어에 대해 생각했다. 그러나 연결되어 떠오르는 것은 아무것도 없었다. 싱크대 위에는 자두나 살구로 짐작되는 과일의 껍질이 말라붙어 있다. 그 옆에는 작은 접시가 있고, 접시 위에는 타다 남은 양초 도막이 있다. 저녁이 오고 있다. 밤이 오고 있다. 나는 식탁으로 다가가서, 식탁 위로 늘어진 전등의 스위치를 켠다. 전등불이 켜지지 않는다. 나는 식탁 위의 전기 요금 고지서를 집어 든다. 지난 다섯 달 동안 십이만삼천삼백이십 원의 전기 요금이 밀려 있다는 내용이 납부자의 이름과 함께 인쇄되어 있다. 나는 이름을 들여다본다. 모르는 사람이다. 나는 마음속으로 날짜를 헤아린다. 일주일이 지나갔고, 이틀이 남아 있다. 수요일. 이틀이 지나기 전에 엽서를 쓸 수 있다면 좋을 것이라고 생각했다. 내게는 여전히 (나의) 주소가 남아 있다고 생각했다. 생각이 진행되는 동안, 담배는 끝까지 타들어갔다. 나는 개수대에 다 피운 담배를 던져 넣고, 양초 도막이 담긴 접시를 들고 방으로 되돌아간다.

나는 아침에 일어나자마자 라이터로 담뱃불을 붙였던 것을 기억한다. 라이터는 분명 방 안에 있다. 보이지 않을 뿐이다. 실낱같이 불어오던 바람이 제법 거세진다. 창문이 가끔 덜컹거리는 소리를 낸다. 나는 사라진 라이터를 찾기 위해, 문간에 서서, 방을 한 뼘 단위로 나누기 시작한다. 차례대로, 그러니까 한 뼘씩, 천장을 훑고, 벽을 훑고, 책상 위를 살피고, 바닥을 살피고, 이부자리 위와 선반 위를 살핀다. 라이터는 없다. 나는 책상 쪽으로 다가가서, 그것을, 어림짐작으로, 가로와 세로가 손가락 한 마디가량 되는 사각형으로 나눈다. 나는 없는 사각형들에 들어찬 사물들을 일별한다. 책상 위에는 조금 전의 사물들만이 있을 뿐이다. 과도, 커피 잔, 엽서 두 장, 볼펜, 담뱃갑. 그리고 책상의 상판, 먼지. 그리고 눈물이 떨어진 자국. 그리고 양초 도막이 담긴 접시. 나는 선반 쪽으로 시선을 돌린다. 선반 위에 무질서하게 엎히고 쌓인 사물들이 어지러이 눈에 들어온다. 그 사물들 사이, 어디엔가 라이터가 있을지도 모른다고, 나는 생각한다. 사물들의 뒷면을 보기 위해서는, 그것들의 위치를 일일이 바꿔놓아야 한다. 끝까지 읽지 않은 책이 있다. 고장 난 카메라가 있다. 빈 플라스틱 약통이 있다. 붉은 나무 상자가 있다. 예상과는 달리 그것들은 아무것도 의미하지 않는다. 선반 아래로는 책들이 쌓여 있다. 철 지난 잡지와 소설책, 사전 들이다. 나는 그것들을 해체하고 조립하기를 원하지 않는다. 그 사물들에 손대기를 저어한다. 나는 이부자리 쪽으로 시선을 돌린다. 개어놓지 않은 이불이 아무렇게나 둘둘 말려 있다. 나는 책상에 기대어 서서, 다시 손가락 마디 단위로, 이불을 쪼갠다. 보이는 곳에 라이터는 없다. 나는 이부자리로 다가가서, 요와 이불의 모서리를 동시에 들고 크게 턴다. 무엇인가가 바닥에 떨어지는 소리가 난다. 나는 요와 이불을 한구석에 밀어 넣고, 떨어진 물건을 줍기 위해 몸을 숙인다. 라이터가 있다. 나는 그것을 들고 책상 앞으로 돌아와 양초에 불을 붙인다. 어제부터 전기가 들어오지 않는다. 아직 볕이 남아 있다. 촛불의 노란 주홍빛이, 그림자를 지우지 못한 채, 미미하게 번지고 있다. 거실의 시계가 6시를 알리는 전자음을 낸다. 곧 해가 질 것이다. 해가 지기 전에 무언가를 써야 한다고, 나는 생각했다. 허기가 느껴졌다. 미약한 촛불에 의지해 쓸 수는 없다. 아직 시도하지 않은 일이다. 세 시간이 지나는 동안, 나는 어제 읽고 있던 책의 문체를, 더 이상 흉내 내지 않게 된다. 아니, 어제 읽던 책이 아니라, 문자를 익힌 다음부터 지금까지, 읽어온 모든 문장이, 단어가, 표현 들이 뒤섞여, (나의) 입을 자꾸만 벌리려 든다. 나는 쓰기를 포기한다. 편지는 여전히 책상 위에 있다. 지난 이레 동안, 몇 가지 사물들의 위치가 바뀌었고, 무수히 많은 먼지들이 이동했다. 나는 그것들의 궤적을 일일이 그려보다가, 이내 그만두는데, 사물들은 언제나 제자리에, 제자리에만 놓여 있고, 나는 다시, 내가 저지른 일에 대해 생각하는데, 아니, 저지르다라는 동사는 지나치게 부정적인 어감을 발생시키므로, 내가 벌인 일에 대해 생각하는데, 아니, 벌이다라는 동사 역시도, 저지르다보다는 덜하지만, 역시 사뭇 부정적인 어감을 발생시키므로, 나는 내가 행한 일에 대해 생각한다. 그것을 글로 쓸 수는 없다. 나는 다시 한 번, 쓰기를 포기한다. 나는 다시 창밖을 내다본다. 노랗고 둥글게 불거지던 저녁 해가, 이제는 붉은 원반처럼 보인다. 그러나 어떤 직유나 비유도, 저무는 해를 적확하게 드러낼 수는 없다. 나는 그것으로, 석양으로 시간을 짐작하지 않는다. 허기가 지속된다. 보이지 않는 것은 보이지 않는다. 보이지 않는 것을 쓸 수는 없다. 거실의 시계가 오후 7시를 알리는 전자음을 냈다. 해가 완전히 지려면 반 시간쯤 남아 있다. 촛불의 윤곽이 점차 분명해지고 있다. 나는 조금 다급한 기분이 된다. 미약한 촛불의 빛에 의지해 무언가를 (지속적으로) 쓸 수는 없겠지만, 무언가를, 이를테면 편지 한 장 정도는 읽을 수 있을 것이다. 누군가는 여전히 손으로 편지를 쓰고, 누군가는 여전히 필적의 기원을 드러내는 편지를 간직한다. 나는 촛불에서 창밖으로, 시선을 이동시킨다. 바다는 여전히 푸르고, 하늘은 여전히 파랗다. 푸른색의 푸름과 파란색의 파랑이 어둠 속으로 이동하고 있다. 이동한다. 이동하다. 해가 완전히 지고 나면, 더 이상 푸름과 파랑을 구분할 수 없을 것이다. 수평선이 어둠에 잠길 것이다.

나는 아무것도 쓸 수가 없다. 내가 글쓰기를 시작하는 순간, 이 글은 이중의 글쓰기가 되기 때문이다. 내가 나를 쓰고, 나의 단어가 나의 단어를 지우고, 나의 문장이 나의 문장과 사라지기 때문이다. 나는 아무것도 쓰지 않는다. 이 글을 쓰는 사람은 내가 아니다. 착각에서 벗어나야 한다. 내가 쓰고 있지 않음에도, 이 글은 계속해서 쓰인다. 순간 나는 아무것도 쓰지 않는다. 그것은 나도 마찬가지다. 허기와 요의가 동시에 느껴진다. 아니, 요의가 생겨남과 동시에, 허기가 잠시 사라진다. 나는 천천히 몸을 일으킨다. 방 안의 사물들이 하나둘씩, 아니 동시에, 색의 허물을 벗고 있다. 그 모든 사물들을 그러나 동시에 볼 수는 없다. 시선은 시간에 고착되어 있다. 천장의 네 모서리가 허물어지고 있다. 그러나 그 속도는 보이지 않는다. 나는 책상 위의 편지를 잠시 내려다본 뒤, 입고 있는 티셔츠의 허리 부분을 만지작거리며 방문 쪽으로 다가간다. 한 걸음씩 옮길 때마다 어둠이 짙어지는 것처럼 여겨진다. 느낌일 뿐이다. 순간 왼 발부리에 무엇인가 걸린다. 상체가 앞으로 크게 기울어진다. 나는 넘어지지 않는다. 넘어지기 직전에 허리의 반동으로 몸이 다시 세워진다. 그때 (나의) 의식은 개입하지 않는다. 나는 다시 직립으로 보행한다. 나는 밑을 내려다본다. 바닥에 가방이 모로 놓여 있다. 나는 그것을 오른쪽 발로 민다. 가죽의 서늘한 감촉이 오른발에 전해진다. 가방은 제법 묵직하다. 나는 그것을 방문 옆의 구석으로 질질 끌고 간다. 나는 가방을 열 생각이 없다. 어둠이 아니더라도 가방은 검다. 방문은 열려 있다. 나는 거실에 들어선다. 거실과 주방을 구분하는 경계는 모호하다. 거실과 주방 사이에는 벽이나 문이 없다. 거실의 소파 위에는 보라색 쿠션이 두 개 포개져 있다. 그것들에서는 어떠한 안락함의 표지도 드러나지 않는다. 나는 그것들을 해지고 빛바랜, 가운데가 푹 꺼진 두 개의 보라색 쿠션이라고 쓸 수도 있다. 아무려나 그것들은 (우연히) 눈에 들어왔을 뿐이다. 그러므로 그것들은 곧 시선의 종착점에서 벗어난다. 좌식 테이블 위에는 손톱깎이와 화장지 상자가 놓여 있다. 테이블의 한가운데는 알약 캡슐의 포장이 놓여 있다. 나는 그것을 집어 든다. 게보린이다. 매일 한 알씩 먹으면 심장병을 예방할 수 있다는 기사를 읽었던 사람은 내가 아니다. 그러한 효과가 있는 약의 이름을 아스피린이 아니라 게보린으로 착각했던 사람도 내가 아니다. 그 사람이 간경화를 일으켰던 것은 게보린의 탓일 수도 있고 아닐 수도 있다. 현실에서 모든 사건들은 우연적으로 일어난다. 허구에서 모든 사건들은 필연적으로 일어난다. 그러나 우연이든 필연이든 모든 사건들은 돌이킬 수 없다는 속성을 공통으로 나누어 갖는다. 나는 남아 있는 알약의 개수를 센다. 그 전에 연보랏빛 알약의 세모꼴이 눈에 들어온다. 아직 집 안은 완전히 어둠에 잠기지 않았다. 그러나 어떤 색들을 알아볼 수 있을 만큼의 볕은 들지 않는다. 기억이 연보라색을 고집한다. 열 개들이 포장에 세 칸이 비어 있다. 나는 그것을 입고 있던 바지의 오른쪽 앞주머니에 넣는다. 모양새만 겨우 갖춘 베란다의 왼쪽 벽에는 텔레비전과 조그만 장식장이 놓여 있다. 텔레비전은 켜져 있지 않다. 전기가 들어오지 않기 때문일 수도 있다. 베란다로 난 미닫이문에는 커튼이 걸려 있지 않다. 그러나 반투명한 유리로 된 문이 닫혀 있으므로, 베란다 바깥을 내다볼 수는 없다. 나는 미닫이문을 열지 않는다. 텔레비전 위에는 원앙 조각이 한 쌍 놓여 있다. 텔레비전 위 벽, 원앙 조각의 뒤로 성모 마리아로 짐작되는 여자의 그림이 걸려 있다. 그 위로는 묵주가 길게 늘어져 있다. 나는 텔레비전의 화면을 손으로 더듬어본다. 먼지가 끈끈하게 묻어 나온다. 나는 텔레비전을 켜지 않는다. 나는 텔레비전을 켠다고 쓰지 않는다. 나를 더 이상 나라고 착각해서는 안 된다. 나는 두세 발짝가량 뒤로 물러난다. 오른쪽 종아리에 좌식 테이블의 모서리가 닿는다. 나는 몸을 돌려 화장실로 향한다. 습관처럼 화장실 문 옆의 스위치를 오른손으로 더듬는다. 의식적으로 행한 일일 수도 있다. 불은 켜지지 않는다. 나는 방보다도, 거실보다도 어두운 화장실의 타일을 맨발로 밟는다. 그것은 적당히 차갑다. 변기는 하얗고 둥글다. 나는 그것이 놓여 있는 위치를 알고 있다. 이 집에서 일주일을 보낸 참이다. 나는 변기 앞으로 다가가서 허리 단추를 풀고 지퍼를 내린 뒤 바지를 벗는다. 속옷을 내리고 성기를 왼손으로 잡는다. 소변이 변기 안에 고인 물 위로 떨어지는 소리가 난다. 나는 그 소리를 한동안 듣고 있다. 그러나 소리가 곧 들리지 않는다. 나는 속옷과 바지를 동시에 끌어올린다. 지퍼를 올리고 허리 단추를 잠그고 변기의 윗부분을 더듬어 물을 내

린다. 물이 내려가는 소리가 요란하게 울려 사방의 타일을 후
려친다. 변기 옆에 세면대가 있다. 나는 수도꼭지를 찾아 물
을 틀고 물줄기에 두 손을 가져다 댄다. 차가운 물이 손에 닿
자 잠시 쾌적한 기분이 든다. 손을 닦고 물을 잠그자 수도꼭
지 안에 남아 있던 미량의 물이 세면대 위에 떨어지는 희미한
소리가 난다. 나는 바지 앞섶에 두 손을 문질러 물기를 닦는
다. 고개를 들자 세면대 위의 거울이 보인다. 거울에 나의 얼
굴이 비친다. 그러나 너무 어두워서 나의 얼굴이 나의 얼굴로
보이지 않는다. 나는 오른쪽 손등으로 턱 아래를 매만진다.
며칠 동안 수염을 깎지 않아 까끌까끌하다. 그러나 수염이 자
라난 모양은 보이지 않는다. 나는 더 이상 거울을 들여다보지
않는다. 나는 돌아서서 화장실 문으로 다가간다. 검은 거울
안에 나의 뒤통수가 비친다. 그 다음에는 등이 비친다. 그리
고 곧 나의 뒷모습은 사각형의 거울을 벗어난다. 방으로 돌아
오면서 나는 거실에 눈길을 던지지 않는다. 거실의 소파에는
여전히 보라색의 쿠션 두 개가 놓여 있고, 좌식 테이블, 주간
지 한 권과 신문 더미, 페트병 재떨이와 텔레비전, 그림과 묵
주, 둘둘 말린 담요와 긴 스탠드, 붉은 숫자판을 지닌 벽시계,
폭이 좁고 긴 사각형의 깔개가 있다. 나는 시계를 보지 않는
다. 19시 45분이다. 잊고 있던 허기가 되살아난다. 나는 방으
로 들어가려다가 다시 주방으로 간다. 주방의 사물들은 이제
거대한 어둠의 덩어리로만 보인다. 나는 냉장고의 문을 연다.

그러자 악취라고 부를 만한 냄새가 쏟아진다. 나는 냉장고의 문을 닫는다. 냄새는 한동안 사라지지 않는다. 나는 방으로 돌아간다. 책상 위에서 양초 도막이 타고 있다. 나는 찬장에서 여분의 양초를 가져오지 않는다. 나는 타고 있는 양초 도막의 길이로 남아 있는 시간을 가늠하지 않는다. 양초 도막이 담겨 있는 접시가 하얗게 빛난다. 접시 테두리의 절반 정도는 직접적으로 닿는 빛의 그림자로 인해 검게 보인다. 불빛이 저를 둘러싸고 한 뼘 정도의 둥글고 희미한 원을 그리고 있다. 그 원의 가장자리에 편지 봉투의 한 모서리가 걸려 있다. 그 모습을 보는 것과 내가 편지를 생각하는 것에는 그다지 깊은 관계가 없다. 나는 그 편지를 늘 생각하고 있었다. 담배를 피우면서도, 라이터를 찾으면서도, 거실과 주방을 다녀오면서도, 화장실을 다녀오면서도, 소변을 보면서도, 허기를 느끼는 와중에도, 나는 늘 그 편지에 대해 생각했다. 나는 그 편지에 대해 생각하고 있다. 생각한다. 생각하다. 나는 편지를 읽지 않는다. 나는 다음의 문장에도 같은 진술을 반복해서 쓸 수 있다. 나는 여전히 편지를 읽지 않는다. 나는 편지를 읽지 않고, 편지를 읽는다고 쓰지 않는다. 편지를 읽는 시간은 그러므로 영원히 유예될 수 있다. 나는 한동안 책상 앞에 서 있다. 나는 편지를 내려다본다. 시간이 가고 있다. 나는 그것을 감지하지 않는다. 나는 책상 밑의 의자를 당겨 그 위에 앉는다. 창문은 닫혀 있다. 창문을 닫았던 기억이 없다. 창문을 닮았다고 썼던 기억이 없다. 그러므로 나를 나라고 착각해서는 안 된다. 아무려나 창문은 닫혀 있고, 바람이 불어와 커튼을 펄럭이게 하고, 약하게 타오르는 촛불을 꺼트려, 이 방을 완전한 어둠에 잠기게 하는 일은 일어나지 않는다. 편지의 모서리는 여전히 촛불이 후광처럼 드리운 원형의 어스름한 빛 가장자리에 걸쳐 있다. 그 외에는 아무것도 원의 테두리를 침범하고 있지 않다. 편지 봉투의 희게 드러난 부분에는 아무것도 적혀 있지 않다. 나는 커튼이 덮고 있지 않은 창문의 유리 너머를 내다본다. 다소 노르스름하게 변한 흰색의 창틀이 시야를 가로지른다. 이 순간에도 기억은 흰색을 고집한다. 책상과 평행을 이루는 창틀 외에 보이는 것은 없다. 아니, 검게 변한 유리창 위로 (나의) 얼굴이 흐릿하게 떠오른다. 나는 그것을 애써 들여다보려고 하지 않는다. 창밖, 가까운 거리 안에 가로등은 없다. 가로등이 하나라도 있었다면 이토록 어둡지는 않을 것이다. 짐작일 뿐이다. 몸을 왼쪽으로 움직여 창문의 오른쪽을 바라보면, 등대에서 밝힌 것으로 추측되는 작은 불빛 한 점이 보인다. 나는 등대에 관해 아는 것이 많지 않다. 그것은 나도 마찬가지다.

나는 편지 봉투를 집어 그것을 반으로 접는다. 그러자 그것은 손바닥보다 작은 면적으로 손안에 들어온다. 나는 지갑처럼 접힌 편지 봉투를 바지의 왼쪽 앞주머니에 넣는다. 그러자 바지의 왼쪽 앞주머니가 볼록하게 솟아오른다. 나는 자리에

서 일어나 양초 도막이 담긴 접시를 들고 방문 쪽으로 향한
다. 촛불의 빛이 가 닿는 자리마다 그림자의 얼룩이 섬세하게
너울거린다. 벽지의 물결무늬 요철이 하나씩 일렁인다. 나는
촛불이 꺼지지 않도록 왼손을 둥글게 구부려 그것을 감싼다.
손바닥 안쪽이 환하게 빛나고, 가느다랗고 완만한 곡선의 손
금이 드러난다. 나는 무엇에도 걸려 넘어지지 않도록 조심스
레 발걸음을 옮긴다. 그러는 동안에도 계속 편지를 생각한다.
나는 이 글을, 내가 편지에 대해 생각하고 있다는 현재형의
문장으로, 처음부터 끝까지 채울 수도 있다. 아니다. 그것은
불가능하다. 이 글은 이미 시작되었으며, 한 번 쓴 문장을 고
치는 것은 가능하지 않다. 어쩌면 매번 다시 시작하는 것만이
가능할 것이다. 아니, 어쩌면 한 문장으로만 이루어진 글이
되어야 할 것이다. 이 글이 시작되기 이전에도 나는 편지를
생각했고, 이 글이 끝나더라도 나는 편지를 생각할 것이다.
가방은 여전히 방문 옆 구석에 놓여 있다. 그것의 반들반들한
표면이 불빛을 받아 매끈하게 드러난다. 나는 가방을 열지 않
는다. 가방은 지퍼가 단단히 맞물린 채 그대로 놓여 있다. 나
는 문지방을 밟지 않고 열려 있던 문을 통과한다. 거실을 한
번, 주방을 한 번 흘긋 본다. 그때 거실의 시계가 8시를 알리
는 전자음을 낸다. 소파 윗벽에 걸린 디지털 벽시계의 붉고
간결한 숫자들이 깜박이고 있다. 그 외의 사물들은 모두 어둠
에 묻히는 중이다. 나는 현관 쪽으로 몸을 옮긴다. 왼손은 여

전히 촛불을 감싼 채로 허공에 들려 있다. 오른손은 그보다 조금 낮게 자리한다. 현관문 앞 타일에는 운동화 한 켤레, 슬리퍼 한 켤레가 아무렇게나 놓여 있다. 나는 양초 도막이 담긴 접시를 신발장 위에 얹어놓고, 운동화를 신기 위해 몸을 숙인다. 흰 운동화 위로 내 몸의 그림자가 커다랗게 내려앉는다. 두 짝 모두 끈이 느슨하게 묶여 있다. 나는 신발을 오른발, 그리고 왼발에 꿴다. 다시 촛불 접시가 왼손에 들린다. 나는 오른손으로 현관문의 자물쇠 고리를 돌린다. 잠금쇠가 돌아가는 소리가 둔탁하게 울린다. 나는 문고리를 비틀어 현관문을 연다. 문밖에는 조그만 마당으로 곧장 연결되는 세 칸짜리 계단이 있고, 마당에는 장독 서너 개와 이름을 알지 못하는 정원수 몇 그루, 하얀 플라스틱 의자가 있다. 그러나 그것들은 지금 보이지 않는다. 그러나 기억이 그것들의 있음을 고집한다. 계단 옆에는 작은 화분이 있고, 화분 밑에는 집의 열쇠가 숨겨져 있다. 나는 이 집의 주인이 열쇠를 사용할 일은 그다지 많지 않다고 말했던 일을 기억하지 않는다. 그것을 기억하는 것은 내가 아니라 나다. 아무려나 열쇠는 사용된 일이 없다. 지난 7일 동안. 화분의 식물은 보이지 않는다. 어쩌면 자라지 않는지도 모른다. 나는 계단을 밟고 마당으로 내려서서 대문 쪽으로 향한다. 나의 동작을 계산하는 사람은 내가 아니다. 나를 보고 있는 사람도 내가 아니다. 나는 철문을 연다. 그것은 빗장이 걸려 있지 않았다. 커다란 철문이 열리는 소리가 들린다. 이름을 알지 못하는 벌레들의 울음소리와 함께. 그 소리들은 이제야 들려오기 시작한다. 문을 나서면 바로 시멘트로 포장된 한길이다. 어쩌면 콘크리트로 포장된 길일지도 모른다. 나는 시멘트와 콘크리트를, 여타의 포장 자재를 구분하지 못한다. 그것은 나도 마찬가지다. 나는 길의 왼쪽 방향을 따라 걷기 시작한다. 무엇인가가 발밑을 재빨리 스쳐 벗어난다. 고양이일 것이다. 저 멀리 등대의 불빛이 보인다. 잘 보이지는 않지만 그 밑부터 시야의 오른쪽으로 길게 이어진 직사각형의 검은 덩어리가 길게 누워 있다. 방파제일 것이다. 허기가 느껴진다. 방파제 너머에는 바다가 있을 것이다. 나의 발걸음 소리가 들린다. 그 소리를 자박자박이라고 해야 하는지, 저벅저벅이라고 해야 하는지, 나는 알 수가 없다. 그 소리는 자박자박으로도, 저벅저벅으로도 들리지 않는다. 아무려나 나는 내가 걷는 소리를 자박자박으로, 혹은 저벅저벅으로 쓰고 있다. 나는 걷는다. 간헐적으로 바지의 오른쪽 앞주머니에 들어 있는 편지에 대해 생각한다. 그러면서 나는 바지의 왼쪽 앞주머니에 들어 있는 게보린 포장에 대해 생각하지 않는다. 그러므로 나는 게보린에 대해 생각한다고, 아스피린을 게보린으로 착각한 사람에 대해 생각한다고, 쓰지 않는다. 담배를 두고 왔다. 담배와 라이터는 분명 책상 위의 한 면적을 차지하고 있을 것이다. 그러나 그것이 믿어지지 않는다. 나는 뒤를 돌아본다. 아직 집에서 스무 걸음도 옮기지 않았다. 어둠 속에서 무언가가 무너지고 있다. 착각일 뿐이다. 어둠이 시선의 직립보행을 방해한다. 나는 다시 몸을 돌려 걷기 시작한다. 곧 방파제가 나올 것이다. 순간 내가 보고 있는 것과 똑같은 것을 전에도 본 적이 있다는 생각이 든다. 사람들이 기시감이라 부르는 현상일 뿐이다. 아니다. 전에 분명히 지금 보고 있는 것과 똑같은 장면을 본 적이 있다. 나는 나를 읽지 못한다. 나는 나를 쓸 수 있을 뿐이다. 나는 기억을 고집스레 교란한다. 바다가 저 멀리 있다. 바닷바람이 분다. 더위가 가셨다. 바다 냄새가 난다. 나는 편지를 병에 넣어 밀봉한 뒤 파도에 실어 보낸 사람들의 이야기를 들은 적이 있다. 어떤 편지들은 되돌아온다. 파도의 흐름이, 간조와 만조의 혼란이 그 편지들의 송신인과 수신인을 동일 인물로 지목한다. 나는 병에 넣은 편지를 바다로 던지지 않을 것이다. 그러한 낭만적 실수를 범하지 않을 것이다. 그러므로 이 글의 마지막 부분에서 편지는 되돌아오지 않을 것이다. 나는 그것을 쓰지 않을 것이다. 나는 편지를 생각하며 걷는다. 편지를 생각하고 싶지 않아도, 내가 다리를 움직일 때마다 반으로 접힌 편지 봉투도 따라 움직인다. 나는 그 움직거림을 감각한다. 바지의 오른쪽 앞주머니에는 편지 봉투가 들어 있고, 편지 봉투 안에는 편지가 들어 있다. 편지 안에는 아무것도 들어 있지 않다. 아니다. 어떤 명사들이, 어떤 동사들이, 어떤 문장들이 들어 있다. 그것들은 지금 가시적으로 드러나지 않는다. 나는 편지를 읽을 수가 없다. 그러므로 나는 그 편지를 쓸 수가 없다. 그 편지의 내용이 드러나는 순간, 이 글은 무너질 것이다. 나와 나는 그것을 동시에 예감한다. 편지를 읽지 않는 것은 나의 의지 때문이 아니다. 어쩌면 나의 의지 때문일 것이다. 나는 쓰이고, 나는 쓴다. 아직 편지를 읽을 시간이 되지 않았다. 나는 계속해서 걷고 있다. 걷는다. 걷다. 나는 방파제 앞에 도착한다. 뒤를 돌아본다. 집은 보이지 않는다. 어쩌면 더 이상 그것은 존재하지 않을 수도 있다. 나는 방파제에 올라선다. 바다가 움직이는 소리가 분명히 들린다. 방파제는 움직이지 않는다. 나는 방파제를 따라 등대 쪽으로 걷기 시작한다. 방파제의 오른쪽 밑에는 거대한 테트라포드들이 단단히 아귀를 맞물리고 있다. 나는 테트라포드들의 틈에 빠져 죽은 사람들의 이야기를 들은 적이 있다. 나는 일종의 두려움을 느낀다. 그러므로 테트라포드들이 아무것도 암시하지 않는다는 것을 애써 확신한다. 나는 가능한 한 직선으로 걷고자 노력한다. 등대가 점점 가까워진다. 등대를 밝힌 불빛이 점차 크게 눈에 들어온다. 허기가 느껴진다. 그러나 나의 배고픔은 오늘 해결되지 않을 것이다. 그것은 이후의 일이다. 나는 등대 앞에 다다른다. 등대의 표면은 붉은 페인트로 도색되어 있다. 불빛이 닿는 곳마다 페인트 롤러가 지나간 자국이 드러난다. 그것은 빛을 받아 다소 노랗게 보이기도 한다. 나는 등대 주위를 한 바퀴 돈다. 검은 수평선이 검은 하늘과 검은 바다를 가르고 있다. 그것들은 저마다 다른 농도로 검다. 검다라는 말로는 그것들을 구분할 수 없다. 멀리 어선들의 불빛이 작게 빛난다. 별은 보이지 않는다. 이제 편지를 읽을 시간이다. 나는 바지의 오른쪽 앞주머니에서 편지 봉투를 꺼낸다. 봉투의 입구는 봉해져 있지 않다. 나는 그 안에서 편지를 꺼낸다. 가로로 두 번 접힌 편지지가 손끝에 딸려 나온다. 그것을 펼치자 접혀 있던 부분이 날카로운 각도로 벌어진다. 등대의 불빛이 어룽거린다. 순간 모든 글자들이 팽창하기 시작한다. 종이는 희고, 글자들은 검다. 나는 글자들을 읽을 수가 없다. 지나치게 커진 글자들의 형태가 제멋대로 변형된다. 그것이 글자들이라는 것을 알고 있는 까닭은 기억의 착란 때문이다. 나는 두 눈을 꼭 감는다. 그러자 고여 있던 눈물이 뺨을 타고 흘러내린다. 나는 운다. 눈물방울이 편지지 위에 떨어지는 소리가 툭, 울린다. 어떤 눈물방울들은 바닥으로 떨어진다. 나는 소리 없이 눈물을 흘린다. 그 눈물은 바다로 흐르지 않는다. 눈을 뜨자 다시 눈물이 차오른다. 잊고 있던 바닷바람이 불어온다. 바람의 방향에 따라 손에 들린 편지지가 너울거린다. 편지 봉투는 이미 바람이 실어 가고 없다. 그것은 지금 가라앉고 있다.

인력입니까,
척력입니까

그는 화학공학을 전공했다고 했다. 화학공학에 대해서라면 다른 모든 공학 분야와 마찬가지로 나는 전혀 아는 바가 없었다. 그가 각종 기호, 원자, 원소, 물질 들에 대해 이야기할 때마다 나는 나 자신이 수천수만의 원소들로 분열되고 말지도 모른다고 생각했다. 그런 면에서 그의 이야기는 충분히 위협적이었다. 혹은 충분히 매혹적이었다. 그는 느린 어조로 나지막하게 말하는 버릇이 있었다. 그런 면에서도 그의 목소리는 충분히 위협적이었다. 혹은 충분히 매혹적이었다. 그의 목소리는 듣기에 좋았다. 대화가 중단될 때마다 나는 간간히 로베르트 무질이나 사무엘 베케트에 대해 이야기하고는 했다. 그는 대개 말없이 듣고만 있었지만, 때로 알렉산더 트로키가 스코틀랜드 사람인지 아일랜드 사람인지 따위를 묻기도 했다. 나의 목소리가 듣기에 좋았는지는 알 수 없다. 어쨌거나 보시기에 좋지는 않았을 것이다. 나는 늘 졸린 표정을 하고 있었다.

어느 날 내가 김승옥에 대해 이야기하고 있을 때 그가 하품을 했다. 나는 농담을 건넸다. 영변에 약산, 진달래 핵. 북한이 한창 핵실험으로 천진하고도 악랄한 얼굴을 드러내고 있던 시기였다. 북한은 대부분의 영토를 잃지 않았고 핵 시설도 상당 부분 그대로 남아 있었다. 그는 웃었다. 그는 문득 어떤 약품에 대해 다소 냉소적으로 말하기 시작했다. 그의 말에 의하면 그 약품이 피부에 닿는 순간 살갗 밑의 뼈가 모두 녹아버린다고 했다. 오직 뼈에만 반응하기 때문에 살가죽은 그대로 남는다고 했다. 그는 그 약품으로 인한 사고를 겪은 사람의 손을 실제로 본 적이 있다고 했다. 그 말을 듣고 있던 동안 나는 그가 밀실에서 화생방무기를 제조하고 있는 태연한 모습을 억지로 상상했다. 뼈가 녹아내린 왼팔을 엑스레이로 찍는다면 어떨까, 나는 묻지 않았다. 유령의 윤곽이 희미하게 드러나겠지, 그는 대답하지 않았다. 나는 나의 왼팔을 곁눈질로 내려다보았다. 그것은 떨고 있었다. 나는 그 약품의 이름을 잊기 위해 노력했다. 모르는 게 약이지, 생각하지 않았다. 약,이라는 단어를 떠올리자마자 다시 그 약품의 이름과 한 조각의 뼈도 품지 못하고 덜렁거리는 손가락들이 연상되었다. 그것은 순수한 공포였다. 외양을 해치지 않으면서도 내부를 무너뜨리는 기괴한 이미지였다. 나는 두 눈을 꼭 감고 고개를 흔들었다. 어깨를 양팔로 감싸고 머리를 숙였다. 그러나 무용한 몸짓이었다. 나는 아직 일어나지 않았고, 일어날 것 같지도 않은 사건을 짐작하는 것이야말로 멍청한 짓이라고 여겼다. 그러나 몸과 마음이 멋대로 움직였다. 어쩌면 나의 몸은 그대로였으나 마음이 녹아내리고 있었는지도 모른다. 그것은 얄팍한 표현일 뿐이다. 나는 순간적으로 눈물을 흘렸다. 그는 당황했다. 그것은 나도 마찬가지였다. 우리는 한동안 불가능할 정도로 어리둥절한 얼굴을 한 채 서로를 바라보고 있었다. 그는 이유를 묻지 않았다. 순간적으로 살의가 생겨났다. 그러니 나의 마음이라는 것이 모조리 녹아내렸던 것은 아니었다. 나는 눈꺼풀을 깜박여 눈가에 남아 있던 눈물방울들을 뺨 위로 흘려보냈다.

그는 내가 모르는 것이 당연한 주제로 석사 논문을 썼다고 했다. 내가 그와 알고 지내기 전의 일이었다. 그는 자신의 전공 분야 외에는 아는 것이 없다고 했다. 그는 차베스가 아르헨티나의 수상이라고 믿고 있었다. 나는 차베스가 어느 나라 대통령인지 정도는 알고 있었지만 아무 말도 하지 않았다. 시에라리온의 수도가 프리타운인 것을 알고 있다고 해도 달라지는 것은 없다. 필리핀이 1946년에 독립했다는 것을 알고 있다고 해도 달라지는 것은 없다. 혹은, 달라지는 것들은 언제고 달라지기 마련이다. 혹은, 모든 것들은 각개난만하게 달라지고 있다. 이 모든 달라짐은 영원히 현재형이다. 우리들이 대재난 이전의 학교에서 역사 시간에 배운 것들은 그것이 전부였다. 우리는 그저 우리 자신으로 살면 된다. 자신마저도 믿지 못한다면 자신을 믿지 못하는 상태로 살면 된다. 우리의 믿음이나 의지와는 관계없이 지구의 역사는 계속된다. 구원이나 구제는 없다. 믿음은 아무것도 담보하지 않는다. 그것이 전부였다. 결국 대재난으로도 세계의 본질은 교정되지 않았다.

그는 자신의 석사 논문에 대해 설명하고 싶어 했다. 대재난이 일어나지 않았다면 그는 보다 정교한 주제로 박사 논문을 시작했을 것이다. 학업이 중단된 것을 그는 아쉬워하는 것처럼 보였다. 그를 알기 전에 나는 대학에서 문학을 전공하고 있었다. 대재난으로 인해 학교가 잠정적으로 폐쇄되었을 때 가장 환호했던 사람은 나였다. 더 이상 지루한 수업에 출석하지 않아도 된다는 것이 기쁘기 그지없었다. 학교는 물에 잠겼다. 지금은 가장 고지대에 위치했던 건물만이 남아 있다. 나는 가끔 그곳으로 헤엄쳐 갔다. 배영 자세를 유지한 채 노을이 반사된 유리창을 가만히 올려다보기도 했다. 그는 학교로 돌아가기를 원했다. 누구의 제지도 받지 않고 마음껏 다룰 수 있던 각종 화학약품과 독극물 들을 그리워하는 것처럼 보였다. 오늘 그것들은 모두 밀봉된 유리병에 담긴 채 물 아래 가라앉아 있을 것이다. 그는 가장 안전한 재료로 가장 위험한 물질을 만드는 기술적인 방법에 대해 연구했다고 말했다. 그것이 내가 알아들을 수 있던 유일한 말이었다. 나는 그의 말을 은 유적으로 이해했다. 그러니 내가 그의 석사 논문의 내용을 완 전하게 오해하고 있는지도 모른다. 나는 그것이 당연하다고 생각했다. 내가 이해할 수 있던 범위는 사람들이 흔히 오해의 여지라고 부르는 부분에 겹쳐 있었던 것이다. 그는 자신의 독 창적인 연구가 불가항력적인 사건으로 인해 더 이상 진행되 지 못하는 것을 안타까워했다. 그것은 누구의 탓도 아니었으 므로 그는 분노를 표현할 대상을 찾지 못한 채 나날이 말을 잃어갔다. 우리는 자주 식탁을 공유했다. 희미한 불빛 아래서 그는 내가 이름도 기억하지 못할 물질들의 성질에 대해 설명 하고자 했다. 나는 안전성과 위험성, 불완전성과 완전성, 완 성과 미완성에 관한 지루한 설명을 한동안 듣고 있다가 이내 잠이 들고 말았다. 그날 이후로 그는 화학공학에 대해서만이 아니라 다른 일들에 대해서도 거의 입을 열지 않았다.

내가 그를 처음 만나게 된 것은 대재난이 일어나고 난 뒤였 다. 대재난 이후에는 더 이상 어떠한 재난도 일어나지 않는 다. 사소한 사건들만이 발생할 뿐이다. 대재난은 순식간에 지 나갔다. 그 순간이 곧 영원이 되었다. 지구의 시간이 정지했 다. 혹은 대재난 이후의 시간이 시작되었다. 그 후로는 매일 이 일요일이었다. 일요일, 하고 소리 내어 말하면 즐거웠다. 바로 읽어도 거꾸로 읽어도 일요일은 일요일이었다. 대재난 이후에도 우리들의 일상은 크게 달라지지 않았다. 걷는 시간보다 헤엄치는 시간이 압도적으로 증가했다는 것이 크다면 큰 변화였다. 고무 튜브와 오리발이 필요했다. 고무와 플라스틱 제조업체는 호시절을 맞았다. 커튼 대신 방수포가 창문마다 걸렸다. 지구는 이제 수력 발전에 의해서만 구동되었다. 세계의 절반이 물에 잠겼다. 부국은 여전히 부유했고 빈국은 여전히 가난했다. 그러므로 여전히 달라진 것은 아무것도 없었다. 달라지고 있던 것들만이 지속적으로 달라지고 있었다. 한강의 폭이 늘어났다. 수위도 올라갔다. 물길을 통해 달에 닿을 수 있을 것도 같았다. 어느 날 아침 창문을 열었더니 죽은 물고기가 방 안으로 툭 떨어졌다. 나는 그 물고기의 이름을 알지 못했다. 그것은 처연하기도 했고 징그럽기도 했다. 어쩌면 그것을 끔찍하다고 표현할 수 있을지도 모른다. 나는 그것을 젓가락으로 집어 들어 다시 창밖으로 던졌다. 죽은 물고기는 다시 물로 돌아갔다. 그것이 낙하하며 수면을 찢는 소리가 희미하게 들려왔다. 오랫동안 공급이 중단되었던 전기가 다시 들어오자마자 나는 텔레비전을 켰다. 화면에서 녹물이 오랫동안 흘러내리고 난 뒤 미합중국의 대통령이 중국의 국가주석과 악수를 하는 장면이 나타났다. 소리는 나오지 않았지만 자막을 통해 그들이 이유를 알 수 없는 전 세계적 범람에 대해 논의하고 있다는 것을 알 수 있었다. 그들이 물에 휩쓸려 가지 않았다는 것도 알 수 있었다. 후지산은 정상만이 남아 있었다. 한라산도 마찬가지였다. 사각 화면에 나타난 그 광경들은 놀랍지도 안타깝지도 않았다. 어쩌면 그것을 이상하다고 표현할 수 있을지도 모른다. 혹은 끔찍하다고 표현할 수 있을지도 모른다. 어쨌든 이상하거나 끔찍한 것들은 대재난 이전에도 얼마든지 있었다. 국토의 70퍼센트가 산악 지형으로 이루어진 한국은 국토의 70퍼센트를 잃지 않을 수 있었다. 그것은 아무도 웃지 않는 농담 같았다. 간척지와 방조제들이 가장 먼저 수장의 의식을 치렀다. 나는 5층 건물의 꼭대기에 살고 있었다. 창을 열고 아래를 내려다보면 가로수의 맨 윗가지가 섬처럼 떠 있는 것을 볼 수 있었다. 물에 잠기지 않은 가느다란 나뭇가지마다 새들이 어깻죽지를 늘어뜨리고 앉아 있었다. 수면에 비친 그것들의 그림자는 조금도 일렁이지 않았다. 대재난 직후 많은 새들의 목이 잘렸다. 날카로운 유리 조각들이 회오리바람에 실려 한동안 허공을 선회했기 때문이었다. 목을 잃은 새들이 기이한 울음소리를 내며 깨진 거울의 뒷면으로 몸을 숨겼다. 그 새들은 좀처럼 죽지도 않았다. 그것은 믿기지 않는 사실이었으나 더 이상 믿을 만한 사실들은 존재하지 않았다. 나는 지난 세기에 출간된 묵시록적 비전을 지닌 문학서들을 생각하고는 했다. 그러나 제목이나 내용이 잘 기억나지 않았다. 내가 기억하는 것은 오직 저자명들뿐이었다. 내가 소유했던 책들의 절반이 물에 잠겼고, 나머지의 절반이 물에 젖었다. 나는 젖은 페이지들이 마르기를 기다렸다. 깨진 유리창을 통해 들어오는 바다 생선들의 비린내를 겨우 견딜 수 있게 되어 간단히 요리해 먹는 것도 가능해졌을 무렵 책들의 물기가 걷히기 시작했다. 가장 먼저 눈에 띈 책은 세로쓰기로 인쇄된 괴테의 『젊은 베르테르의 슬픔』이었다. 나는 젖은 글자들 위로 입김을 불어가며 그것을 단숨에 읽어 내려갔다. 책의 마지막 부분에서 청년 베르테르는 이탈리아의 어느 바닷가 절벽에서 몸을 던져 익사했다. 두번째로 읽은 책은 윌리엄 포크너의 『성역』이었다. 분노한 군중들이 마녀로 몰린 템플을 호숫가로 끌고 갔다. 그녀는 익사했다. 마녀는 보통 화형당하지 않는가, 나는 잠시 생각했다. 그러고 보니 전에 모두 읽은 책들이었다. 나는 다소 미심쩍은 기분으로 세번째 책을 읽기 시작했다. 버지니아 울프의 『댈러웨이 부인』이었다. 어느 날 아침 클라리사 댈러웨이는 꽃을 사야겠다고 생각했다. 그리고 그날 저녁 그녀는 템스 강에 몸을 던졌다. 댈러웨이 부인은 버지니아 울프와 마찬가지로 익사자들의 명단에 이름을 올렸다. 나는 네번째 책을 펼치지 않았다. 시작은 미약하였으나 끝은 창대하리라. 모두 익사하리라. 측량기사 K는 성을 에두른 해자에서 익사했을 것이었다. 부바르와 페퀴셰는 나폴레옹 3세의 밀정이 되어 도버 해협을 건너던 중 익사했을 것이었다. 고래가 아합 선장을 삼켰다. 그는 고래의 배 속에서 익사했을 것이었다. 내가 알고 있는 모든 허구적 인물들은 동일한 죽음을 맞고 있었다. 세계문학

전집의 모든 등장인물들이 유령이 되어 젖은 발로 주변을 서성거렸다. 호수처럼 광막한 한강이 몇 길 떨어져 있지 않았다. 물길에 집을 잃은 사람들이 지어 올린 수상 가옥들의 무리를 이루어 떠 있었다. 그들은 새로이 집을 올리는 데 별다른 곤란을 겪지 않았다. 가로등. 전선. 파이프. 자동차 보닛. 고무바퀴. 유해한 동시에 무해한 사물들. 우리는 이미 지나치게 많은 물자를 소유하고 있었던 것이다. 지난 시대에는 폐기물이었던 사물들이 유용하게 쓰이는 경우가 잦았다. 이제는 아무도 신발을 신지 않았다. 수도관이 뽑혀나간 자리들마다 검은 이끼가 끼었다. 나는 한동안 이끼가 그려낸 얼룩들이 암시하는 바를 찾아내려고 노력했었지만 곧 그만두었다. 그것들은 나 자신이나 나의 미래뿐 아니라 나의 오늘에 대해서도 아무것도 말해주지 않았다. 이끼 얼룩은 이끼 얼룩일 뿐이었다.

미처 대피하지 못하고 강으로 바다로 떠내려간 사람들이 소유했던 사물들이 하나둘씩 수면 위로 떠올랐다. 가라앉아야만 하는 비중을 지닌 것들도 오랫동안 수면 위를 나른하게 부유했다. 그것들은 한때 누군가의 기억과 비밀과 추억을 은밀하게 구성했으나 이제는 한낱 유실물에 지나지 않았다. 한낱 유실물,이라는 표현에 대해 나는 잠시 생각하기도 했다. 콧등을 시큰하게 할 정도는 아니었지만 한낱 유실물,이라는 말에는 다소 서글픈 감이 서려 있었다. 그는 내게 감상적인 면이 있다고 했다. 그리고 내게서 그러한 면모를 보고 싶지 않다고도 했다. 소위 문명국에 살고 있던 사람들은 지난 수세기 동안 감상적인 태도를 유지해왔으며 그의 생각에는 결국 그것이 오늘의 세계를 부패시키는 원인이 되었다는 것이었다. 그는 과학자로서의 자존심을 지키기 위해 그러한 감상들이 직접적으로 또 결과적으로 대재난을 발생시켰다는 결론을 입 밖에 내지는 않았다. 나는 그의 의견에 반대 의사를 표명하고 싶었다. 대재난은 대재난일 뿐이며 한낱 감상적인 태도 따위는 세계를 부패시키기는커녕 그러한 태도를 지닌 사람들 스스로를 망치기에도 부족하다는 것이 나의 생각이었다. 그러면 대체 우리가 왜 이런 일을 겪어야 하지, 그가 질문했다. 하필이면 우리의 시대에 이런 일이 일어난 거지, 그가 덧붙였다. 대재난 자체가 우연한 사건은 아니었겠지만 우리가 대재난을 겪게 된 것은 우연에 의해서였겠지, 나는 대답했다. 이전까지 사람들은 운명의 존재에 대해 반신반의했었다. 대재난 이후에는 운명이라는 단어를 사용하는 것이 우스워졌다. 무엇보다도 대재난이 발생하고 난 뒤에 담배를 구하기가 어려워졌다. 대부분의 담배 공장들이 저지대에 몰려 있었기 때문이었다. 사용가치가 없는 물건들은 약탈당하지도 않는다. 그는 오목렌즈로 빛을 모아 젖은 담배를 정성껏 말리면서 내게 말했다. 우연이라니, 말도 안 돼. 나는 말도 안 된다는 그의 말을 빌린 말장난을 하나 생각해냈으나 입 밖에 내지 않았다. 물이 아니라 불이었다면 어땠을까, 담배 공장이 화마에 삼켜졌다면 어땠을까, 나는 질문하지 않았다. 그래도 달라지는 것은 없다. 결국 대재난으로 불릴 뿐이다. 사람들은 살아남거나 죽는다. 그것은 대재난이 아니더라도 누구에게나 결정되어 있는 일이다. 죽음은 죽음일 뿐 개죽음이든 존엄사든 결국 마찬가지다. 양상은 중요하지 않아, 본질이 중요하지. 그러자 죽은 생선의 살을 젓가락으로 토막 내고 있던 그가 말했다. 그러나 본질은 결코 드러나지 않지, 그러니 중요할 것도 없어. 나는 접시 위에 둥둥 떠 있는 생선의 뿌연 눈동자를 한동안 내려다보았다. 너도 그때 물에 휩쓸려갔다면 그런 소리는 할 수 없을 거야, 그가 말했다. 누군가는 단순히 쾌락을 위해 자신의 도시에 불을 지르기도 했어, 불길을 뚫고 올라오는 사람들의 비명 소리가 그에게는 완벽한 청각적 환희였겠지, 그렇게 죽어간 사람들에게는 죽음의 양상이나 본질에 대해 생각할 만한 여유가 조금도 없었겠지, 그래, 여유. 그는 생선의 살점을 집어 입에 넣고 씹어 삼켰다. 너는 죽음에 대해 초연하다고 생각하고 있겠지만 그건 네가 아직 죽지 않았기 때문이야, 살아남았기 때문이고, 인구의 절반이 사라지던 순간이 지나고 50대 50의 확률 게임의 승자가 되었다고 생각하고 있기 때문이지, 그는 생선 조각을 마저 먹고 난 뒤 손등으로 입술을 훔쳤다. 너는 네가 이겼다고 생각하지, 너의 죽음에 대해 더 생각할 수 있는 시간적 여유를 벌었다고 생각하지, 네가 맞게 될 죽음의 본질은 다른 사람들의 그것과는 다르다고 생각하지, 그는 조용히 말했다. 나는 젓가락 끝으로 생선의 눈알을 헤집고 있었다. 눈알 주변에 검은 진물이 고였다. 드디어 담배에 불이 붙었다. 그는 담배를 문 채 나를 보고 있지 않았다. 나도 그를 보고 있지는 않았다. 뭉그러진 생선의 눈알이 우리 둘을 올려다보고 있었다. 우리는 무덤을 소유할 수 없을 거야, 누군가가 우리의 주검을 저 생선의 눈알처럼 파헤쳐놓겠지, 인간이 아니라면 자연이, 자연이 아니라면 시간이 그렇게 하겠지, 나는 이해할 수가 없어. 대재난이 어째서 세계 인구의 절반만을 거두어 갔는지. 내가 누구의 탓도 할 수 없도록. 누구도 용서할 수 없도록. 아니, 내가 나만을 탓하도록. 그는 담배를 매우 소중하게 다루었다. 그러나 담배는 쉬이 타들어갔다. 나는 문득 죽은 생선의 아가리를 벌리고 피리를 불고 싶었다. 대재난이 일어나기 전날 나는 낙원 상가에서 피리를 샀다. 나무로 만들어진 것은 지나치게 비쌌기 때문에 플라스틱 피리를 샀다. 장미목이나 단풍나무를 깎아 만든 아름다운 악기들을 보면서 나는 그곳이 불길에 휩싸여 모든 것들이 타버리는 광경을 상상했었다. 아니, 내가 상상했던 것은 광경이 아니라 소리였다. 연기가 차오르고 사람들이 고함을 지르고 불길이 일렁이고 빛과 그림자가 동시에 팽창하는 순간, 저 아름다운 악기들이 어떤 비명을 내지르며 타오를지를 상상했었다. 나는 그에게 그날의 상상에 대해 말하지 않았다. 그의 반응은 충분히 예상이 가능했다.

나는 머리를 기르기 시작했다. 머리를 타래타래 땋아 필요 시 완강기로 사용하기 위해서였다. 물론 농담이었다. 시작은 농담이었지만 머리카락은 충실하게 생물학적 논리를 따랐다. 여섯 달이 지나고 난 뒤 머리카락은 허리께까지 늘어졌다. 오래전 월경조차 멈추었는데도 아직까지 나의 신체가 정상적인 기능을 수행하고 있다는 것이 놀라웠다. 손가락빗으로 머리칼을 훑어 내릴 때마다 축축하고 미끄러운 느낌에 소름이 돋았다. 머리 타래를 햇빛에 비추어보니 짙은 녹색기가 어려 있었다. 이건, 나는 생각했다. 매생이 같은데? 나의 머리카락은 중력의 영향을 거의 벗어난 것처럼 살갗 위에서 부드럽게 너울거리고 있었다. 그것을 보니 식욕이 일었다. 문득 뒤통수에 무언가가 단단히 박혀 있는 느낌이 들었다. 머리채를 틀어 올리고 마주한 두 개의 거울 사이에서 뒤통수를 자세히 살펴보았더니 조그만 조개껍질들이 한 움큼이나 달라붙어 있었다. 창밖을 보니 눈이 내리고 있었다. 눈 대신 진주알이 떨어져 내리면 좋을 텐데, 나는 잠시 생각했다. 녹지 않을 테니 수위도 올라가지 않겠지, 게다가 아름다울 것 같기도 해. 나는 손톱 끝으로 조개를 파냈다. 손톱 밑에 하얀 가루가 끼었다. 조개의 이름은 알 수 없었다. 내가 분간할 수 있는 조개의 종류는 많지 않았다. 어쨌거나 홍합도 모시조개도 아니었다. 버섯이 아니라 다행이군, 적어도 독조개라는 것은 들어본 적이 없으니. 나는 식탁 위에 조개를 올려놓고 오늘 저녁에는 조개구

이를 먹게 되겠구나, 잠시 생각했다. 그러자 웃음이 터져 나왔다. 나는 한동안 식탁 다리를 붙들고 껄껄 웃어댔다. 내가 언제까지 농담처럼 살 수 있을까, 궁금해하지는 않았다. 해질 무렵 나는 비닐 가방에 조개를 담아 목에 걸고 그의 집을 향해 배영으로 헤엄쳐 갔다. 발부리에 무언가가 걸려 다리를 들어보니 네 개의 손가락만 남은 손이 불쑥 드러났다. 나는 순간적으로 악, 하고 소리를 질렀다. 그러는 와중에도 한편으로는 엄지가 없는 왼손이군, 하고 생각하고 있었다. 나는 다리를 흔들어 죽은 손을 떼어낸 뒤 다시 헤엄치기 시작했다. 그는 다니던 대학의 자연대 건물 꼭대기에 살고 있었다. 4층 계단참에서 숨을 고르고 있을 때 복도에 불이 들어왔다. 그러자 마구잡이로 뒤엉킨 인체모형들과 금이 간 유리병에 담긴 표본들이 어둡고 음험하게 빛났다. 나는 그것들에서 시선을 거두면서 머리카락을 비틀어 물기를 짜낸 뒤 그의 방 앞으로 가서 문을 두드렸다. 무심코 뒤를 돌아보니 발자국인지 물자국인지 모를 얼룩들이 복도의 그림자를 물들이고 있었다. 노크를 세 번 하자 문이 열리고 이내 그의 침울한 얼굴이 나타났다. 나는 목에 걸린 비닐 가방을 들어 보였다. 손님이 와 계신데, 괜찮겠지, 그가 말했다. 물론, 너만 괜찮다면, 나는 대답과 동시에 비닐 가방을 그의 손에 건넸다. 그는 방의 조도를 한껏 낮추어놓았다. 멀리 떨어진 벽에서 커다란 그림자 하나가 일어섰다. 우리 아버지야, 인사해, 그가 말했다. 가까이 다가갈수록 그림자의 윤곽이 흐려지면서 그의 아버지의 형체가 드러났다. 사시나무처럼 마른 초로의 남자였다. 그런데 사시나무를 마지막으로 본 것이 언제더라, 생각하면서 나는 고개를 꾸벅 숙여 인사했다. 그의 아버지는 불편한 몸짓으로 나의 인사에 답했다. 문영이 아비 되는 사람이오, 우리 아이를 잘 돌봐주고 있다고 들었어요, 고마워요, 그의 아버지가 말했다. 나는 어색하게 웃었다. 돌봐주고 있다니, 누가 누구를? 그러나 아무 말도 하지 않았다. 그가 비닐 가방에서 조개를 꺼내 식탁 위에 올려놓았다. 대재난 이후로는 누구도 식재료를 물로 헹구지 않는다. 그가 식사를 준비하는 동안 나와 그의 아버지는 말없이 축축한 소파에 앉아 텔레비전을 보고 있었다. 최근에 바뀐 일본의 수상이 토크쇼에서 자신이 전에 가졌던 직업에 대해 이야기하고 있었다. 대재난 이전까지 해녀였던 일본 수상은 일본 해역의 돌고래 포획 금지를 해제하겠다고 했다. 일본의 국토는 80퍼센트가 물에 잠긴 상태였다. 일본의 전 수상은 자신의 관저에서 익사했다. 가냘픈 몸으로 가라데 시범을 보이던 경호원들과 사랑하던 고양이와 함께였다. 일본의 현 수상은 애완용 거북이를 기르고 있다고 했다. 그의 아버지는 조금도 웃지 않았다. 나는 웃고 싶었으나 웃지 않았다. 조개는 좀처럼 익지 않았다. 우리는 기다렸다. 우리가 할 수 있는 일이란 기다리는 것뿐이었다. 그의 아버지가 내게 양해를 구한 뒤 채널을 돌렸다. 화면 속에서 인어공주로 짐작되는 여자가 분홍색 가발을 쓰고 누군가의 목을 조르고 있었다. 여자는 커다란 키조개 껍데기로 젖가슴을 가린 차림이었다. 그 장면은 선정적이라기보다는 우스웠다. 나는 문득 그의 아버지를 곁눈질로 훔쳐보았다. 그의 아버지는 한껏 긴장한 표정으로 화면을 응시하고 있었다. 나는 조용히 키득거렸다. 그러자 그의 아버지는 몸을 움찔거리면서 채널을 돌려도 되겠느냐고 물었다. 나는 상관없다고 대답했다. 나는 전에 소방관이었어요, 그의 아버지가 말했다. 이제는 은퇴했지요, 나이 때문이기도 하지만 봐요, 더 이상 어떻게 화재가 일어날 수 있겠소, 그의 아버지가 덧붙였다. 아무튼 잘된 일이지, 아들놈은 늘 저렇게 면상을 구기고만 있지만, 어떻게든 살면 되는 것 아니겠나. 그의 아버지는 리모컨으로 연신 채널을 돌려 댔다. 그가 한숨을 쉬었다. 마침내 조개가 익어가는 냄새를 풍기기 시작했다. 아버지, 다음 주 일요일이 어머니 기일이에요, 그가 말했다. 가만 생각해보니 다음 주 일요일은 나의 어머니의 기일이기도 했다. 대재난이 일어난 지 꼭 3년이 되었던 것이었다. 그날은 나의 어머니나 그의 어머니의 기일이기도 했지만 다른 누구의 어머니, 아버지, 아들과 딸 들의 기일이기도 했다. 간단히 말해서 30억 명이 동시에 제사상을 받는 날이었던 것이다. 그 사실은 우습기도 했고 웃기기도 했으며 우스꽝스럽기까지 했다. 그러나 나는 소리 내어 웃지 않을 수 있을 정도의 분별력은 갖추고 있었다. 원한을 품은 채 죽은 사람들은 귀신이 되어 지상으로 돌아온다고 하지, 그러나 세계 인구의 절반이 원한을 생각할 여유도 없이 죽음을 맞이한 거야, 그들 모두가 귀신이 되어 돌아온다면, 그들 모두가 젖은 발로 우리의 창문을 열고 들어온다면, 나는 생각했다. 그의 아버지는 무력한 표정으로 앉아 있었다. 그래서 어쨌다는 거냐, 그의 아버지가 말했다. 그는 식사하세요,라고 무기력하게 말했다. 우리는 식탁에 둘러앉았다. 비린내가 풍겼다. 나는 그의 아버지가 음식에 손을 갖다 대는 순간을 기다렸다. 그의 아버지는 두 손을 맞잡고 잠시 기도했다. 나는 그 순간 그의 아버지의 면상을 한 대 갈기고 싶었으나 그 이유는 알 수 없었다. 식사가 시작되었다. 열린 창문 틈으로 눈송이가 날려 들어왔다. 춥지 않아, 그가 물었다. 괜찮아, 넌, 내가 반문했다. 나도 괜찮다, 그의 아버지가 말했다. 난 추워, 그가 말했다. 그럼 창문을 닫지그래, 하고 나는 일어서서 창가로 다가갔다. 검은 수면이 붉고 노랗게 펄럭이는 노을을 집어삼키고 있었다. 왼쪽 측면 하늘에 보름달이 떠 있었다. 그것은 지나치게 크고 둥글고 희었다. 나는 몸을 돌려 그를 향해 소리쳤다. 달이 너무 커, 저렇게 큰 달은 처음 봐. 그러자 그는 별일도 아니라는 투로 말했다. 몰랐어? 나사의 관측에 의하면, 물론 나사의 우주기지들은 지금 대부분 물에 잠겼지만, 달의 크기는 지난 29년간 계속해서 커지고 있었어. 거리가 가까워지고 있는 것도 아닌데 말이지. 게다가 차고 기우는 일도 없어졌지. 대재난 이후에는 늘 만월이잖아. 나는 눈을 한껏 크게 뜨고 거대한 달을 바라보았다. 별들은 보이지 않았다. 만화경 속에 저 달을 가둘 수 있다면 좋겠군, 나는 생각했다. 바람이 불 때마다 눈송이들이 달빛을 받아 투명하게 빛났다. 그것은 아름다운 광경이었으나 동시에 이상하기도 했고 또 기이하기도 했다. 와서 이거나 먹지그래, 달은 내일 더 커져 있을 거야, 그가 말했다. 나는 창문을 닫고 건성으로 방수포를 친 뒤 식탁으로 돌아가 자리에 앉았다. 생각해보니 다음 주 일요일은 어머니의 기일이자 아버지의 기일이기도 했다. 그날이 나의 기일이 되지 않은 것이 순간 기묘하게 여겨졌다. 그러나 대재난 이후로 나의 모든 날들은 일요일이 되지 않았는가, 일요일, 일요일, 하고 나는 입속으로 되뇌었다. 나는 작은 조개 하나를 골라 입을 벌렸다. 그러자 손바닥 위로 작고 하얀 진주알 하나가 톡, 떨어졌다.

베른하르트 말이야, 토마스 베른하르트, 내가 말했다. 누구? 그가 물었다. 전에 얘기한 적 있잖아, 「희극입니까? 비극입니까?」를 썼다고, 나는 대답했다. 글쎄, 기억이 안 나는데, 그가 말했다. 그래, 아무튼, 나는 그 작품을 베껴서 「인력입니까, 척력입니까」라는 소설을 쓰려고 해, 잘 베껴야 할 텐데. 내가 말했다. 내용이 뭐지? 그의 아버지가 물었다. 글쎄, 내용은 없어요, 등장인물도 없고, 그저 인력과 척력의 작용이 작품의 주요한 갈등 구조가 될 거예요, 내가 말했다. 그 베른

186

하르트라는 작가의 작품에도 내용이 없나? 등장인물도 없고? 그의 아버지가 물었다. 나는 진주알을 운명선을 가리키는 손금의 끝에 올려놓고 그것이 굴러가지 않도록 손바닥 위의 평형을 유지하기 위해 노력하고 있었다. 기억이 잘 안 나는데요, 책도 잃어버렸고요, 아마 두 명의 등장인물들이 작품의 마지막 부분에서 익사하고 마는 내용이었을 거예요, 내가 말했다. 상당히 희극적이죠, 외견적으로는 비극적이지만, 나는 덧붙였다. 이해가 안 되는데, 그의 아버지가 말했다. 인력과 척력의 작용이 어떻게 갈등을 일으키지? 당연한 것처럼 들리기도 하고, 말도 안 되는 것 같기도 한데 말이야. 글쎄, 대재난 이후로 바다에 간 적이 없어서 잘 모르겠어요, 더 이상 밀물과 썰물 주기가 반복되지 않는다는 것은 알겠지만요, 아무튼 간단히 말씀드리자면 저와 문영 사이에는 아직도 인력과 척력이 번갈아 작용하고 있어요, 주로 저는 인력을 사용하고, 문영은 척력을 사용하고 있죠, 내가 말했다. 그러자 꼭 다물린 조개껍질을 벌리느라 안간힘을 쓰고 있던 그가 나를 순간적으로 노려보았다. 내가 피식 웃어 보이자 그 반동으로 조개껍질이 벌어졌고 그 안에 조갯살 대신 들어 있던 앙증맞고 예쁘장한 진주가 허공으로 하얗게 튀어 올랐다. 나는 가벼이 손을 놀려 진주를 낚아채며 말했다. 진주의 성질에 대해 설명해줄 수 있어? 진주의 본질에 대해 설명해봐, 진주를 진주이게 하는 것이 뭐야? 진주는 어떤 약품에 반응하지? 그는 어처구니가 없다는 표정으로 다른 조개를 집어 들었다. 나는 나도 모르게 손사래를 쳤다. 그때 창밖에서 파도치는 소리가 미미하게 들려왔다. 우리는 한동안 그 소리에 귀를 기울였지만 소리는 곧 멎고 말았다. 문영이라는 이름은 운명이라는 단어와 동일한 자음과 모음으로 이루어져 있네, 내가 말했다. 내 동생의 이름은 공영이었어, 그가 말했다. 농담이야, 그가 재빠르게 덧붙였다. 그런 농담은 집에서도 하지 말라고 했지, 나는 잘못한 것 없다, 그의 아버지가 말했다. 그러나 나는 그의 농담이 우스웠다. 아니, 그 농담의 의미를 전혀 이해하지 못하고 있는 스스로가 우스웠다. 깔깔대며 웃고 있는 나를 향해 그와 그의 아버지가 동시에 물었다. 대체 뭐가 웃긴 거야? 웃음이 멈추지 않았으므로 나는 그들의 질문에 대답할 수 없었다. 영문을 모르겠군, 그와 그의 아버지가 동시에 말했다.

저는, 하고 나는 입을 열었다. 모든 것이 우습기만 해요. 그렇게 되었어요. 더 이상 놀라운 일도 없고, 이상한 일도 없어요. 그저 다 우스운 일들일 뿐이에요. 학교에서 배웠던 수학도 과학도 생각해보면 다 우습고요, 사회도 도덕도 다 우스워요. 대재난에 대해서 수학과 과학이 무엇을 예측했나요? 대재난 이후의 세계에 대해서 사회와 도덕이 무엇을 보장하나요? 저는 대학에서 문학을 전공했지만 보세요, 그것이 오늘의 나를 이토록 망치고 있다는 생각밖에 들지 않아요. 차라리 수영을 더 열심히 할 걸 그랬어요. 이래 봬도 아기 스포츠

단이었거든요. 아니면 정비공이 되면 좋았을 것을. 내가 말했다. 어느덧 웃음이 그쳐 있었다. 우리는 한동안 아무 말도 하지 않았다. 나는 진주알 두 개를 식탁 위에 조심스레 올려놓았다. 그래도, 예쁘잖아요. 덧없고도 부질없지만. 게다가 두 알의 크기도 각기 다르고 말이야. 그래도, 아직까지는 아름다움에 대한 감각이 남아 있으니까. 나는 싱긋 웃었다. 그걸로 귀걸이를 만들어줄게, 그가 말했다. 고마워, 내가 대답했다. 그런데, 누군가를 베끼지는 마, 너는 너 자신을 쓸 수 있을 거야, 그가 말했다. 아니, 베끼지 않고 무언가를 쓸 수는 없어, 적어도 나는 누군가의 말을 따라하며 언어를 익혔어, 누군가의 문장을 흉내 내며 글쓰기를 익혔지, 내가 말했다. 그런 면에서 언어는 진화하지 않고 문학은 진보하지 않아. 베끼는 것만이 가능하지. 게다가 나 자신을 쓴다는 것이 뭐지? 그것이 어떻게 가능하지? 내가 물었다. 그는 대답하지 않았다. 그의 긴 속눈썹이 난만하게 흩어져 있었다. 그것이 그의 뺨에 볼펜 자국처럼 보이는 길고 희미한 그림자를 드리웠다. 문득 그의 유전적 내력에 대해 궁금해진 나는 그와 그의 아버지의 얼굴을 번갈아 쳐다보았다. 둘 다 나의 시선을 불편하게 여기는 것처럼 보였으나 나는 개의치 않고 그들을 빤히 바라보고 있었다. 그와 그의 아버지는 둘 다 큰 키에 마른 체격이었다. 그의 아버지는 매부리코에 움푹 파인 뺨을 지니고 있었다. 그는 그의 아버지보다는 건장했으나 더 날카로운 인상이었다.

나는 그의 얼굴을 가만히 뜯어보다가 충동적으로 말했다. 문영, 우리 결혼할까. 그러자 그의 아버지가 치실을 떨어뜨렸다. 그것은 아무 소리도 발생시키지 않았다. 그는 어처구니없다는 표정으로 나를 한동안 바라보더니 허허, 하고 웃었다. 귀걸이를 만들어준다고 했잖아, 대신 반지를 만들어줘, 하나씩 나눠 갖자, 내가 말했다. 결혼하면 내가 매일 여기까지 헤엄치지 않아도 되고, 너도 우리 집까지 힘들게 노를 젓지 않아도 되잖아, 어차피 우리는 늘 식탁을 공유하고 있는걸. 언제 할까, 그가 말했다. 2046년 가을에, 어느 일요일에, 내가 말했다. 그의 표정이 굳어졌고 나는 재빨리 덧붙였다. 농담이야, 농담. 내일모레 일요일 어때. 그러자 그는 왼손으로 턱을 쓰다듬으며 말했다. 적어도 심심하지는 않겠군.

대재난 이후에는 더 이상 대재난이 일어나지 않는다. 어떤 일이 일어나더라도 그것을 대재난이라 명명할 수는 없다. 그러므로 어떤 일이 일어나더라도 놀라지 않을 것이다. 우리는 멸종할 것이다. 멸종은 모든 종에 본질적으로 부여된 속성이다. 우리의 아이들은 아가미와 물갈퀴를 달고 태어날 것이다. 반인반어들의 언어가 새로이 고안될 수도 있겠지. 그러나 그처럼 헛된 진화에도 불구하고 우리의 아이들도 멸종할 것이다. 그렇게 수많은 아이들이 멸종의 시간을 겪는 동안 지구도 달도 사멸할 것이다. 수장될 것이다. 어차피 모든 것은 그렇게 끝나기 마련이다. 산 사람은 살아야지, 하고 나의 할머니와 어머니는 입버릇처럼 말하고는 했다. 그들은 같은 날 같은 시에 죽었다. 30억 명의 사람들과 함께였다. 나는 그들을 매장하지 않았다. 그들의 죽음을 신고하지 않았다. 그들에게 사망 선고를 내릴 사람도 없었다. 그들의 손금은 저마다 다르게 뻗어 있었으나 죽음만은 동일했다. 산 사람은 살아야지, 하고 나는 생각하지 않았다. 살아야겠다는 의지를 품지 않아도 좋았다. 그런 것과 관계없이 나는 살고 있다. 살아 있다. 살아남은 자들이 만나 지구인으로서의 존엄을 유지하기 위해 인력과 척력의 상관관계를 시험한다. 수면이 부푼다. 더 이상 달이 어느 방향으로도 회전하지 않고 조수 간만의 차이는 계측되지 않는다. 살아남은 사람들은 기억을 믿지 않으면서도 관성에 의해 잉여의 삶을 지탱한다. 더 이상 잃을 것이 없다. 더 이상 비극이나 희극은 없다. 아니, 희극일 뿐이다. 무슨 일이 벌어져도 웃어넘기면 그만일 뿐이다. 부질없잖아, 내가 말했다. 그리고 놀랍지 않아? 생각해봐, 수십억 명의 사람들이 죽었고 그들의 몸이 물속에서 전부 부패했을 텐데, 산업 폐기물과 오염 물질 들은 어떻고, 네가 아끼던 화학 약품들도 전부 물속에 퍼져 있을 텐데 말이야. 그런데도 우리가 이토록, 쌀도 담배도 부족해서 문제지만, 기형이나 불구가 되지 않고 살아 있다는 것이 놀랍지 않아? 내가 물었다. 그건, 그가 말했다. 갠지스 강도 범람했기 때문이겠지. 그의 아버지가 고개를 끄덕이며 끼어들었다. 그거, 말 되네. 뻐꾸기시계가 8시를 알렸다. 뻐꾹새 소리라기보다는 딸꾹질이라도 하는 것 같았다. 농담 아니야, 아니, 농담이야, 아무튼 어떻게 생각해? 내가 물었다. 뭘? 그가 물었다. 결혼 말이야, 내일모레. 내가 말했다. 좋을 대로, 그가 대꾸했다. 우리도 어차피 익사하겠지, 다른 모든 사람들처럼. 그의 아버지가 어린아이처럼 코를 훌쩍였다. 우세요? 그가 물었다. 아니다, 알레르기 때문이야, 그의 아버지가 대답했다. 너도 박사 논문을 시작해봐, 전공을 바꾸는 것이 좋지 않을까, 어차피 지도 교수도 없고 학위를 줄 대학도 없는 마당에, 내가 말했다. 유전학 어때, 아니면 생명공학도 좋고. 그는 아무 말도 하지 않았다. 나는 오늘부터 달을 연구할까 해, 달이 지구를 집어삼킬 만큼 커질 때까지, 우주에서 가장 차가운 곳이 달의 뒷면이라던데, 그것을 확인할 방법이 없어 안타깝게 됐군, 내가 말했다. 식탁 위에 세 개의 조개가 남아 있었다. 내기할까, 내가 말했다. 남은 조개들 안에 진주가 또 있는지 없는지에 대해, 내가 말했다. 그와 그의 아버지는 아무 말도 하지 않았다. 또 나만 말하고 있군, 내가 말했다. 입 좀 벌려봐요, 입속에 진주라도 숨겨놓은 거예요? 내가 말했다. 토마스 만이 어느 나라 사람이었지? 그가 난데없이 물었다. 독일 사람이지, 내가 대답했다. 이제 독일이라는 나라는 존재하지 않잖아, 그가 말했다. 존재하는 나라가 어디 있어, 말하자면 어떤 나라도 없는 것이나 마찬가지지, 내가 말했다. 국적을 바꿀까, 그가 말했다. 글쎄, 아틀란티스라도 가시던지, 내가 말했다. 아무튼, 내기할 거야 말 거야? 내기하실 거예요? 내가 물었다. 그와 그의 아버지가 건성으로 고개를 끄덕였다. 나는 천천히 가장 앞에 놓인 조개를 집어 들었다. 나는 나도 모르게 긴장했다. 아니다, 나는 내가 긴장하고 있다는 것을 알고 있었다.

그의 집을 나오면서 나는 복도에 흐트러진 인체 모형들과 표본이 담긴 유리병들을 다시 한 번 바라보았다. 환기구를 통해 여전히 가느다란 눈발이 들어오고 있었다. 4층 계단까지 차오른 물 위로도 눈이 내렸다. 흰 눈은 곧장 검은 물로 변했다. 발을 물속에 깊이 밀어 넣자 서늘한 냉기가 온몸으로 전해졌다. 눈을 크게 뜨고 물속으로 들어갔다. 물은 차고도 부드럽게 나의 움직임을 밀어냈다. 천천히 헤엄치기 시작했다. 창문틀을 넘어 건물 밖으로 빠져나오자 거대한 달이 곧장 나의 몸 위로 낙하할 듯 위태로이 떠올라 있었다. 그것은 위협적인 동시에 매혹적이었다. 사위는 고요했다. 내가 물을 헤치고 나아가는 소리만이 들려왔다. 나는 세 개의 진주를 가슴에 품고 있었다. 내일은 넷째 손가락의 둘레를 재고 모레는 결혼하고 글피는 소설을 써야지, 생각했다. 지구의 수위가 점점 더 높아지고 있으니 언젠가는 물길을 통해 달에 갈 수 있을지도 몰라. 움직이기를 멈추었다. 콧등에 눈송이 하나가 내려앉았다. 나의 두 손은 물 아래 잠겨 있었다. 나의 두 발도 마찬가지였다. 문득 나의 두 손이 물에 녹아 사라지고 있다는 느낌이 들었다. 나의 두 발에 대해서도 마찬가지였다. 하얗고 커다란 달과 먼지처럼 희미한 눈발이 나를 내려다보고 있었다. 그것들은 어처구니없이 아름다웠다. 순간적으로 살의가 생겨났다. 마음을 억누르며 다시 헤엄치기 시작했다. 물을 밀어내고 받아들이는 간결한 동작이 반복되었다. 마구 흐트러진 젖은 머리카락이 때로 뺨과 입가에 와 닿기도 했다. 비린내가 났다. 그리고 어떤 문장을 떠올렸고, 곧 잊어버렸다.

인력이거나,
척력이거나

어떤 문장을 쓰려고 했는데, 잊어버렸다. 비린내가 난다. 잊어버린 것은, 며칠 동안이나 생각하고 있던 문장이었는데, 처음 그 문장이 머릿속에 떠올랐을 때, 곧장 그것을 어딘가에 적어두어야겠다고 생각했지만, 그러지 않았고, 혹은 그러지 못했고, 그것은 어딘가로 사라졌다. 아니, 문장은 장소를 갖지 않는데, 기록되지 않은 문장은 존재하는 것이 아니라고 생각했는데, 아니, 그 문장을 잊었다는 것을 알아차린 직후에는 그렇게 생각했지만, 지금은 그렇게 생각하지 않는다. 나는 그 문장을 잃어버렸다. 나의 문장은 잃어버린 채로 존재한다. 여전히 단어 하나도 생각나지 않는다. 생각나는 것이라고는 쉼표와 마침표뿐이다. 그러나 마음속에, 혹은 머릿속에 떠오른 문장도 문장부호를 갖는 것인지는 알 수 없다. 나는 사흘 후부터 쓰게 될 소설의 모든 문장들을 마침표로 끝내고 싶지 않다. 부질없는 생각이지만 어째서 그런 생각을 하게 되었는지도 알 수 없다. 끝나지 않는 문장이란 없다. 끝나지 않은 문장은 문장이 아니다. (그러므로 끝나지 않은 문장을 대체할 수 있는 단어를 찾아내야 한다.) 나는 완벽한 현재 시제의 문장들로 구축된 소설을 쓰고 싶었다. 그러나 나는 지속적으로 현재를 잃어버린다. 아니, 나는 지속적으로 완벽하게 현재를 잃어버린다. 현재는 구축되기도 전에 허물어진다. 지속적으로. 대재난이 일어난 지 꼭 3년이 되었다. 1,000일 동안 매일이 일요일이었다. 그러므로 내가 현재 가지고 있는 현재에 대한 감각이 대재난 이전에는 어떠했는지도 기억나지 않는다. 대재난 이전에는 어떤 화법으로 말했는지도 기억나지 않는다. 간혹 아주 짧은 감탄사조차 기억나지 않을 때가 있다. 은유가 섞인 말은 모두 농담으로만 들린다. 농담조의 말은 모두 불가해한 은유로만 들린다. 단어들을 읽거나 들을 때마다 나는 그것들의 그림자를 본다. 나는 그런 그림자들을 쓰고 싶다. 그러나 그림자들은 씌어지는 순간 다른 단어들이 되어버린다. 그림자들을 쓰기란 불가능하다. 그것들은 사물이면서도 사물이 아니고, 사고이면서도 사고가 아니다. 그것은 추상적이지도 구체적이지도 않다. 잃어버린 문장을 되찾고 싶지는 않다. 문장은 잃어버렸지만 잃어버림이라는 단어가 남아 있다. 모든 것들은 이미 잃어버렸거나 곧 잃어버리게 될 것이다.

　수첩에는 못 미친 미친 사람, 미치지 않은 미친 사람 따위의 단어들이 적혀 있었다. 너무 긴 이름, 진짜로 가짜인 사람과 가짜로 진짜인 사람 따위의 단어들도 적혀 있었다. 그러한 단어들로 무엇을 하려고 했는지도 기억에 없다. 그러한 단어들을 갈겨 적을 당시에는, 그 글자들은 내 필적임에도 불구하고 알아보기 힘들 정도였는데, 아마 그 단어들로 구체화될 수 있는 어떤 상황들을 염두에 두고 있었을 것이다. (그렇기를 바란다.) 그러나 남아 있는 것은 글자들뿐이다. 그것들은 아무것도 의미하지 않는다. (그렇지 않기를 바란다.) 구체성이 결여된 어구들은 아무것도 설명하지 않는다. 한 줌의 글자들일 뿐이다. 내가 무엇을 쓰고 싶은지 나도 알 수가 없다. 기발한 사건에 대한 서술인지, 놀라운 장면에 대한 묘사인지, 흔들리는 감정에 대한 진술인지, 도무지 알 수가 없다. 내가 쓰고 싶은 것에 대해서는 알 수가 없지만, 쓰고 싶지 않은 것에 대해서는 알고 있다. 아니다. 내가 쓰고 싶은 것들은 서술도 묘사도 진술도 아니다. ……에 대한 서술이나 묘사나 진술을 쓰고 싶지 않다는 말이다. 나는 단어를 쓰고 싶고, 문장을 쓰고 싶다. 아무것도 설명하지 않고 소설을 쓰고 싶다. 글피에는 소설을 쓰겠다고 말한 지 사흘이 지났다. 나는 어제 문영과 결혼했다. 왼손 약지에 끼워진 반지가 그것을 증명한다. 나는 반지를 내려다본다. 진주알이 하얗게 빛난다. 아니다. 손가락을 움직일 때마다 흼과 검음의 농도가 변한다. 그는 진주알을 플라스틱 반지 테에 고정시키기 위해 알고 있던 화학적 지식을 사용했다. 플라스틱과 진주를 녹이거나 깎아내지 않으면서 서로 단단히 붙을 수 있는 물질을 찾아내야 했던 것이다. 결혼반지를 바라보는 것만으로는 내가 결혼했다는 사실이 믿기지 않는다. 오른손 검지 끝으로 반지를 더듬어본다. 그러나 촉각이 시각보다 우위를 차지하는 감각인지는 알 수 없다. 그러므로 반지는 추상적이지도 구체적이지도 않다. 나는 이 모든 일들이 불가능할 것이라 믿고 있었다. 그러나 이제는 모든 일들이 불가능하지도 가능하지도 않다. (가능함과 동시에 불가능한 것인지도 모른다.) 나는 아직도 첫 문장을 쓰지 못했다.

여전히 비린내가 풍기고 있다. 손등 위로 벌레가 지나가고 있다. 아직도 벌레가 있다니, 나는 감탄한다. 손끝으로 벌레를 집어 들여다본다. 벌레의 이름은 알 수 없지만, 벌레의 머리라 짐작되는 부분에 더듬이 대신 아가미가 달려 있다. 나는 벌레를 내려놓고 몇 주 전 시내의 서점에서 사온 동물도감을 펼쳤다. 대재난 이후 모든 책들은 종이가 아니라 비닐로 만들어진다. 도감에 수록된 동물들도 대재난 이전과는 판이하게 달라졌다. 책의 앞장에는 녹색을 띤 물속에서 사냥 중인 호랑이의 사진이 인쇄되어 있다. 호랑이는 대재난 이후에도 살아남을 수 있었던 몇 안 되는 동물들 중 하나였는데, 호랑이들이 커다란 부레를 갖게 되었기, 혹은 새로이 발견하게 되었기 때문이었다. 믿기지 않을 만큼 빠른 속도로 유전적으로 진화하는 것만이 대재난 이후의 생존 법칙이라고, 어떤 사람들은 말하기도 했지만, 그것이 진화인가 퇴화인가에 대한 문제는 여전히 학계의 논란거리였고, 다만 그 학계라는 세계를 구성하는 사람들의 숫자는 대재난 이전의 10퍼센트에 지나지 않았는데, 그들 중 대부분은 그들이 사용하는 용어 그대로 도태하고 말았던 것이다. 살아남은 학자들은 새로운 진화론을 펼쳤지만, 학자들이 아닌 생존자들은 자신들이 오늘날에도 존재하는 까닭이 진화이거나 퇴화이거나에 그다지 관심이 없었고, 그들은 그저 살아남았을 뿐이었으므로, 호랑이들이 감추고 있던 부레를 일시에 부풀린 것처럼, 그들은 3년 전까지 깨닫지 못했던 감각들을 사용하게 되었을 뿐이었고, 생사는 죽거나 죽지 않는 데 달린 문제가 아니라고 생각했다. 언젠가는 어떻게든 죽게 된다는 것이 문제였고, 그것은 여전히, 아니 영원히 유효한 것이었다. 죽음은 대재난이 아니었어도 맞닥뜨리게 될 일생일대의 사건이었고, 여전히, 그래 영원히, 그치지 않고 비린내가 났고, 죽음에 대해서 써야겠다는 생각을 하면서 동물도감을 넘겼고, 아니, 죽음을 써야겠다는 생각을 하면서 동물도감을 넘겼으나, 죽음이라는 단어는 여전히 삶에 머물러 있었고, 그것을 보고 난 뒤에는, 죽음이든지 삶이든지, 혹은 죽음이 뒤섞인 삶이든지 간에, 쓰고 싶지 않아졌다. 내가 원하지 않아도 삶은 저절로 쓰인다. 어쩌면 단지 삶만을 쓸 수 있는 것인지도 모르나, 삶에 마침표를 찍는 것은 내가 아닐 것이고, 동물도감에 수록된 동물들의 평균수명은 아직 계산되지 않았으며, 기록되어 있는 것은 외양과 습성에 관한 사실들뿐이었고, 동물들은 인간의 언어로 말하지 않고, 그러므로 과거나 미래를 갖지 않는다. 살아남은 소수의 동물학자들이 투철한 직업 정신으로 관찰한 동물들은 현재형의 포즈를 갖는다. 동물학자들과 마찬가지로 나도 동물들을 관찰한다. 손등 위의 벌레는 이미 사라지고 없다. 그것은 작디작은 물방울들을 손등과 책상 위에 남겨놓았다. 나는 그 궤적을 좇지 않는다. 벌레는 어딘가 있을 것이고, 언제고 나타날 것이다. 동물도감에는 벌레들의 항목이 없다. 벌레도감을 사야겠다고 생각한다. 그것은 유용하게 사용되지 않을 것이나, 무용하게 사용될 수는 있을 것이다. 나는 동물도감의 마지막 페이지를 펼친다. 저자와 사진작가의 이름을 확인한다. 둘은 동일인물이다. 이름은 이공영이다. 나는 문영이 지나가는 말로 동생의 이름이 공영이라 했던 것을 기억했고, 저녁에 그를 만나게 되면 동물학자이며 사진가인 동생에 대해 물어봐야겠다고 생각했고, 공영이라는 이름을 구성하는 모음과 자음 들로 다른 단어를 만들 수 있지 않을까, 생각했으나, 떠오르는 것은 영공이라는 단어뿐이었다. 그러자 단어라는 단어를 다소 억지로 생각할 수밖에 없었는데, 결혼이 급작스럽게, 혹은 즉흥적으로 결정된 탓에, 혼수품을 준비할 시간이 없었으므로, 혹은 어떤 혼수품을 준비해야 할지 알 수가 없었으므로, 대재 난 이전이라면 구비될 법한 신혼 살림살이에 대해 생각했고, 탁자, 손전등, 침대, 베개, 유리컵, 찻잔, 커피포트, 솥, 냄비, 이불, 옷장, 램프, 냉장고, 가스 오븐, 불, 마른 성냥, 담배, 아 이스크림, 빨랫줄, 간장 따위의 단어들을 생각했다. 사물들의 단어를 생각하는 것만으로도 모든 준비가 끝났다는 기분이 들었다. 실제로 준비는 완료되었다. 아니, 모든 살림살이가 갖춰졌다. 그러나 나는 여전히 첫 문장을 쓰지 못했다.

내가 대재난 이전에 소유하고 있던 책들은, 대부분이 소설 책들이었는데, 마지막 페이지들이 물에 녹아 풀어졌거나, 그 렇지 않다면, 내가 기억하고 있던 결말과는 다른, 등장인물들 이 죄다 익사하고 마는 내용으로 바뀌어 있었다. 대재난이 일 어나기 전날 밤 읽고 있던 책은 토마스 베른하르트의 『희극입 니까? 비극입니까?』였다. 자그맣고 얇은 그 책은, 라루스 사 전과 두덴 사전 사이에, 샌드위치에 든 고기처럼, 납작하게 눌려 있었기에, 다른 책들이 그러했듯이, 외형의 절반을, 물 리적으로 잃지 않을 수 있었지만, 대재난이 일어난 이후, 어 느 날 펼치면 프랑스어로 대화를 나누던 등장인물들이, 어느 날 펼치면 독일어로 대화하고 있기도 했고, 게다가 또 다른 어느 날 그 책을 펼쳤을 때는, 기하급수적으로 늘어난 인물과 인물들이, 요설에 독설을 거듭한 끝에, 일정한 순서에 따라,

서로가 서로를 수장하기로 결정하는 부분을, 뜻하지 않게 읽
게 되었으므로, 나는 내심, 다시 『희극입니까? 비극입니까?』
가 읽고 싶어질 날을 기다리면서도, 도대체 왜 하필이면 그
책인지, 많고 많은 소설들 가운데 하필이면 그 책에 빠지고
말았는지, 알 수 없었으므로, 간혹 당혹스러운 기분이 들기도
했다. 그것을 베끼려면, 첫 문장부터 베낄 수 있어야 하는데,
책을 펼칠 때마다, 번번이 다른 첫 문장들을 읽게 되었으므
로, 그렇게 모두 다른 첫 문장들을, 모두 베끼는 것 말고는,
『희극입니까? 비극입니까?』를 베끼는 것이, 불가능했던 것이
다. 게다가 어느 날은, 독일어로 된 첫 문장이, 그다음 날에
는 프랑스어로 된 첫 문장이 나타나기까지 했기 때문에, 그리
고 물에 젖은 라루스 사전과 두덴 사전이, 아직까지도 물기가
걷히지 않아 종잇장을 넘길 수가 없었기 때문에, 나의 혼란과
열패감은 가중될 수밖에 없었다. 첫 문장 다음에는 두번째 문
장이 와야 한다. 그러나 내게는 오직 첫 문장들만이 주어졌
다. 지나치게 많은 첫 문장들이 있었다. 나는 대재난 이전의
독서에 대해 생각했고, 시작과 끝이 보장되던, 완결된 (것처
럼 보이던) 독서 행위를 잠시 그리워했다. 내가 일종의 난독
을 겪게 된 것은 대재난이 일어났기 때문이다. 한순간에 30억
명을 익사시킨 대홍수가, 다른 모든 사물들과 마찬가지로, 책
들의 운명도 뒤바꾸고자 했기 때문이다. 그러므로 어떤 문장
을 쓰려고 했는데, 잊어버리고 만 것이, 혹은 잃어버리고 만

것이, 전적으로 내가 과문한 탓은 아니라고, 생각하고자 했다. 책들이, 그러니까, 소설책들이 살아남기 위해서는, 얼마나 빠른, 유전적 진화를, (혹은 퇴화를) 거듭해야 하는 것인지, 나는 궁금했다. 내일의 책들은, 어쩌면, 비늘로 덮여 있어야 할 것이다. 아가미와 부레가 달려 있어야 할 것이다. 그러나 오늘의 책들은? 그리고 어제의 책들은? 내가 대재난 이후에 읽은 소설들의 결말은 한결같았다. 인물들은 익사했다. 배경들은 침수되었다. 그렇게 모든 것들이, 존재할 수 있는 모든 것들이 물에 잠기는 것이 유일한 사건이었다. 어느 페이지를 펼쳐도 물기가 묻어났다. 페이지가 넘어갈 때마다 섬약한 파도 소리를 들을 수 있었다. 대재난 이후에 출간되는 책들은 각종 도감과 실용서적 들이 대부분이었다. 무수히 많은 생물종들이 절멸했고, 꼭 그만큼 많은 생물종들이 나타났으므로, 살아남은 학자들은 그것들을 관찰하고 기록하기에 바빴다. 많은 동식물들의 외양이, 다소 모자란 손재주를 지닌 창조주가 빚어놓은 것처럼, 기묘한 모습으로, 비닐 필름 위에 인쇄되었다. 그 외에는 각종 수영 관련 서적들이 있었다. 헤엄칠 때도 지니고 있기 쉽도록, 손목이나 발목에 걸 수 있는 고리가 부착된, 조그맣고 말쑥한 비닐 책들이었다. 도시를 파고든 물이 혼탁했기에, 물속에서 눈을 떠도, 시야를 확보할 수 없었으므로, 도시 거주민들에게 가장 유용한 영법은 배영이었다. 태양의 가시적인 크기가 왜성처럼 조그맣게 줄어들었기 때문에, 배를 드러내고 헤엄을 치는 한낮에도 나안으로 태양을 노려볼 수 있었다. 그에 반해 달은 하루가 다르게 커져가고, 나날이 투명해진다. 때로는 달이 지나치게 가까이 하강한 것처럼 보였고, 그러면 물길을 거슬러 도시로 흘러온 물고기들이 자취를 감추었다. 수첩에는 물고기와 육고기라는 낱말들도 적혀 있었다. 물고기도 육고기도 달의 인력이 두려울 것이다. 나는 신혼여행지로 미국 항공우주국의 지하 방공호를 선택하고 싶다. 중력의 중심과 가장 가까운 곳에 닿고 싶다. 그곳은 오늘날 지구에서 가장 깊이 위치한 장소들 중 하나임에도 불구하고, 미국 대통령의 반복적인 연설에 의하면, 앞으로도 결코 물에 잠기지 않을 거의 유일한 곳이라고 했다. 그러나 아무것도 믿어서는 안 된다. 나사 기관지를 가장한 불법복제물이 삐라처럼 흩뿌려지는 일이 간혹 있었다. 결코 번지지 않는 특수 잉크로, 지난 29년간 달이 지구와 점점 더 가까워지고 있다고, 이 모든, 일들은 우리가 상상할 수 있는 모든, 음모를 벗어나 있다고, 우리를 기다리고 있는 것은 인간종의 총체적인 소멸뿐이라고 인쇄된 비닐 종이 뭉치가 창문으로 흘러들어오고는 했다. 나는 그들의 잉크로 글을 쓰고 싶다. 3년 전보다 더 처참한 대재난을 상상할 수는 없지만, 100년쯤 뒤, 전지구적 멸망이 가속화되고 있거나, 이미 멸망한 뒤라도, 번지거나 지워지지 않은 채, 다른 사물들을 적시지 않고 남아 있는 문장들을, 오늘 소유하고 싶다. 내가 오늘부터 쓰게 될 소설도, 완성되고 나면, 그것을 다시 읽을 때마다, 다른 문장들을 읽게 될 것인지, 나는 궁금하다. 그러니까, 아직 첫 문장도 쓰지 못한 소설을, 다시 읽는 순간, 다른 모든 책들처럼, 내가 쓰지 않은, 혹은 그렇다고 여겨지는, 문장들을 맞닥뜨리게 될 것인지, 나는 궁금하다. 어느 페이지를 펼쳐도 낯설 것이다. 어쩌면, 아무것도 쓰지 않고, 모든 문장들을 쓸 수 있을지도 모른다. 어쩌면, 단 하나의 문장으로, 다른 모든 것을 쓸 수 있을지도 모른다. 나는 『희극입니까? 비극입니까?』를 책 더미 사이에서 힘겹게 빼냈다. 그것의 제목은 『희극이거나, 비극이거나』로 바뀌어 있다. 나는 책을 펼치지 않는다. 첫 문장을 읽지 않는다. 기억하고 있는 것과 다른 문장을 읽게 될 것이 두려웠다.

책을 내려놓고 좀처럼 생각나지 않는 첫 문장을 생각하며 문영의 집을 향해 헤엄쳤다. 문영은 토치를 손에 든 채 문을 열어주었다. 나는 우비를 벗어 물기를 털었다. 문영은 젖은 담배를 말리고 있던 중이라고 했다. 문영의 아버지는 유리병을 만들고 있었다. 나와 문영에게 주는 결혼 선물이라고, 문영이 설명했다. 아직 우리는 둘 중 누구의 집에서 살지를 결정하지 않았다. 문영은 어느 쪽이어도 괜찮다고 했지만, 나는 어느 쪽도 괜찮지 않았다. 굳이 선택하라면 문영이 살고 있는 자연대 건물이 나을 것이라 생각했다. 포르말린 병에 담긴 표본들을 관찰하는 것으로도 찰나의 지루함은 견딜 수 있을 것이다. 그러나 문제는 장소가 아니었다. 곳곳마다 물이 차올라 있었으므로, 어디에서 살더라도 그것은 수면 위를 부유하는 삶이 될 것이었다. 대롱을 입에 문 문영의 아버지가 볼을 크게 부풀리며 유리 덩어리에 숨을 불어 넣고 있었다. 그의 볼이 홀쭉해지는 것과는 반대로, 유리 뭉치가 투명하게 부풀어 올랐다. 나는 문영의 아버지에게 인사했다. 안녕? 문영의 아버지는 나를 흘깃 바라보며 고개를 끄덕거렸다. 둥글게 부푼 유리 공이 말풍선처럼 보였다. 커피 마실래? 문영이 물었다. 좋지, 나는 대답했다. 문영은 여전히 왼손에 들고 있던 토치로 주전자를 달구었다. 한참이 지난 후 날카로운 휘파람 소리가 들렸다. 물이 끓는 소리였다. 나는 휘파람을 부는 시늉을 했다. 그러나 아무 소리도 나지 않았다. 문영의 아버지가 세 번째 유리병을 불고 있었다. 아버지, 유리 구두도 한 켤레 만들어주시는 게 어때요, 내가 말했다. 그 말을 들은 문영의 아버지는 대롱을 조심스레 입술에서 떼고는, 미안하지만 아직 실력이 모자라단다, 하고 수줍게 말했다. 문영이 커피를 끓여 왔다. 나는 잔을 받아들고 한 모금의 커피를 마셨다. 아주 진한 커피였다. 너무 진해, 내가 말했다. 물을 조금 더 넣어봐, 문영이 말했다. 어차피 물은 넘쳐나잖아, 물이 모자라는 경우는 없어. 나는 왼손으로는 커피 잔을, 오른손으로는 문영의 오른손을 쥐고 있었다. 그거, 몇 개나 만드실 거예요? 나는 문영의 아버지를 향해 질문했다. 한 서른 개쯤 만드실 거라던데, 문영이 아버지를 대신해 대답했다. 왜? 하필이면 서른 개를? 내가 물었다. 글쎄, 서른 개를 만들 만큼의 유리를 가지고 계신 거겠지, 문영이 대답했다. 모든 사물들의 수량은 그렇게 결정되는 건가? 내가 물었다. 글쎄…… 참, 쓴다고 하던 소설은 어떻게 됐지? 시작했어? 문영이 물었다. 아니, 소설 한 편을 쓸 만큼의 유리를 가지고 있지 않아서 말이야, 내가 대답했다. 아직 첫 문장도 쓰지 못했어. 그래도 괜찮아. 내일도 일요일이니까.

문득 생각한다. 나와 문영의 이야기를 소설로 쓸 수는 없을까, 그리고 문영의 아버지, 그리고 죽은 사람들이 등장하는 이야기를 쓸 수는 없을까, 모든 사람들은 이미 죽었거나 곧 죽게 될 것이므로, 누군가는 이르게 죽고 누군가는 느리게 죽듯이, 우연이 희극을 만들고 필연이 비극을 만드는 것이라면, 그 자체로, 희극이거나 비극이거나, 한 편 정도의 드라마는 쓸 수 있지 않을까, 문득, 생각했다. 나는 문영의 옆얼굴을 바라보았다. 문영은 커피 잔에 코를 박은 채 무언가를 골똘히 생각하는 표정을 하고 있었다. 문영, 무슨 생각해? 내가 물었다. 문영이 고개를 돌려 얼빠진 얼굴로 나를 바라보았다. 아니, 아무것도, 문영이 고개를 흔들었다. 오늘 동생이 온다고 했어, 문영이 말했다. 요새는 사진을 찍는 일을 한다던데, 결혼사진을 찍어달라고 부탁할까 해서, 문영이 덧붙였다. 혹시 동물 사진가 아니야? 동물도감에서 이공영이라는 이름을 봤어, 내가 말했다. 그러자 문영이 기다란 눈을 둥글게 뜨고 물었다. 어떻게 알았어? 나는 식은 커피를 한 모금 삼켰다. 네가 전에 말한 적 있잖아, 내가 대답했다. 숫자로 표기할 수 있는 이름이라 재미있다고 생각했어. 언제 오지? 내가 물었다. 글쎄, 올 때가 됐어, 문영이 대답했다. 나는 다시 생각한다. 강가를 걷고 있는 트리스탄……이 누구였지? 나는 왜 트리스탄이라는 이름을 떠올렸을까? 이름 외에는 아무것도, 얼굴도 표정도 말씨도, 어깨도 무릎도 허리도, 눈빛도 그림자도 손짓도, 과거도 현재도 미래도 떠오르지 않는 누군가를 왜 느닷없이 생각하게 되었을까? 나는 문영을 바라보았다. 그리고 다시 생각한다. 문영과 나의 이야기를 쓰는 것은 생각보다 어려울지도 모른다. 나는 문영의 표정을 묘사하고 싶지 않다. 문영과 나의 대화를 옮겨 적고 싶지 않다. 문영의 과거를 서술하고 싶지 않다. 문영의 의식을 파고들고 싶지 않다. 나에 대한 문영의 생각을 알아내고 싶지 않다. 문영의 아버지의 아버지부터 시작되는 가계의 유전적 내력을 파헤치고 싶지 않다. 나는 그저 문영을 쓰고 싶다. 강가를 걷고 있는 문영……그 장면을 쓰기란 불가능하다. 무엇보다도 이제는 강가라는 장소가 존재하지 않는다. 강가라는 낱말은 나날이 희미해지는 기억 속에서, 추상적으로만 존재한다. 추상적인 강가를 추상적으로 걷고 있는 문영과 나……를 상상한다. 그러자 나도 모르게 강가를 걷고 있는 추상적인 문영과 나의 뒤를 따라오

210

는 죽은 사람들을 연상하게 된다. 그러나 그들의 모습은 구체적으로 떠오르지 않는다. 나의 상상 속에서 문영과 나, 그리고 죽은 사람들의 모습은 문자적으로 나타난다. 나는 더 이상 시각적으로 그림을 그릴 수가 없다. 내가 쓰고 싶은 것이 단어들의 그림자라고 했던가, 나는 문영의 옆모습을 재차 바라본다. 문영의 가느다란 턱 밑으로 그림자가 져 있다. 좋은 얼굴이야, 나는 생각한다. 아니, 좋은 이름인가. 나는 손을 내밀어 문영의 턱 선을 쓰다듬는다. 그러자 문영의 얼굴이 나를 향한다. 문영이 피식 웃었다. 나는 추상적인 강가를 따라 걸으며 가끔씩 피식 웃는 문영의 얼굴을 상상한다. 그러나 아무런 그림도 떠오르지 않는다.

담배 피울래? 문영이 물었다. 좋아, 내가 대답했다. 왜 어떤 사물들은 빠르게 마르고, 또 어떤 사물들은 더디게 마르는 거지? 화학공학 전공자로서 어떻게 생각해? 내가 물었다. 젖은 담배는 왜 이리도 지독하게 마르지 않는 걸까? 궁금하지 않아? 나는 계속해서 질문했다. 글쎄, 문영이 담배를 건네며 입을 열었다. 전매청도 가라앉고 말았으니까 그런 게 아닐까. 나는 담배를 받아 쥐었다. 그러면 물에 젖지 않는 사물들은 앞으로도 젖지 않는 거야? 내가 물었다. 비가 와도 젖은 자는, 문영이 토치로 담배에 불을 붙이면서 말했다. 다시 젖지 않는다던데. 우리는 담배를 피웠다. 문영의 아버지가 마침내 대롱을 입에서 떼어냈다. 그는 우리를 등지고 있었기에, 표정은 읽을 수 없었으나, 늘어뜨린 어깨로 볼 때, 다소 지친 것처럼 보였다. 몇 개나 만드셨어요? 내가 물었다. 글쎄다……, 유리 요강 두 개하고, 유리 빨대 두 개, 유리 건반 하나, 유리병 열두 개하고…… 유리 바구니 한 개를 만들었단다, 여전히 뒤를 돌아보지 않은 채 문영의 아버지가 대답했다. 담배 한 대 피우시고 하세요, 내가 말했다. 아니, 불이 필요한 일은 싫다, 문영의 아버지가 말했다. 불필요한 일이 싫으신 거예요? 내가 물었다. 그러자 문영이 키득거렸다. 그사이 대롱을 다시 입에 문 문영의 아버지는 내 말에 대꾸하지 않았다. 초인종이 울렸다. 문영이 바닥에 고인 물을 찰박거리며 방을 가로지른 뒤 현관문을 열었다. 방수포 가방을 둘러맨 공영이 들어왔다. 강가를 걷고 있는 문영과 공영과 그들의 아버지……와 트리스탄……을 나는 억지로 상상하고자 했다. 그러나 나의 상상 속에서 그들은 모두 잠영으로 헤엄치고 있다. 그들의 그림자만이, 아니, 그런 것도 그림자라고 부를 수 있을까, 아무튼, 그들의 그림자만이 물속에서 일렁이고 있다. 문영이 공영에게 묻는다. 커피 마실래? 좋아, 공영이 대답한다. 이쪽은, 문영이 나를 가리키며 말한다. 하령이야, 어제 나와 결혼했지. 나는 공영을 향해 고개를 까닥인다. 공영도 고개를 까닥이며 말한다. 반가워요, 형을 잘 부탁드려요. 나는 공영에게 묻는다. 담배 피울래요? 문영에게서 커피 잔을 받아든 공영이 대답한다. 아니요, 괜찮습니다. 나와 문영과 공영은 식탁에 둘러앉는다. 문영과 공영은 서로 닮거나 닮지 않았다. 닮은 부분도 있고 닮지 않은 부분도 있다. 문영이 고개를 숙이면 공영이 고개를 든다. 문영이 코를 찡긋거리면 공영이 입술을 실룩인다. 문영이 왼쪽 머리카락을 쓸어 올리면 공영이 오른쪽 머리카락을 늘어뜨린다. 문영도 공영도 마른 체격이었다. 문영도 공영도 콧등의 가운데가 살짝 들어가 있었다. 문영도 공영도 가로로 긴 눈매를 하고 있었다. 나는 공영에게서 문영의 닮음과 닮지 않음을 보는 것이 즐거웠다. 문영에게서는 공영의 모습이 발견되지 않는다. 그러나 공영에게서는 문영의 모습만이 보인다. 나는 고개를 갸웃거렸다. 나는 문영을 사랑하고 있군, 나는 생각했다. 감동적이군. 뻐꾸기시계가 6시를 알렸다. 실제로는 26시였다. 아니다, 실제로는 16시였다. 아니다, 그저 저녁녘이었다. 나는 문득 문영의 목젖이 보고 싶었다. 그것이 부레로 변하고 있는지를 확인하고 싶었다. 나는 강물을 헤엄치는 문영의 목젖을 보고 싶다. 나는 강물을 헤엄치는 문영의 지느러미를 보고 싶다. 내가 이런 생각을 하는 동안 문영과 공영은 둘 다 아무 말이 없다. 문영의 아버지가 유리 대롱에 숨을 불어넣는 소리만이 규칙적으로 들려온다. 나는 문득 문영과 공영이 무슨 생각을 하는지 궁금하다. 문영, 무슨 생각해? 내가 물었다. 안 가르쳐주지, 문영이 대답했다. 그러자 공영이 키득거렸다. 공영, 무슨 생각하죠? 내가 물었다. 두 분이, 공영이 대답했다. 첫날밤은 어떻게 보내셨는지 궁금해하고 있었어요. 그러자 문영이 키득거렸다. 아가미 닥쳐요, 내가 농담했다. 체외수정을 하며 보냈지, 문영도 농담을 했다. 그리고 우리 셋은 다 같이 키득거렸다. 대재난 전에는 무슨 일을 했어요? 공영이 내게 물었다. 글쎄…… 나는 대답하기를 망설였다. 내가 무슨 일을 하고 있었더라? 대학을 졸업한 뒤에 분명 무슨 일인가를 하고 있었는데, 기억이 나지 않았다. 미안해요, 내가 말했다. 도통 기억이 나지 않는군요. 공영은 이해한다는 표시로 고개를 끄덕거렸다. 대재난이 일어나던 날, 공영이 말했다. 나는 그날 백두산을 등반하던 중이었어요. 그때만 해도 생태학과 대학원에 다니고 있었어요. 환경 답사를 하려고 중국을 통해 백두산으로 들어갔죠. 조금 두려웠어요. 지금은 백두산 정상까지 물길로도 갈 수 있지만, 아시다시피 그때는 육로를 통할 수밖에 없었고, 험한 소리를 하도 많이 들었거든요. 아무튼 산을 오르기 시작한 지 한 사나흘 되었을까, 이런 것이 기화요초가 아닐까 싶은 식물들도 잔뜩 봤고, 기기묘묘한 벌레들도 많이 본 참이었어요. 산짐승들의 단조로운 울음소리가 멀리서, 그러나 가까이 들려오기도 했어요. 두려움이 완전히 가시지는 않았지만, 그렇다고 오시지도 않을 때였어요. 해가 저물 때쯤 되어 배낭에서 침낭을 꺼냈어요. 불쏘시개를 주워 모아 불도 피웠죠. 그때였어요. 지면이 흔들리는 느낌이 들었어요. 아니, 흔들린다기보다는 출렁거리는 느낌이 들었죠. 나는 직감

했어요. 아, 호랑이가 나타났구나. 그러자 온몸이 굳어버리더군요. 맹수 대처법에 대해서는 답사를 떠나기 전에도 충분히 들은 바가 있었어요. 그런데 아무것도 기억이 나지 않더군요. 나는 떨지도 못했어요. 기억은 고사하고 아무 생각도, 아무 말도 할 수 없었죠. 지면이 요동치는 것을 눈으로도 볼 수 있었어요. 쿵, 쿵, 하고, 지면이 점차 눈앞으로 돌진하고 있었죠. 지면이 돌진하다니, 말이 되나요? 그런데 그때는 정말 그랬어요. 나는 억지로 몸을 움직여서는 천천히 침낭 위에 앉았어요. 가부좌를 틀고서요. 올 테면 와라, 호랑이 정신에 들어가도 굴만 차리면…… 아니, 호랑이 굴에 들어가도 굴만 차리면…… 호랑이가 들어가도 정신만 들어가면…… 하고, 혼자 아무 말이나 되는 대로 주워섬기면서요. 그렇게 하룻밤이 꼬박 지나갔어요. 문득 정신을 차려보니 날이 밝았더군요. 몸을 일으켰더니 앉아 있던 자리가 푹 꺼져 있더군요. 마치 참호처럼 보일 정도로 깊이 파여 있었어요. 나는 더 이상 답사를 진행하지 않기로 했어요. 하산하기로 한 거죠. 떨리는 손으로 침낭을 접어 정리하고, 배낭에서 물을 꺼내 마신 것이 기억나네요. 그리고 천천히 한두 시간 내려갔을까, 갑자기 나타난 풍경을 보고 나는 주저앉고 말았어요. 왜 백두산 천지가 산 중턱에 있지? 나는 두 눈을 의심했어요. 그래요, 그날은 대재난이 일어난 다음날이었던 거예요. 내려가는 길이 보이지 않더군요. 산의 절반 이상이 물에 잠기고 말았던 거예요.

나는 내려가지도 올라가지도 못한 채 수면과 지면의 모호한 경계에서 며칠을 보냈어요. 그러다 보니 문득 궁금해지더군요. 왜 나의 절반은 물에 잠기지 않았을까? 이상한 생각이었죠. 인구의 절반이 사라지는 것이 아니라, 각자가 지닌 신체의 절반이 물에 잠기는 것으로 끝날 수도 있었을 텐데요.

나는 허리까지 물에 담그고 헤엄치는 문영과 공영의 모습을 상상하려고 노력했다. 부질없는 노력이었다. 보이는 것은 그들의 그림자가 만들어내는 음영뿐이었다. 혹은 음영의 그림자뿐이었다. 우리는 모두 난민이었으나 떠나올 곳도 떠나갈 곳도 갖지 못했다. 그것은 대재난 이전에도 마찬가지였다. 다만 그때는 우리가 난민이라는 단순한 사실을 깨닫고 있지 못했던 것뿐이었다. 혹은 언제든지 떠날 수 있다고, 언제든지 떠나지 않을 수 있다고, 원한다면 돌아갈 수 있다고 믿었던 것뿐이었다. 당시 그것은 가능하지도 않고 불가능하지도 않았다. 가능을 가늠할 이유도 동기도 없었던 것이다. 우리는 한동안 말없이 앉아 있었다. 나는 테이블 밑으로 손을 뻗어 문영의 오른손을 쥐었다. 문영의 손은 차갑지도 뜨겁지도 않았다. 축축하지도 메마르지도 않았다. 크지도 작지도 않았다. 그러나 긴 손이었다. 좋은 손이야, 손가락의 개수를 확인하며 나는 생각했다. 감동적이군. 문영의 손가락은 모두 다섯 개였다. 언젠가 『유리동물원』이라는 희곡을 읽었던 기억이 났다. 나는 공영과 문영의 아버지이기도 한 공영의 아버지를 번갈

아 바라보며 『유리동물원』의 시작과 끝부분을 기억해내려고
애썼다. 그러나 부질없는 노력이었다. 설령 대재난 이전에 읽
었던 내용을 고스란히 떠올릴 수 있다 하더라도, 오늘 그것을
다시 읽는다면, 결국 모든 등장인물들이 익사하는 결말을 볼
수밖에 없을 것이었다.

공영이 말한다. 그래서…… 마침내 헤엄을 쳐서 산을 내려
오기로 마음을 먹었지요. 내려온다는 말이 이상하게 들릴 수
도 있지만, 아무튼, 수면이 아래쪽으로 약간 기울어져 있는
것처럼 보였거든요. 수면의 각도를 따라 햇빛이 넓게 퍼져 있
었어요. 아니, 어쩌면 달빛이. 최대한 조심했는데도 카메라며
침낭이며 기도서며, 모두 젖어버렸지요. 아, 그때까지 나는
기독교도였거든요. 대재난이 일어나고 난 뒤 기도문의 첫 문
장도 잊어버리고 말았지만. 그렇게 몇 시간을 자맥질하며 내
려오는 동안, 나는 보고 말았어요.

그리고 공영은 한동안 즐거운 표정으로 말을 잇지 않았다.
나는 공영을 재촉하지 않았다. 문영은 전에 들은 이야기라는
듯 딴청을 피우고 있었다. 다시 공영이 말한다.

호랑이였어요. 크고 희고 검고 아름다운 호랑이였어요. 호
랑이가 10시 방향에서 헤엄치고 있더군요. 머리만 내놓은 상
태였지만, 나는 호랑이의 부분과 전체를 동시에 볼 수 있었어
요. 그것이 어떻게 가능하냐고 묻고 싶은가 보군요. 나도 모
르겠어요. 하지만 그때는 그럴 수 있었어요. 호랑이는 나를

보지 못한 것 같더군요. 내가 떠 있는 장소를 사선으로 비껴가고 있었어요. 순간적으로 나의 직업 정신이 발휘되었어요. 운이 좋았죠. 나는 허둥지둥 카메라를 꺼냈어요. 카메라가 젖어 있다는 것은 생각도 못했죠. 나는 가능한 최대로 줌을 당겨 정신없이 호랑이를 찍었어요. 호랑이의 부분과 전체가, 아니, 총체적인 호랑이가 2시 방향으로 완전히 사라질 때까지요. ………나중에 젖은 필름을 오랜 시간 건조시켜 현상해보니, 호랑이의 목 언저리에 부레가 달려 있더군요. 그때는 왜 부레를 보지 못했을까, 생각해봤어요. 말했다시피 나는 호랑이의 부분과 전체를 한눈에 볼 수 있었거든요. 아마 기억이 고집을 부리고 있었나 봐요. 대재난 이전까지 유효했던, 착란적인 기억 말이에요.

그 이야기, 내가 써도 될까요? 내가 물었다. 무엇을요? 공영이 되물었다. 나는 소설을 쓰고 있어요, 「척력입니까, 인력입니까」라는 과학소설을 쓰려고 해요, 내가 대답했다. 공영, 토마스 베른하르트라는 작가 알아? 문영이 공영에게 물었다. 아니, 모르겠는데. 독일인이야? 공영이 물었다. 오스트리아인이었지…… 이제는 아무래도 상관없게 되었지만, 아무튼 그 사람의 소설을 대놓고 베끼려고 한다던데, 문영이 말했다. 아니, 이제는 아무래도 상관없어, 내가 말했다. 굳이 『희극입니까, 비극입니까?』를 베끼지 않아도 상관없게 되었어. 생각해보니 희극인지 비극인지, 인력인지 척력인지를 묻지 않아도 상관없다는 것을 알게 되었어. 다만 첫 문장을 쓰기 힘들 뿐이야.

그러면 쓰세요, 동물도감 개정판을 낼 때 서문으로 수록하면 되겠군요. 공영이 말했다. 고마워요, 내가 말했다. 그런데 꼭 제목이 『인력입니까, 척력입니까』여야 하나요? 아니, 『척력입니까, 인력입니까』라고 했나요? 공영이 물었다. 아니에요, 인력이거나, 척력이거나, 어차피 우리들은 그 두 개의 대립항 사이에 위치할 수밖에 없으니까, 관계없어요, 내가 대답했다. 어쩌면 인력도 척력도 꼭 반대되는 개념이라고는 볼 수 없을지도 몰라, 문영이 말했다. 달이 지구와 충돌하지 않는 한, 그래서 존재하는 모든 생물종이 절멸하지 않는 한, 인력이 없으면 척력도 없고, 척력이 없으면 인력도 없을 테니까.

그러면 우리, 사진이나 찍을까요? 결혼사진 말이에요. 공영이 말했다. 나와 문영은 서로를 마주보며 머쓱하게 웃었다. 아버지, 그만 좀 하고 이리 오세요. 공영이 말했다. 아버지는 대롱을 조심스레 내려놓고 천천히 우리에게로 왔다. 공영이 방수포 가방에서 카메라를 꺼냈다. 이 카메라로 그 호랑이를 찍었어요, 공영이 말했다. 그 카메라로 이 호랑이를 찍어줘요, 내가 말한다. 우리는 웃는다. 식탁을 뒤로 하고 나와 문영이 나란히 앉는다. 아버지는 문영의 왼쪽 어깨에 손을 얹고서 있다. 몇 발짝 물러난 공영이 뷰파인더에 한쪽 눈을 가져다 댄다. 하나, 둘, 셋, 공영이 숫자를 센다. 셔터가 눌리는 소리가 울린다. 한 번 더 찍을게요, 하나, 둘, 셋, 공영이 다시 숫자를 센다. 우리는 잠시 경직된다. 셔터가 눌리는 소리가 다시 한 번 울린다. 공영이 카메라를 내려놓는다. 우리는 다시 웃는다. 사진이 나오면, 동물도감 개정판의 마지막 페이지에 실어도 될까요? 공영이 묻는다. 왜? 문영이 묻는다. 형, 왼손을 봐. 공영이 말한다. 나와 문영은 문영의 왼손을 내려다본다. 문영의 왼손에 물갈퀴가 자라나고 있다. 문영이 왼손 약지에 끼고 있던 결혼반지는 새로이 돋아난 살가죽에 반쯤 파묻혀 있다. 이거, 결혼을 물릴 수가 없게 되었군, 문영이 말한다. 우리는 웃는다. 그러면 우리는 누구지? 우리는 무엇이 된 거지? 내가 묻는다. 글쎄…… 두고 보지. 문영이 대답한다. 나는 나의 왼손을 내려다본다. 나의 왼손에도 물갈퀴가 자라나고 있다. 나의 결혼반지도 새로이 돋아난 살가죽에 반쯤 파묻혀 있다. 나의 오른손은 아직까지도 인간종의 손의 형태를 유지하고 있다. 오른손으로 소설을 쓰면 되겠군, 내가 말한다. 오른손잡이여서 다행이군, 문영이 말했다.

나는 첫 문장에 대해 생각한다. 첫 문장……은 어떤 형태로도 떠오르지 않는다. 단지 첫 문장이라는 두 개의 단어만이 나타날 뿐이다. 아무래도 좋다고, 나는 생각한다. 오늘은 일요일이다. 어제는 일요일이었다. 그리고 내일도 오늘처럼, 앞으로의 모든 날들처럼. 대재난 이후의 모든 날들처럼. 문영, 집에 가서 짐을 챙겨 올게, 내가 말했다. 그리고 내일부터 소설을 쓸 거야. 내일이 아니라면 모레부터, 모레가 아니라면 글피부터. 우리가 같이 가서 도와드릴게요, 공영이 말했다. 고마워요, 그런데 괜찮아요, 내가 말했다. 책 한 권, 노트 한 권, 펜 한 자루만 가지고 오면 되는걸요. 그러자 문영과 공영은 나를 바라보며 고개를 끄덕였다.

여전히 비린내가 난다. 어쩌면 영원히 비린내가 난다. 나는 창문을 열고 호흡을 가다듬었다. 커다란 달이 물 위에 떠 있다. 그럼, 금방 다녀올게. 창틀에 한쪽 몸을 걸치고 있던 나는 곧장 달을 향해 뛰어들었다. 물에 비친 달이 크게, 더 크게 동공 속에 차올랐다.

불가능한 동화

어느 날, 누군가가 거울을 하나 만들었다. 그는 거울을 운반하던 도중, 고의를 동반한 실수로 거울을 쥔 손을 펼쳤다. 거울은 중력의 법칙에 의해 지상으로 낙하했고, 산산이 부서지고 말았다. 한때는 거울이었던 유리 조각들은 세상의 곳곳마다, 제자리를 찾아 날카롭고도 뾰족하게, 혹은 가장 잔혹한 방식으로 파고들었다.

그가 깨뜨린 거울 조각들은 햇빛을 반사하지 않았다.

그보다는 오히려, 햇빛이나 달빛을, 아니, 지상으로 내려닿는 모든 빛줄기들을 모조리 흡수하는 것처럼 보였는데, 아니, 그 사라진 빛을 볼 수 있는 이는 아무도 없었으므로, 사람들은 간혹, 빛이 사라진 자리마다, 그래서 눈에 띄지 않는 자리들마다 내려앉은, 끔찍하리만큼 짙고 단단한 흑점들을, 그래, 볼 수는 없었지만, 그것들을 직감적으로 느낄 수밖에 없었고, 그것들은 어떤 사람들의 눈동자처럼, 아니, 더 이상 진해지는 것이 불가능한 어둠의 그림자처럼, 사선으로 낙하하는 한낮의 빛 뒤에 숨어, 제 존재를 은밀히 드러내고 있었다.

그가 깨뜨린 거울 조각들이 사람들의 마음을, 혹은 영혼을 도려내기 시작했다.

검디검은 거울 조각들은 사람들이 소유한 사물들의 뒷면에 고요히 자리했고, 그 방식이, 그 움직임이, 거울 조각들이 살아 숨 쉬는 것이 아니었음에도, 내밀하고도 민첩했으므로, 사람들은 자신도 모르는 사이에, 거울 조각들에 손을, 팔꿈치를, 발가락을 베였고, 섬세한, 아니, 그보다는 미립자처럼 작디작은 거울 조각들은 사람들의 몸에 보이지 않는 생채기를 남겼으므로, 사람들은 스스로 인지할 수 없는 고통을, 짧은 순간, 느껴야만 했다. 사람들의 몸에 틈입한 거울 조각들은, 혈관을 타고 온몸을 돌아다니다가, 어느 순간, 누구도 가늠할 수 없는 결정적인 시간에, 어떤 사람들은 마음이라 부르고, 또 다른 어떤 사람들은 영혼이라 부르는, 잡을 수 없고 만질 수 없는 어떤 것에, 곧장 파고들었다.

아무도 그것을 보지 말라고 했다.

그것을 보라고 말하는 이는 아무도 없었다.

그것을 보는 자는 누구나 눈이 멀고 말 것이라 했다.

거울을 만들고 운반하던 누군가는, 지상에서 멀리 떨어진 곳에서, 흑점보다 짙은 자신의 그림자를 감추며, 그가 벌여놓은 일들을 바라보았다. 그의 입가에는 기묘하도록 서글픈 미소가 어려 있었고, 그는 앞으로 벌어지게 될 사건들을 예감하면서, 슬픈 것처럼 보이는 기쁜 표정을, 아니, 기쁜 것처럼 보이는 슬픈 표정을 면면에 드러냈다. 그의 표정이 불분명한 까닭은, 그가 인간의 얼굴을 하고 있지 않았기 때문이었고, 아니, 그가 인간의 입으로 말하지 않았기 때문이었고, 아니 그렇다기보다는, 그가 인간의 입술로 웃지 않았기 때문이었다. 그의 눈동자를 들여다본 사람은 없었다. 그는 언제나 사람들의 그림자를 밟고 다녔고, 사람들이 발을 헛딛거나 넘어질 때마다 쓴웃음을 지었다. 그를 부르는 이름은 있었으나 감히 그의 이름을 부르는 이는 없었다. 그는 이름을 지녔으면서도, 제 이름으로 불리지 않는 거의 유일한 존재였다. 그는 지상과 지하를 마음대로 넘나들었지만, 지상과 천상을 오갈 수는 없었다. 그러나 지상과 천상의 경계를 허물 수 없는 것은, 사람들도 마찬가지였고, 사람들은 지상에서 지하로, 혹은 지하에서 지상으로 이동할 수도 없었으므로, 사람들은 저마다 남몰래, 그에게 경외를 품었다.

신은 천상에만 머무른다. 어떤 사람들은 신이 곳곳에 있다고, 신이 존재하지 않는 자리란 존재하지 않는다고 말하기도 했다. 그러나 이미 지상의 혈액을 타고, 이곳에서 저곳으로,

또 저곳에서 그곳으로 이동 중인 거울 조각들에는 신의 손길이 닿지 않는 것처럼 보였고, 사람들은 신의 전능을 의심할 수 없었으므로, 거울 조각들의 움직임이 지나치게 능란하고 교묘하다고, 그러니까, 자신들의 눈으로 볼 수는 없지만, 거울 조각들의 음험한 움직임마저 신의 권능에 의한 일이라고, 생각했던 것이다.

그러므로 지상에 발 묶인 사람들은, 자신들에게도 영혼이라는 것이 있다면, 그것은 계속해서 상해가고 있거나, 선과 악의 장난에 의해, 혹은 신과 악마의 장난에 의해, 곤란을 겪을 수밖에 없다고 생각하면서, 그런 방식으로 자신들이 선에도 악에도 속하지 않음을 증명하고자 했다. 옛날 어떤 사람들은 말하기를, 말을 배우기 전의 아이들은 동물이나 식물의 말을 할 수 있다고 했다. 그들에 의하면 아이들은 입을 열지 않고도 참새나 까치, 장미나 라일락과 대화를 나눌 수 있었는데, 시간이 지나 자연스레 아이들이 엄마나 아빠 따위의 말을 하기 시작하면, 인간의 것이 아닌 언어는 잊고 만다는 것이었다. 자신들도 이미 아이들이 아닌 이상, 그들의 말은 결코 증명될 수는 없었으나, 반증될 수도 없었기에, 그 이야기를 듣는 사람들에게 어떠한 상상력을, 일종의 시적인 상상력을 불러일으켰다. 그들의 이야기를 들은 아이들은, 더 어렸던 나날들을 기억해내려고 애를 쓰기도 했지만, 먼지 한 줌과 누구의 것인지 모를 머리카락 몇 가닥만이, 어지러운 기억 속에서 불려 나올 뿐이었다. 잠자리에 들기 전의 아이들은, 스스로 예전에 읽었던 동화의 한 장면을 연기하고자 부모에게 따뜻한 우유 한 잔을 청하면서, 그와 동시에, 옛이야기를 들려달라고, 그 이야기를 듣다가 스르륵 잠들 것이라고, 말하기도 했다. 그다지 냉랭한 성격이 아닌 부모들은 아이의 머리를 쓰다듬었고, 그들의 앞에 누운 아이가, 자신들과 얼마나 닮아 있는지, 아이의 출생이 결코 우연에 의한 것은 아니었다는 듯, 그래, 그들의 의지로, 자신들과 조금씩 닮은 아이들을 사랑해야 할 의무가 있으며, 아이들이 자라나 아이들의 아이들을 낳을 때까지, 그 의무는 계속해서 이행되어야 할 것임을 깨달았다. 부모들 역시도, 선대의 부모들에게서 들었던 이야기들을 희미하게나마 기억하고 있었다. 그들은 아이의 머리맡에 앉아, 아이의 속눈썹을 내려다보며, 그 이야기들을 떠올리려고 노력했고, 그들이 노력하는 한 이야기들은 그런 방식으로 구전되어, 때에 따라 그 내용이 각색되거나 윤색되기도 했지만, 입에서 입으로 전해지는 방식만은, 오랫동안 지켜질 수 있었다.

아버지와 어머니가 입을 열었다.

아이도 입을 열었다.

아버지와 어머니는 이야기를 시작하기 위해, 아이는 충만한 기대감으로 입술을 벌렸다. 이야기가 시작되기 직전의 순간들은, 찰나로 지나갔지만, 그럼에도도 불구하고 가장 기대되는, 어쩌면 이야기의 마지막 순간보다도 기대되는 시간이었다. 옛이야기를 하는 도중, 부모는 잠시 말을 멈추고, 아이의 얼굴을 바라보며 아이가 잠들었는지를 확인하고는 했다. 노란 불빛 아래, 아이의 눈동자는 더욱 더 새까맣게 보였고, 잠들지 않은 아이가 이야기의 다음을 요청할 때, 아이의 아버지나 어머니는 엷은 미소를 입가에 띄운 채, 목소리를 가다듬고는 했다.

먼 옛날, 빨간 모자를 쓴 아이가 있었다.

먼 옛날, 빨간 구두를 신은 아이가 있었다.

먼 옛날, 빨간 장미라 불리던 아이가 있었다.

먼 옛날, 그래, 모든 이야기들은 먼 옛날 일어났으므로, 오늘은 그 이야기들을 추억하면 그뿐, 어쩌면 추억이란, 이야기들의 내용이 아니라, 그 이야기들을 듣던 시간과 장소에 결부된 것인지도 모른다고, 아이의 아버지와 어머니는 생각했다.

아이가 이야기를 보챈다.

아이의 아버지와 어머니가 이야기를 다시 시작한다.

먼 옛날, 악마가 거울을 하나 만들었다. 악마는 거울을 가지고 지상 위를 노닐던 중, 고의로 거울을 떨어뜨리고 말았다. 거울은 지표면에 닿자마자 수천수만의, 아니, 세는 것이 무의미할 정도로 무수히 많은 조각으로 나뉘어, 마치 눈처럼, 얼음처럼 곳곳에 내려앉았다. 그때, 한 아이가 마침 하늘을 올려다보았고, 석영처럼 작고 반짝이는 거울 조각이 그 아이의 눈동자에 파고들었다. 그리고……

아이는 아버지의 이야기를 기다리다가 까무룩 잠이 든다.

아버지는 잠든 아이의 얼굴을 내려다보며, 치명적이었던 연애의 결과가 고스란히 아이의 얼굴을 빚어냈다는 것을 깨닫는다. 탄환처럼 부모의 몸에서 빠져나온 아이, 아이들. 태어나기 전에는 짐작조차 할 수 없던 아이의 얼굴은 이제 부모의 표정을 대신하기 시작한다. 부모 없이 태어나는 아이들은 없었다. 모든 아이들은 증명 가능성의 여부와 관계없이 저마다 고유한, 부정할 수 없는 생물학적 계보를 지니고 있었다. 그러므로 많은 옛이야기들에서 아비나 어미 없이 태어나거나, 새로운 아비어미를 찾아내는 아이들이 등장하는 것은 어쩌면, 아이들의 희망이 아니라, 필연적으로 아이를 소유하게 된 부모들의 바람 때문인지도 모른다. 몇몇 부모들은 소유권 이전이나 박탈에 대해, 양육의 의무에 대해 종종 생각했고, 아이들의 표정에서 일종의 순진함을, 혹은 순결함을 늘 확인하고 싶어 했다. 아이들의 얼굴에 그늘이 지고, 수심이나 우울함의 표지들이 생겨나고, 아니 무엇보다도 아이들이, 부모의 표정을 저도 모르게 흉내 내기 시작할 때, 부모들은 지루한 가족사를 통해 전해지는 유전적인 결함들이, 아이의 몸과 마음에 이미 단단히 고착되어 있음을 깨달았다. 그러므로 그들은 끊임없이 옛이야기를 하면서, 아이가 어른이 되는 시점을 늦추려는 헛된 노력을 기울였지만, 아이는 어느 순간 어른이 되었고, 아니, 처음부터 어른의 요소들을, 부인할 수 없는 가족 내력으로 인해, 지닌 채로 태어났으므로, 아이가 어른이 되는 순간, 부모는 아이가 되었고, 그러한 순환을 통해, 세상의 모든 동화들은 지속적으로 이야기될 수 있었다.

거울 조각들은 여전히 부모와 아이의 혈액을 타고 움직였다. 그들은 모두 동일한 것을 보았고, 동일한 것을 생각했으며, 동일한 저주에 걸려 있었다. 동화 속의 아이들은 이야기의 종결부에서, 잃어버렸던 생을 되찾을 수 있었지만, 동화 밖의 아이들에게는 잃어버리거나 되찾을 생이라고 할 만한 것이 주어지지 않았다. 현실은 끝나지 않았고, 아이가 어른이 되고, 어른이 아이가 되는 반복적인 시간을, 사람들은 지속이라고 불렀다. 보이지 않는 것을 보고, 들리지 않는 것을 듣던 시대는 지나갔다. 아니, 그런 시대가 있었던 적은 없었는지도 몰랐다. 모든 동화는 불가능했고, 이에 대해 이의를 제기하는 이는 아무도 없었다. 동화를 이야기하는 것만이 가능했다. 어떠한 상징도 의미도 없이, 계속해서, 아니 지속적으로, 동화를 이야기하는 것만이 가능했다. 아이들은 점점 더 이야기를 청하지 않았다. 부모들은 어릴 때 들었던 이야기들을 날마다 잊어버렸다. 그럼에도 불구하고 시간이 지나갔다. 이야기들이 빠져나간 구멍마다 무엇이 대신 자리했는지를 알고 있는 사람은 많지 않았다.

사람들은 집 안의 곳곳에 거울을 걸어두었다. 사람들의 형상이 집 안의 곳곳마다 복사되었다. 거울에 얽힌 일화는 수없이 많았다. 옛날 옛날에, 한 부유한 상인의 아들이 먼 나라로 여행을 떠났다. 그곳에서 그는 아름다운 여자에게 홀려 그녀에게 자신의 거울상을 주었다. 여자는 그의 거울상을 영원히 간직하겠다고 했다. 그는 부인과 아이가 살고 있는 본국으로 돌아와야만 했다. 거울상을 잃은 채로 그는 가족에게로 돌아갔다. 첫날, 부인과 아이는 무언가 이상하다는 것을 짐작하지도 못한 채 그를 따뜻하게 맞이했다. 둘째 날, 무언가 이상하다는 것을 깨달은 것은 그 자신이었다. 셋째 날, 그의 비밀이 밝혀졌다. 아이가 그의 면전에 들이댄 거울 속에 그의 형상은 없었다. 그의 그림자마저도 거울에 비치지 않았다. 놀란 아이가 거울을 떨어뜨렸다. 아이가 그의 시야에서 멀리멀리 사라지는 동안, 그는 산산조각 난 거울의 파편들 위로 열심히 제 몸을 움직였지만, 그 위에 드러난 것은 투명하고 엷은 햇빛에 잠긴 풍경들뿐이었다.

잃어버린 거울상을 되찾기 위해 그는 다시 떠나야만 했다. 여전히 아름다운 여자를 만나야했고, 그녀에게 다시 매혹되지 않아야 했고, 몇 가지 제안을 주고받아야 했고, 무엇보다도 거울상을 되찾아야 했고, 그렇게 자신을 되찾아야 했고, 갔던 길을 되짚어 돌아와야 했다.

그래서, 그 사람은 거울상을 되찾을 수 있었느냐고, 아이가
묻는다.
아이의 아버지가 대답을 보류한다.

어쩌면 아이의 아버지는 이야기의 끝을 기억하지 못하는지
도 모른다. 모든 동화가 슬픈 와중에도 기쁘게, 기쁜 와중에
도 슬프게 끝을 맺는 것처럼, 거울상을 잃어버린 사람의 이야
기 역시도, 기쁘거나 슬프게 끝날 수 있었겠지만, 거울상을,
자신의 복사물을 되찾는 것이, 당최 기쁜 일인지 슬픈 일인지
를, 아이의 아버지는 알 수 없었으므로, 게다가 옛이야기의
마지막 부분을, 멋대로 바꾸거나 고칠 수가 없었으므로, 그
는 일부러 그런다는 듯, 말꼬리를 흐리면서, 아이의 잠을 재
촉한다.

밤이 되고 모든 것이 어둠에 잠기면, 사람들은 아무것도 볼
수 없으니까, 햇빛이 새어 들어오지 않도록 창문마다 두터운
커튼을 치고, 양초를 모두 없애버린다면, 그래서 집 안에서만
큼은 결코 한낮이 오지 않고, 집 안의 모든 사람들이 밤에만
살아간다면, 그래서 거울상을 보지 않아도 된다면, 그는 먼
여행을 다시 떠나지 않았을지도 몰라요.
아이가 말한다.
그보다는 차라리, 집 안에 있는 모든 거울들에 두꺼운 천을

씌우고, 아니, 집 안에 있는 거울들을 모두 없애버리고, 그래서 누구도 거울상에 대해 생각하지 않게 된다면, 그는 먼 여행을 다시 떠나지 않아도 좋았을 거다.

아이의 아버지가 말한다.

아이의 방에도 거울이 있다. 조도를 낮춘 전등불 밑에 반듯이 누워 있는 아이의 얼굴이 거울 속에 잠겨 있다. 그것을 보려고 아이의 아버지가 거울 앞으로 다가가면, 아이의 얼굴이 지워지고 아버지의 얼굴이 드러난다. 아이의 아버지가 고개를 돌린다. 거울 속에 그의 옆모습이 비치지만, 그는 그것을 보지 못한다.

한 번 본 것을 잊을 수는 없다.
아이의 아버지가 말한다.
거울이 존재하는 한, 계속해서 무엇이든, 사라진 사물이든 사라진 자신이든 보고 싶을 거다.
그가 덧붙인다.
아이는 어느새 잠들어 있다. 그렇게 다시 하룻밤이 지나간다.

어쩌면 아이의 아버지는, 잠든 아이의 얼굴을 자신의 얼굴로 덮으면서, 아이를 잃어버릴 수도 있다고, 생각하는지도 모른다. 솜이불을 돋우고, 베개의 접힌 모서리를 펴면서, 아이의 턱을 세심하게 어루만지면서, 아이가 자랄 때까지, 아이가 어른이 되는 시점은 누구도 명백히 알아차릴 수 없지만, 아이가 되바라진 욕구를 스스로 감출 수 있는 나이가 될 때까지, 이야기를 듣고 싶은 욕망과, 이야기를 하고 싶은 욕망은, 사라지지 않을 것임을, 아이의 아버지는 새삼 깨닫는다.

　모든 동화들은 변주되고 변용된다. 하나의 욕망이 다른 하나의 욕망으로 대체되는 순간, 모든 이야기들은 변전한다. 자신의 얼굴을 볼 수 있는 사람은 없다. 얼굴의 거울상만을 볼 수 있을 뿐이다. 제아무리 명민하게 형상들을 반사하는 거울을 대할지라도, 사람들은 좀처럼 만족하지 않는다. 그들의 표정이 흐려진다. 거울상은 끊임없이 자신의 윤곽을 흐트러뜨리고 도망 중이다. 가질 수 없는 것을 가질 수 있는 사람은 없다. 자신의 얼굴을 보는 것은 아무런 실제적인 의미도, 일시적인 만족도 주지 않았으나, 그것이 불가능하기에, 결코 다다를 수 없는 단 하나의 의미를 지니고 있었다. 사람들은 언제나 직접 본 것만을 믿으려는 경향이 있었다. 들리는 바에 의하면…… 소문에 의하면…… 따위의 말들을 그대로 믿는 사람들은 많지 않았다. 사람들은 반신반의라는 말을 만들어냈다. 그에 반해 두 눈으로 직접…… 두 눈을 똑바로 뜨고…… 따위의 말들은 보다 확실한 믿음을 주는 것처럼 보였다. 눈앞에 현전하는 광경들은, 한번 그렇게 되면, 아무리 믿기 힘든 것일지라도, 그 자체로 압도적이었다. 그러므로 거울

236

에 대해, 모래알들처럼 무수히 많은, 희미하게 반짝이는 이야
기 조각들이 만들어지는 것도 이상한 일은 아니었다.

옛날 옛날, 어느 왕비가 말한다.
거울아, 거울아, 이 세상에서……
누가……

잘못 전해진 이야기들, 그리고 그 이야기들을 잘못 들은 사
람들은 항상, 불만을 표시했다. 이야기의 끝을 다르게 매듭짓
고 싶은 욕망이 그들을 이야기의 한복판으로 이끌었다. 주인
공이라는 명사는 언제나, 누구에게나 매력적이었다. 그들은
이야기를 하는 이의 혀끝마다, 페이지의 날카로운 모서리마
다, 아슬아슬하게 매달려, 저주를 퍼부었고, 미행을 감행했
고, 소문을 만들어냈으며, 모함을 서슴지 않았다. 그러나 그
들의 뾰족한 혓바닥에 휘감긴 이들은 좀처럼, 인공적으로 주
조된 운명에 순응하지 않았다. 그들은 미로를 헤맸고, 그럼에
도 불구하고 앞으로 나아갔고, 현명한 사람들과 어리석은 사
람들을 동시에 만났고, 기지를 발휘했고, 말로 할 수 없는 일
을 겪고, 있을 수 없는 일을 겪고, 마치 모든 동화들이란, 단
하나의 형용사로 수식되어야 한다는 듯, 아무렇지도 않게, 끝
을 향해 전진했다. 해피, 엔딩. 그것은 복종할 수밖에 없는
명령처럼, 복창할 수밖에 없는 구호처럼, 사람들의 입언저리

마다 매달려 있다. 죽음이 없이는, 끝도 없었으므로, 우리가 몸담은 실제 세계에서, 해피, 엔딩이란, 불가능했으나, 그럼에도 불구하고 사람들은, 허구의 인물들을 훔쳐서라도, 어떻게든 행복한 종결을, 보기를, 듣기를, 읽기를, 원한다.

옛날, 옛날, 어느 왕비가 말하길, 거울아, 거울아, 이 세상에서 가장, 아름다운 사람은 누구인가, 하고 물었고, 거울이 대답하길, 왕비여, 내가 그 대답을 하는 순간, 누군가가 고초를 겪게 될 것이 분명하니, 나는 침묵할 것이라고, 했다. 그 대답을 들은 왕비는, 만족하지 않고, 재차 묻기를, 거울아, 거울아, 이 세상에서 가장, 아름다운 사람은 누구인가, 묻노니, 대답하지 않으면, 너를 이 자리에서, 박살낼 것이다, 라고, 질문이 아닌 명령을 내렸고, 거울은 다시 대답하기를, 그 사람은 당신이 아니라고, 곤히 잠들어 있는 당신의 의붓딸이라고 말했다.

사람들은 사실보다 확실한 것을 알기를 원했고, 대부분의 경우, 그것이 불운을 자초하지만, 그와 동시에, 하나의 이야기를, 자신의 것이 아닌 이상 흥미롭기 그지없는 이야기를, 만들어낼 수 있었다. 거울에 비친 모습이란, 한낱 형상에 지나지 않았으므로, 자신이면서도 자신이라 부를 수 없었고, 자신이라 부를 수 없으면서도, 타인이라 부를 수도 없는 것이었다. 그러니 왕비는 거울에 비친 자신의 모습을 보면서도 보지 못하고, 세상에서 가장 아름다운 사람이 누구인지에 대해, 대

답이 불가능한 질문을 했던 것이지만, 가련한 거울은, 제 목
숨을 박살내지 않으려고, 아니 그보다는, 무수히 많은 조각들
이 되지 않으려고, 무수히 많은 질문을 받지 않으려고, 불가
능한 답변을 만들어내기보다는, 가능한 거짓말을 꾸며냈던
것이었다.

왕비가 사냥꾼을 은밀히 불러 의붓딸을 죽이라는 명령을
내린다.
사냥꾼이 고개를 조아린다.
아이는 이미 이 이야기를 알고 있다.
그럼에도 아이는 다음 이야기를 졸라댄다.

아이는 계모가 딸을 죽이지 못하리라는 것을 알고 있다. 아
이가 이미 이야기의 시작과 끝을 알아차렸다는 것을, 아이의
부모도 암묵적으로 알고 있다. 아이는 또한, 자신의 어머니나
아버지가, 계모나 계부가 아니며, 적어도 그렇다고 믿어야 하
므로 둘 중 누구도, 자신을 해하지 못하리라는 것을, 믿어 의
심치 않는다. 그것은 아이의 부모도 마찬가지다. 아이의 어머
니가 왕비의 목소리를 흉내 내고, 아이의 아버지가 사냥꾼의
몸짓을 따라할 때, 아이는 골방에서 잠든 불행한 주인공에게
연민을 느낀다.
사냥꾼이 공주를 숲속으로 데려가는 시간은 새벽녘이다.

잠에 취한 공주는 순순히 사냥꾼을 따라나선다. 사냥꾼은 공주를 죽이지 못한다. 공주는 깊은 숲속에서 길을 잃는다. 사냥꾼은 짐승의 심장을 가지고 왕궁으로 돌아간다. 공주는 곧 작은 오두막을 발견한다. 의외의 장소를 발견하기 위해서는, 우리는 반드시 먼저, 길을 잃어야만 한다. 우리들의 행적은 곧 드러날 것이다. 이야기를 끝맺으려면 반드시 먼저, 발각되어야만 한다.

왕비는 피에 젖은 심장을 받아 쥐고 만족감을 드러낸다. 그러나 왕비의 속내는 충족되지 않는다. 그러므로 왕비는 다시 한 번, 거울 앞에 서야만 한다. 거울은 답변을 보류할 수 없다. 왕비는 질문해야 하고, 거울은 대답해야 한다.

거울아, 거울아, 세상에서 가장 아름다운 사람은 누구지?
그 사람은 당신이 아닙니다.

왕비는 현재형으로 묻고, 거울은 현재형으로 대답한다. 시시각각 변하는 형상들을 다른 시제로 고정시키기란 불가능했다. 그러나 욕망은 언제나 현재형이다. 왕비는 다시 한 번 질문하고, 거울은 거짓말을 하지 않는다. 왕비는 거울을 깨뜨리고 싶은 욕망을 애써 누그러뜨린다. 수천 조각으로 분열된 거울이 모두 같은 대답을 되돌려줄 것이 두려웠다. 왕비는 말라붙은 심장을 내려다본다. 왕비가 보는 것을 아이가 보고 있다. 아이는 그렇게 증오라는 감정을 학습한다.

아이가 듣고 있는 이야기의 어느 부분에도 증오라는 단어
는 들어 있지 않다. 아이의 부모 역시도 그 단어를 입에 올리
지 않는다. 그러나 익숙하지 않은 감정들이 아이의 마음속 한
자리를 차지한다: 그것이 무엇인지에 대해, 아이는 감히 묻지
못한다. 아니, 그러한 감정을 어떻게 불러야 할지 알 수가 없
다. 아이는 심장의 두근거림을 인지하면서, 그저 다음의 이야
기가 계속되기를 기다릴 뿐이다.

거울아, 거울아, 세상에서 가장 아름다운 사람의 이름이 무
엇이지?
그 사람은 자신의 이름으로 불리지 않습니다.

왕비는 거울을 두껍고 커다란 천으로 덮는다. 그리고 몸종
을 불러 옷을 벗도록 명령한다. 왕비는 빛바랜 소박한 옷으로
갈아입는다. 몸종은 파랗게 질린 벗은 몸으로 어두운 복도를
소리 없이 달려간다. 왕비는 하인을 불러 바구니에 사과를 담
아오도록 명령한다. 하인은 왕비의 옷차림을 보고 잠시 머뭇
거리다가, 목이 달아날 것이 두려워 이내 명령을 받든다. 하
녀의 옷을 입고, 사과 바구니를 왼팔에 낀 채, 왕비는 누구도
대동하지 않고, 왕궁을 나선다. 왕비가 어떻게 숲속에서 길을

잃지 않을 수 있었는지는 알려져 있지 않다. 날카로운 이빨을 지닌 짐승들을 어떻게 피할 수 있었는지도 알려져 있지 않다. 아이도 그것에 대해서는 묻지 않는다. 마침내 왕비는 숲속의 오두막에 다다른다. 작은 창문은 닫혀 있다. 높고 낮은 새소리, 풀벌레가 나뭇잎을 스치는 소리 외에는 아무 소리도 나지 않는다. 왕비는 창가로 다가가 귀를 기울인다. 역시 아무 소리도 들려오지 않는다. 왕비는 목청을 가다듬고, 외치기 시작한다.

사과 사세요.

오두막에서는 아무런 인기척도 느껴지지 않는다. 왕비는 잠시 자신과 오두막을, 아니 숲의 관목들과 숨죽인 새와 짐승들을 둘러싼 적요의 무게를 가늠하다가, 다시 한 번, 소리를 높여 외친다.

사과 사세요.

그제야 누군가의, 젊은 처녀의, 졸음에 겨운 목소리가 창문의 틈을 통해 가느다랗게 새어 나온다.

누구세요.

여자의 목소리를 들은 왕비는, 자신이 옳은 장소를 찾아왔다고 생각한다. 기대감으로 가득한 왕비가 웃음을 억지로 참는다. 왕비의 표정이 일그러진다. 왕비가 잠시 목소리를 가다듬는다. 왕비는 자신의 이름을, 자신의 진짜 이름을 말하지 않는다. 과장된 목소리로, 사과를 팔러 왔다고 말한다. 오두막 안의 여자는 다시 잠에라도 빠진 듯, 아무런 대답을 하지 않는다. 왕비는 세번째로 크게 외친다.

사과 사세요.

마침내 오두막 안의 여자가 창문을 열고 얼굴을 반쯤 내민다. 눈처럼 하얀 얼굴에, 흑단처럼 새까만 머리카락이 아무렇게나 흘러내려와 있다. 여자의 눈썹과 속눈썹 역시도, 기이할 정도로 검다. 여자의 입술은 능금처럼 붉다. 왕비는 면면히 드러난 살의를 머릿수건 밑으로 감추며, 아주 맛이 좋은 사과를 가지고 왔노라고, 한번 맛이나 보시라고 말한다. 여자는 사과 장수가 대체 왜 외진 숲 한가운데로까지 사과를 팔러 왔는지에 대해 의심하는 기색이 없다. 여자가 사양하지도 않고 사과를 받아 든다. 누구나 익히 알고 있다시피, 독이 든 사과다. 왕비의 한쪽 입꼬리가 올라간다. 아이가 마른 침을 삼킨다. 아이의 미각이 사과의 맛을 상상하는 것인지, 독의 맛을 상상하는 것인지는 불분명하다. 식사 시간마다 아이는, 아무런 의심 없이 식탁에 앉아, 제 몫의 음식을 삼킨다. 아이의 부모는 늘, 낯선 사람을 경계하라고, 그들이 건네는 달콤한 음식에 현혹되어서는 안 된다고, 반복적으로 가르쳤다. 그때마다 아이는 얌전히 고개를 끄덕였다.

어떤 이야기들은, 아무리 반복해서 들어도 물리지 않았다. 아이의 부모는 늘, 아이에게 같은 이야기를 되풀이하고 있는 것처럼 보이지만, 그 이야기들은, 모두 각기 다른 시간과 공간에서, 말 그대로, 이야기되었기에, 설령 이야기의 골격을 이루는 줄거리와 살을 이루는 문장들이, 피를 이루는 단어들이, 하나도 틀리지 않고 동일하다고 하더라도, 전날의 이야기와 오늘의 이야기는, 분명 다른 것이었다. 그리고 그러한 이야기들을 전해주는 목소리, 어조, 손길 들. 어쩌면 이야기를 듣는 아이들이 취해 있던 것은 그런 것들이었는지도 모른다. 아이의 부모는, 아이의 아이를 애써 상상하면서, 안도와 불안을 동시에 느낀다. 대를 물려 이어지게 될 이야기들에 대해서 위안과 피로를 미리 예감한다. 동화 속의 악인들이 맞게 되는 비참한 최후가, 자신의 운명은 비껴갈 것이라고 생각한다.

여자가 사과를 한입 베어 문다. 왕비는 기다린다. 여자가 상앗빛 과육을 껍질째 오물거린다. 여자는 사과의 맛이 조금 이상하다고 생각한다. 무엇인가가 씁쓸한…… 묘한…… 비린…… 상한 듯한…… 그러나 여자는 말을 잇지 못하고 창틀 위로 쓰러진다. 잇자국이 남아 있는 사과가 창밖으로 굴러 떨어진다. 왕비는 여자의 흑단처럼 검고 긴 머리채를 단단히 감아쥐고, 여자의 잠긴 얼굴을 끌어올린다. 여자의 얼굴은 창백하다. 눈처럼 희디흰 피부가 하얗다 못해 검은 듯 보인다. 만족한 왕비가 찢어질 듯 높은 소리로 웃는다. 수풀이 거세게 흔들린다. 새들이 날아오른다. 바람이 물러간다. 여자가 미처 입에 넣지 못한 사과가 흙투성이가 된 채 땅에 떨어져 있다. 그 옆으로 왕비가 말라붙은 심장 조각과 사과 바구니를 내던진다. 그리고 앞치마에 손을 문질러 닦은 뒤, 허리를 꼿꼿이 세우고 숲을 빠져나간다. 여자의 머리카락이 오두막의 벽을 타고 길게 흘러내려와 있다. 날이 저물고 있었다.

왕궁에 돌아온 왕비는 거울을 대령하라 명령하지 않는다. 거추장스러운 시중을 물리친 채, 홀로 재빠르게 옷을 갈아입고, 머리를 매만지고 난 뒤, 약병들의 개수를 헤아리고, 다시 한 번 손을 씻고, 잠자리에 든다. 왕비는 자면서도 깔깔거리며 웃음을 터뜨린다. 한밤중에, 웃음소리에 흠칫 놀란 왕이 잠시 잠에서 깨어날 때도 있었다. 그러나 이것이, 당신과 내가, 아이와 아이의 부모가 기대하는 결말은 아니었다. 모든 동화들은, 죽은 자를 다시 한 번 확인하라는, 보이는 것을 그대로 믿어서는 안 된다는 교훈을 남긴다. 아이는 의심하는 법을 배운다. 낯선 이를 효과적으로 경계하는 방법에 대해 생각한다. 누군가에 대한 살의를 대리로 체험한다. 그러나 아름다움은 하나의 수수께끼로 남는다. 무엇이 아름답고, 무엇이 추한지에 대해서, 아이는 아무것도 알 수 없을 뿐 아니라, 아름다움에 대한 욕망조차도, 아직은, 이해할 수가 없다.

왕비가 잠에서 깨어난다. 그럴듯한, 충만한, 맑고 화창한, 이후에 일어날 일들을 암시하지 않는, 아침이다. 왕비의 침대와 사선으로 멀리 떨어진 숲 속의 여자는 깨어나지 않는다. 일곱 명의 난쟁이들이 여자를 둘러싸고 있다. 일곱 명의 난쟁이들이 일곱 가지의 높낮이를 지닌 목소리로 무슨 말인가를 중얼거리고 있다. 오두막 안으로 아침볕이 나른하게 들어온다. 난쟁이들의 뺨이, 턱이, 이마가, 수염이, 코가, 눈꺼풀이 햇빛을 받는 각도에 따라 조금씩 드러난다. 여자는 잠든 것처럼 보인다. 여자의 머리채는 흑단처럼 검고, 여자의 피부는 눈처럼 희다. 여자의 입술은 새벽빛처럼 푸르게 보였다가, 독을 품은 사과처럼 붉게 보였다가, 한낮의 어둠처럼 검게 보였다가, 마침내 어느 색도 띠지 않게 된다. 난쟁이들은 감히 여자의 코 밑에 손가락을 가져다 댈 생각을 하지 않는다. 여자는 움직이지 않는다. 난쟁이들은 기다린다. ……였으면 좋겠어. ……않으면 좋겠어. ……가. ……를. 난쟁이들은 서로의 눈길을 피한다. 여자는 우연히 난쟁이들의 오두막에 들어왔다. 어떤 사건에 개입하는 것은 어렵지 않았다. 그러나 그 사건에서 퇴장하는 것은 어려웠다. 이미 늦었다. 난쟁이들의 어법에는 주어와 목적어가 삭제되어 있다. 난쟁이들은 자신들이 기다리는 것이 무엇인지 모른다. 아니, 자신들이 무언가를 기다린다는 것을 모른다. 난쟁이들의 기다리는 행위는 기다리다라는 가장 단순한 동사의 형태로 환원된다. 새들이 조문하러 오지 않는다. 새들은 다만 난쟁이들의 오두막을 방문한다. 여우와 늑대가, 토끼와 다람쥐가 찾아온다. 짐승들은 모두 문간과 창문턱에 웅크린 채, 난쟁이들의 기다림에 동참한다. 숲속의 소리들이 오두막의 지붕 밑에서 허물어진다. 더없이 고요한 아침이다. 누군가가 숲을 향해 달려오고 있다. 그는 아직 숲의 입구에 도착하지 않았다. 그가 숲을 돌아가게 될지, 쓰러진 나뭇등걸과 무성하게 자라난 잡초, 가시, 위험한 짐승과 벌레 들을 맞닥뜨려가며 숲을 통과하게 될지는 아직 아무도 알지 못한다. 그의 등장은 예고되어 있지 않다. 아침 해가 곧 정오를 가리킬 것이다. 난쟁이들 사이에 소요가 일어난다. 누군가는 고개를 젓고, 누군가는 어깨를 늘어뜨린다. 누군가는 코를 훌쩍이고, 누군가는 소맷부리로 눈물을 훔친다. 누군가는 주저앉고, 누군가는 손을 맞잡는다. 그리고 누군가는……

이를테면 너무 많은 누군가들이 하나의 이야기에 등장한다. 그들은 모두 누군가라는 의문의 명사를 공유하지만, 실제로는, 아니 허구적으로는 모두 다른 인물들이다. 어떤 인물들은 고유한 명사로 불리지만, 이름을 갖지 못하는 인물들은 목소리조차도 지니지 못하기도 한다. 공주가 사라지던 날부터, 왕은 잠을 이루지 못한다. 그에게는 다양한 종류의 위협이 가해지고 있다. 왕비의 음모, 대신들의 음모, 하인들의 음모, 백성들의 음모. 심지어는 그의 개와 말 들도 음모를 꾸미는 것처럼 보일 때가 있다. 그러므로 그에게 위해를 끼치지 않던 단 하나의 존재가 사라졌음에도, 왕은 아무런 말도 할 수가 없다. 왕은 무력하고, 그는 자신의 왕국에서, 그리고 자신이 등장하는 이야기에서 어떠한 권력도 행사하지 않는다. 왕좌와 왕관과 왕홀은 언제나, 어디서나 빛을 발하지만, 그 빛이 밝히는 것은 어둠의 크기뿐이다. 그의 왕국은 이름이 없으며, 그것은 그도 마찬가지였다. 그가 잠들지 못하는 밤, 매일 밤, 그는 자신의 얼굴을 나누어 가진 누군가를 생각한다. 그 누군가는 지금 왕의 지붕 아래 없다.

왕비가 몸단장을 시작한다. 발목까지 내려오는 긴 머리를, 시녀가 오랫동안 빗어 내린다. 가지런히 빗은 머리카락을 여러 갈래로 땋아 틀어 올린다. 머리 타래마다 검고 붉은 리본이 감긴다. 머리를 빗던 시녀가 물러나고, 양팔에 붉고 검은 비단옷을 받쳐 든 다른 시녀가 들어온다. 왕비는 실눈을 뜨고 옷의 상태를 점검한다. 왕비의 입가에서 묘한 웃음이 떠나지 않는다. 시녀들은 감히 왕비의 얼굴을 올려다볼 생각을 하지 않는다. 왕비의 방과 사선으로 멀리 떨어진 숲 속의 여자도 단장을 시작한다. 그러나 여자는 여전히 조금도 움직이지 않

는다. 난쟁이들의 침대 두 개를 길게 이어붙인 자신의 잠자리
에서, 지나간 날들 동안 그러했던 것처럼, 가만히 눈을 감고
누워 있다. 한 난쟁이가 여자의 왼손을 가만히 잡는다. 맥이
느껴지지 않는다. 어떤 난쟁이는 낮은 목소리로 노래를 부르
기 시작한다. 다른 두 난쟁이가 오두막을 나선다. 유리와 나
무를 구하기 위해서다. 아니다. 유리와 나무를 발견하기 위해
서다. 발견된 유리와 나무로 여자의, 백설 공주라 알려진 여
자의 관을 짜기 위해서다. 다른 세 난쟁이가 손수건을 꺼내
여자의 얼굴을 닦는다. 여자의 눈썹이 떨리지 않는다. 새와
짐승 들은 그러한 광경을 바라보고 있는 것처럼 보인다. 세
난쟁이들이 여자의 머리카락을 세 갈래로 나누어 땋는다. 그
들이 머리를 땋는 속도는 일정하다. 노래를 부르던 난쟁이가
여자의 옷깃과 치맛자락을 정돈한다. 손을 잡았던 난쟁이가
침대 밑에 떨어져 있던 사과 조각을 발견한다. 그러나 난쟁이
는 그 외의 아무것도 발견하지 못한다. 정오가 되었다. 난쟁
이들의 슬픔은 가시지 않는다. 그들의 슬픔은 그러나 논리적
으로 설명되지 않는다. 이야기의 논리는 비논리적이다. 난쟁
이들이 운다. 그들의 울음은 7옥타브에 머물러 있다. 난쟁이
들의 울음에는 리듬이 없다. 단지 높낮이만이 다를 뿐이다.

　죽은, 아니, 죽은 것처럼 보이는 여자의 이야기는 너무 오
래 되풀이되었다. 지나치게 반복적으로. 지나치게 동일한 방

식으로. 아이는 백설 공주 이야기를 너무나 많이 들었다. 아니, 어쩌면 모든 것이 거울의 탓으로 되돌려지는 이야기들을. 아이의 아버지가 이미 들었던 이야기들을. 그리고 아이가 자라, 어른이 되어, 자신의 아이를 갖게 되었을 때, 자신의 아이가 더 이상 자신의 소유가 아니게 될 때까지, 스스로 기억해내야만 하는 어떤 이야기들을. 차라리 처음부터, 아니, 처음이라는 것이 있다면, 처음이라는 단어가 존재하는 만큼, 처음이 존재한다면, 처음부터, 아무것도, 듣지 않았다면 좋았을지도 모른다고, 어른이 된 아이가 생각한다. 듣기 전부터 알고 있던 이야기를 듣지 않고, 말하기 전부터 알고 있던 이야기를 말하지 않을 수 있다면, 하고, 어른이 된 아이가 생각한다. 그러나 이미 늦었다. 이야기가 이어지는 한, 아이의 혈통은 보존된다. 아이가 아이를 낳고, 그 아이가 또 다른 아이를 낳는 한, 이야기의 원형은 보존된다. 누군가는 말하고 싶어 하고, 누군가는 듣고 싶어 한다. 그렇게 욕망이 지속된다. 그렇게 하나의 가계가 영속한다. 그렇게 그들의 삶이 지속된다. 그것은 모두가 공통적으로 알고 있는 단 하나의 사실이었다.

눈물이 떨어지는 속도처럼, 관이 도착한다. 투명한 유리관이 금빛으로 반짝인다. 그것은 동화에서 가능한 장면이다. 난쟁이들은 숲 속 어딘가에서, 우리에게 결코 알려지지 않을 장소에서, 유리와 황금을 발견한다. 어쩌면 어느 구덩이에서,

어느 계곡에서. 어느 나뭇가지 밑에서, 어느 조약돌 밑에서. 모든 것이 가능했으므로 실제로 가능한 것은 아무것도 없었다. 그렇게 동화의 시간이 지나간다. 모두가 불가능한 양의 눈물을 흘렸다. 우는 짐승은 없다. 우는 새도 없다. 그것은 단지 수사나 비유일 뿐이다. 그러나 어떤 동화 속에서, 어떤 짐승들은, 불가능한 울음을 울었다. 그러므로 모든 동화들은 가능하면서도 불가능했다. 난쟁이들이 공주의 몸을 들어올린다. 그것은 깃털처럼 가벼웠다. 거짓말이다. 공주의 치맛자락이 땅에 끌리지 않았다. 독이 오른 공주의 몸은 납처럼 무거웠다. 그것은 어느 정도 사실일 수도 있다. 그러나 그것은 중요하지 않다. 공주의 장례식이 거행된다. 몸단장을 마친 왕비가 몸을 떤다. 그것을 바라보는 왕의 몸도 떨린다. 무엇인가를 예감했다는 듯. 아니, 처음부터 예견된 사건이란 존재하지 않았다는 듯. 그리고 모두 행복하게 살았습니다,라고, 모든 가능한 동화들은 끝을 맺었다. 그러나 모두 행복하게 살 수는 없었다. 저마다 제각기 다른 이유로 불행했다. 불행은 언제나 불시에 찾아왔으나, 그것은 언제나 필연적이었다. 그러므로 어떤 이야기의 끝을 섣불리 예감하지 말라. 이미 알고 있는 이야기의 끝을 섣불리, 짐작하지 말라. 모든 이야기는 동일한 방식으로 반복되지만, 그것을 반복하는 시간은 동일하지 않았다. 그러므로 모든 동화의 결말은 동일하지 않았다. 어쩌면 시작부터, 전혀 달랐는지도 몰랐다.

거울 조각들은 어느 곳에나 있다. 빛을 반사하는 속성에도 불구하고, 그것들은 쉽게 눈에 띄지 않는다. 아마도 지나치게 많은 거울 조각들이 존재하는 탓으로, 그것들이 투영하는 상들이 지나치게 많은 까닭으로, 사람들은 이미, 눈이 멀어 있는지도 모른다. 보이는 대로 믿어서는 안 된다. 아니, 이미 보이는 것은 없는지도 모른다. 거울에 고인 세상의 형상은 이미 찬란하게 깨어지고 부서져, 빛보다 밝은 빛으로 사람들을 매혹시켰다. 아이들이 자라난다. 그들의 아이들이 자라난다. 이야기는 구전된다기보다는 유전된다. 어린 시절에는 불가능한 일들이 종종 일어났다. 아니, 아이들은 가능과 불가능에 대해 생각하지 않았다. 모든 것이 가능한 동시에, 바로 그런 까닭으로, 모든 것이 불가능했다. 공간은 수축과 팽창만을 되풀이했고, 시간이 가는 속도는 결코 알려지지 않았다. 아이들은 자라면서 그런 것은 없다,고 생각했고, 그런 것,이 무엇인지에 대해서는 스스로도 알지 못했다.

백설공주가 다시 깨어나게 되었던 원인에 대해서는 의견이 분분하다. 아이의 아버지는, 유리 관을 운구하던 난쟁이들이, 그 무게에 지쳐, 관을 내던지듯 내려놓다가, 백설공주의 목에 걸려 있던 사과 조각이 튀어나왔다고 이야기했다. 아이의 어머니는, 보다 많은 사람들이 알고 있는 바대로, 가시덤불을 헤치며 어두운 숲을 지나온 이국의 왕자가, 백설공주에게 입을 맞추는 동안, 사과 조각이 빠져나왔다고 말했다. 아무려나 백설공주는 되살아난다. 아이는 이 이야기를 지나치게 많이, 지나치게 오래 들어왔다. 아이는 아직도 잠들지 않았다. 그러므로 이야기는 계속된다. 난쟁이들이 함성을 지른다. 왕자는 공주를 손을 잡고 몸을 일으키는 것을 돕는다. 왕자의 머리색이나 피부색, 체격이나 표정에 대해 알려져 있는 것은 거의 없다. 왕자의 이름도, 왕자의 나이도, 왕자의 언어도 알려지지 않는다. 혹은 그가 어느 왕의 아들인지도 알려지지 않는다. 다른 모든 동화에서와 마찬가지로, 그는 어느 먼 나라에서 왔다. 그러므로 왕자를 묘사하는 것은 불가능하다. 난쟁이들은 이방인을 환대한다. 그가 먼 나라에서 왔다는 사실만은 분명하다. 난쟁이들은 피로에 지친 왕자의 말에게 물과 풀을 제공한다. 왕자의 망토에서 죽은 나뭇잎과 가시 들을 조심스레 털어낸다. 왕자는 갑작스러운 운명의 전환에 당황하지 않는다. 아니, 왕자가 느꼈을 법한 감정에 대해서도 알려진 것이 없다. 이러한 일들이 벌어지는 동안 백설공주가 지상의 숨을 반복적으로 내뱉는다. 그리고 자신의 손바닥 위에 놓인 사과 조각을 내려다본다. 그것은 약간 검기도 하고, 희기도 하고, 푸르기도 하고, 붉기도 하다. 독으로 물든 그것은 썩지 않을 것이다. 백설공주의 감정에 대해서도 알려진 것은 없다. 차라리 죽었다면, 죽어버렸다면. 이야기가 계속되는 것을 멈출 수 있다면.

죽었다가 살아난 사람들을 환영하는 의식을 무엇이라고 부르지, 난쟁이들이 서로에게 질문한다. 답변은 없다. 그러한 단어는 난쟁이들의 사전에도, 우리들의 사전에도 존재하지 않는다. 왕자는 이국의 언어로 말하지 않는다. 아니, 그는 어떤 언어로도 말하지 않는다. 동화 속에서 왕자는 발언권이 없다. 그는 자신의 나라를 떠나야 하고, 낯선 곳에 도착해야 하고, 하나의 사건을, 하나의 인물을, 하나의 배경을 발견해야 한다. 그것이 왕자가 「백설공주」라는 동화 속에서, 어쩌면 모든 동화들 속에서 지닌 유일하고도 지루한 책무이다. 그러나 어쩌면 왕자가 백설공주를 발견하는 것이 아니라, 자신의 이야기를 종결시키고자 하는 까닭으로, 백설공주가 왕자를 발견하는 것인지도 모른다. 그러므로 왕자는 발견된다. 그렇게 아이가 능동과 피동을 어렴풋이 인지하는 동안, 공주와 왕자를 위한 의식이 준비된다. 난쟁이들이 숲의 어디에서 그토록 많은 꽃과 리본 들을 찾아낼 수 있었는지에 대해서는 알려진 것이 없다. 유순한 짐승들이 난쟁이들의 오두막으로 모여든다. 새들에게는 곡물의 씨앗이, 초식동물들에게는 싱싱한 나뭇잎이 제공된다. 그러는 동안 사나운 짐승들이 오두막 주변을 배회한다. 그것들은 이야기가 끝날 때까지 이빨을 드러내서는 안 된다. 여우, 늑대 들은 동화적 강박으로 인해 이야기가 계속되는 장소에서 물러난다. 해는 뜨겁지 않고, 바람은 차갑지 않다. 왕자는 기쁘거나 즐겁지 않고, 공주는 즐겁거나 기쁘지 않다. 햇빛이 그들의 표정을 지운다. 어디선가 음악이

연주된다. 수염을 다듬은 난쟁이들이 노래를 부르기 시작한
다. 그리고 모두들 오래오래 행복하게 살았습니다, 하고 이야
기는 끝날 수도 있었다.

　왕자와 맺어진 공주가 옛날의 왕궁으로 돌아왔는지, 혹은
왕자의 나라로 떠났는지에 대해서도 알려진 것은 없다. 어떻
든 그들은 난쟁이들의 오두막을 떠나 어딘가로 향한다. 그들
을 둘러싼 배경은 그렇게 하나의 소실점으로 굳어진다. 왕비
의 운명에 대해서는 이후 알려진 바가 없다. 아니, 판본에 따
라, 무시무시한 형벌을 받았다고도 하고, 질투와 증오에 못
이겨 미쳐버렸다고도 한다. 그러므로 죽은 자의 죽음을 믿어
서는 안 된다. 산 자의 삶을 믿어서도 안 된다. 죽었거나 살
았거나 왕비는 더 이상 어떠한 영향력도 행사하지 못한다. 왕
비의 역할은 이 지점에서 종료된다. 동화 속에서 악인들은 처
벌을 받아야 한다. 왕비에게 주어진 가장 강력한 형벌은 질투
를 넘어선 질투를, 증오를 넘어선 증오를 품고, 이야기의 외
부로 유배되는 것이었는지도 모른다. 인간이 지닌 다른 모든
것들과 마찬가지로, 감정들에도 위계질서가 있다. 이에 따르
면 질투와 증오는 나쁜 감정이다. 아이는 그렇게 감정의 가치
에 대해 학습하지만, 더 아름다운 것, 아름다움보다 아름다운
것을 원하는 욕망이 옳은지 그른지에 대해서는 아무런 질문
도 하지 않는다. 왕의 운명에 대해서는 전혀 알려진 바가 없
지만, 어느 정도 추측은 가능하다. 왕은 백설공주의 혈통을

보증한다. 그가 다스리는 왕국의 크기나 인구, 역사와 미래에 대해서도 알려진 것은 없다. 아니, 왕의 소유물뿐만이 아니라, 왕 자신에 대해서도 알려진 것은 없다. 혹은, 왕은 그의 미심쩍은 소유물들에 의해서만 알려진다. 왕의 운명에 대해 궁금해하는 사람은 없었다. 그는 인물로서가 아니라 배경으로 자리한다. 그의 그림자만이 이야기 속에 등장한다. 왕비가 사라진 부부의 침실에서 왕은 잠들거나 잠들지 않는다. 눈물을 흘리거나 흘리지 않는다. 흠칫 놀라거나 놀라지 않는다. 아무것도 명령하지 않는다. 아무것도 기다리지 않는다. 그의 인생에서 모든 등장인물들이 사라졌으므로, 왕은 이야기에서 완벽하게 제거된다. 그는 왕이었으나 아무것도 다스린 적이 없다. 아무것도 소유한 적이 없다. 그의 사전에서 지배라는 단어는 사라지고 없다.

마침내, 동화의 외부에서, 백설공주와 왕자는 어딘가에 도착한다. 그리고 그곳에서 자신들의 왕국을 건설한다. (누군가의 왕국을 건설하다라는 표현은 때로 다른 의미를 지니기도 했다.) 왕자는 왕이, 공주는 왕비가 되었을지도 모른다. 존재하거나 존재하지 않는 그들의 아이들. 그들의 자손이 왕국의 경계를 결정한다. 그리고 왕국의 시간을. 그리고 결국 우리에게 알려지게 된 이야기들을. 혹은, 결코 우리에게 알려지지 않을 이야기들을. 이야기를 전달하는 화자들이 고의로, 혹은 실수로 숨기고 감춘 이야기들을. 그렇게 동화의 시간이 지나가지만, 백설공주의 피부는 여전히 눈처럼 희고, 입술은 사과처럼 붉다. 그것은 시간과 무관하게 변하지 않는 백설공주의 속성이다. 백설공주는 말라붙은 안구처럼 보이는 사과 조각을 화장대 서랍에 넣어둔다. 왕자는 아내의 화장대 서랍 속 풍경에 대해서는 아무런 관심이 없다. 아니, 그런 것처럼 보인다. 마지막 서랍은 좀처럼 열리지 않고, 어둠 속의 사과 조각은 더 이상 부패하지 않는다. 왕비의 거울은 수천수만의 조각으로 깨어지거나 부서지지 않았다. 백설공주는 그것을 자신의 침실 벽에 걸어둔다. 공주는 매일 그 거울을 들여다보지만, 그것에게 아무것도 질문하지 않는다. 거울은 아무것도 반사하지 않는다.

아이의 아버지가 입을 다문다.
아이의 어머니가 침묵한다.
아이가 자고 있다.

시간의 사제, 미래의 필경사

강동호

> 음악에는 두 종류가 있다. 듣는 음악과 연주하는 음악. 이 두 음악은 완전히 다른 예술이라 할 수 있는데, 저마다 각각의 역사, 사회학, 미학 그리고 에로스를 가지고 있기 때문이다. 이를테면 슈만의 음악처럼 어떤 음악은 그저 듣기만 해서는 그리 훌륭하다는 인상을 받지 못하지만, 그것을 연주할 때에는 굉장히 관능적인 음악으로 다가온다.
> — 롤랑 바르트, 『이미지, 음악, 텍스트 *Image, Music, Text*』 중에서

음악에만 이러한 구분이 통용되는 것은 아니다. 소설에도 범박하게나마 두 가지 범주를 적용해볼 수 있겠다. 그러니까, 읽기 위한 소설과 쓰기 위한 소설이 있다. 전자의 경우 독자는 인물, 사건, 배경의 고전적 3요소로 조직된 선형적 내러티브를 차분히 따라가는 것으로 충분히 만족스러운 독서 체험을 할 수 있으나, 후자의 경우라면 사정이 다소 달라진다. 어떤 소설을 읽는다는 것은 요령부득의 파편적이고 앙상한 목

소리의 익명적 중얼거림을 청취하는 일에 더욱 가깝기 때문
이다. 흔히 난해하고 실험적이라고 세간에 알려져 있는 계열
의 소설들은 후자에 해당할 가능성이 높은데, 두말할 것 없
이, 이러한 소설들을 대면하기 위해서는 단순히 열심히, 주의
깊게 소설 속으로 침잠해 들어가려는 명상적 독서 태도만으
로는 어딘지 모르게 역부족이다. 해석과 분석이라는 방식으
로 발굴할 수 있는 생생한 의미의 광맥이 숨겨져 있는 것이
아니라, 소위 읽을 수 없는 것, 식별될 수 없는 것을 둘러싼
텍스트 충동이 독서의 긴장감을 조성하는 중요한 미학적 요
소이기 때문이다. 그러니 "나의 작품에 대해 설명하려면 처
음부터 그것을 다시 써야 한다"는 베케트의 묘한 말에는 실로
중요한 진실이 담겨 있는 셈이다. 그의 글쓰기에 대한 비밀이
쓰인 문자적 사실에 있는 것이 아니라, 비록 눈에 보이지는
않더라도, 쓰이는 시공간 속에서 순간적으로 명멸한다는 뜻
으로 받아들일 수 있기 때문이다. 그러니 이들의 작품에 참여
하려면, 문자로 기술되어 있는 내용을 샅샅이 탐조하는 것을
잠시 미루고, 문자 이면의 다른 곳을 문학적 사건이 발생하는
현장으로 삼는 유연함을 보여야 한다. 그래야만 선형적인 사
건과 내용의 부재(읽기 대상의 부재)로 발생할 수 있는 난독
과 난청의 파도를 뚫고 텍스트의 무의식의 기슭에나마 가까
스로, 가 닿을 수 있다. 비슷한 맥락에서라면, 우리는 다음
대목을 한유주의 세번째 소설집 『나의 왼손은 왕, 오른손은

왕의 필경사』를 읽으려고 하는 독자에게 막 수신된, 발신자 불명의 내용 없는 편지로 간주할 수 있을 것이다.

나는 아무것도 쓸 수가 없다. 내가 글쓰기를 시작하는 순간, 이 글은 이중의 글쓰기가 되기 때문이다. 내가 나를 쓰고, 나의 단어가 나의 단어를 지우고, 나의 문장이 나의 문장과 사라지기 때문이다. 나는 아무것도 쓰지 않는다. 이 글을 쓰는 사람은 내가 아니다. 착각에서 벗어나야 한다. 내가 쓰고 있지 않음에도, 이 글은 계속해서 쓰인다. 순간 나는 아무것도 쓰지 않는다. 그것은 나도 마찬가지다. (「도둑맞을 편지」, pp. 153~54)

라캉의 말을 빌리건대, '나'는 쓰는 곳에서 존재하지 않고, 존재하지 않는 곳에서 쓰고 있는 것이다. 독자의 기대 지평에서 계속 사라지고, 돌연 예상치 못한 낯선 지대로 암중비약 중이다. 그 무슨 신묘한 술법을 부리고 있어서가 아니라, 쓴다는 사실 자체가 모종의 근본적인 분열('이중의 글쓰기')을 경험하는 것이라는 발본적인 자의식을 기어이 내려놓을 수 없기 때문이다. 아시다시피 이 같은 글쓰기의 자의식에 있어 한유주는 오늘날 동세대 한국 작가들 사이에서 그야말로 고독하게 독보적인 존재다. 화제의 등단작 「달로」에서부터 결연히 한국의 서사적 전통과 작별한 한유주의 소설들은 손쉬운 의미화에 다급해하는 오늘날의 독서 욕망을 일순간 초라하게 만들어버리는 지난한 미학적 글쓰기를 통해, 그야말로 독자적인 소설 미학의 영역을 구축해왔다. 소설이 무엇인지에 대한 완강한 앎에 이미 안주하는 이들에게 한유주의 소설은 소설에 미달하는 애매하고도 불편한 글쓰기였겠지만, 소설이 무엇인지에 대해 기꺼이 고민해보려는 독자들에게는 '글을 쓴다는 것에 대한 그 물음인 글쓰기'(블랑쇼) 즉, 소설에 대한 가장 근본적인 앎이 끊임없이 무너지고 샘솟으려는 기미로 충만한 자리였을 것이다.

그러니, 어찌 한유주의 소설을 대하면서 편하고 일관된 독서를 기대하겠는가. "시작과 끝이 보장되던, 완결된 (것처럼 보이던) 독서 행위를 잠시 그리워"(「인력이거나, 척력이거나」, p. 204) 하는 것이 이해가 안 되는 바 아니겠으나, 사정이 그러하다면 '나'가 쓰고 있는 것이 무엇인지를 일차적으로 묻는 일반적인 독서 태도는 '나'에게는 물론이고, 독자 자신에게 의미의 고문을 강요하는 행위일 수밖에 없다. 그러니까, 물음의 형식과 절차를 바꿔야지만 그녀가 쓰고 있으나 사실 쓰지 않는 것, 그리고 쓰고 있지 않으나 비로소 쓰고 있는 것이 직관될 수 있다. 요컨대, 우리의 질문은 이것이다. 존재하지 않는데도 글쓰기가 이루어지는 그곳은 어디인가. 그러나 그곳이 말해질 수 있다면, 그 순간 이미 그곳은 그곳이 아니다. 그러니, 몸소 가야 한다. 개념의 적용이나 이야기의 요약으로 손쉽게 텍스트를 갈무리하고 싶은 해석자/해설자의 욕망을 최대한 자제하고, 한없이 느리게, 경유하고 우회하고 반복하면서, 그가 존재하지 않는 바로 그 자리에 당도해야 한다. 그래야만, 한유주가 쓰고 있는 그 보이지 않는 문자들을, 비로소 읽을 수 있다. 그리고 그때 비로소, 한유주의 글쓰기는 그 어떤 이야기보다도 더 매력적이고 관능적인 글쓰기로 다가올 것이다.

글쓰기의 코기토

한유주의 이번 소설집을 펼쳤을 때, 독자가 최초로 맞닥뜨리게 되는 것은 몰락의 징후를 드러내고 있는 퇴락한 왕국의 정경이다. 「나는 필경……」은 시집으로 치자면 일종의 서시(序詩)의 지위에 해당하는 예외적 텍스트라 할 수 있는데, 이 짧은 글은 한유주의 이번 소설집이 대면하고 있는 어떤 존재론적 난경을 집약적으로 암시하고 있기에 더욱 각별한 주의가 요청된다.

나의 왼손은 왕, 오른손은 왕의 필경사. 오늘 왕의 입은 고요하고 왕의 필경사는 왕의 명령을 기다린다. 나의 왼손은 왕, 나의 오른손은 왕의 필경사. 오늘 왕은 피곤하고 왕의 필경사는 제 낯에서 피로를 감춘다. 나의 왼손이 드물게 말하므로 나의 오른손은 드물게 받아쓴다. 나의 오른손이 나의 왼손을 베끼는 동안 왕국은, 몰락의 징후를 드러내거나 혹은, 힘겹게 지속된다. (「나는 필경……」, p. 11)

위 대목에서 제시되고 있는 왕과 필경사 사이의 흥미로운 대치 형국에 대해 이야기하기 앞서, 다소 강박적으로 반복되는 '나'라는 주어의 정체에 대해 물어봐야 한다. 우리는 이 단편뿐만 아니라 소설집 전반에 걸쳐서 '나'라는 인칭대명사가 집요하게 표기되는 것을 볼 수 있는데, '나'라는 존재를 끊임없이 의심하고 '자아' 자체의 허구성을 적나라하게 논박하던 이 작가의 이력을 떠올려보면 분명 수상한 일이 아닐 수 없다. 그렇다면 여기서 등장하는 '나'를 완결된 작품의 격자 내부에 머무르는 1인칭 서술자나 소설 속 인물 정도로 소박하게 간주하는 것도 가능하나, 그것을 한유주의 소설에 출몰하고 있는 익명적 주체로 받아들임으로써, 이 문장을 한유주 소설집 전반에 대한 자기 지시적인 은유들로 확장해 생각하는 일 또한 흥미롭지 않을 수 없다. 일반적으로 소설의 '나'는 서술되는 세계의 객관성과 확실성을 보증하는 심리적 동일시의 부표(서술자/인물)이지만 한유주의 '나'는 그러한 동일시의 과정이 산산조각 나는 장면을 상연하는, 일종의 자기 회의의 싸움터 같은 것이기 때문이다. 다음은 그 지난한 내적 투쟁이

시연될 수밖에 없는 이유가 순간적으로 노출되는 한 장면이다.

나의 노력에도 불구하고, 나의 의식을, 형편없이 드러내고 있다는 생각에, 이르렀기 때문이다. <u>아니, 이르렀기 때문이라고 적는 지금 이 순간에도,</u> 나의 의식은 여전히, 어딘가에 이르기는커녕, 어쩌면 출발조차 하지 않았을 수도 있고, 혹은 목표점 없이, 아니, 지점이라는 것이 없이, 그저 제자리에서, 방향 없이, 고여 있는 것이 아닐까, 의심하고 있다. 아니 어쩌면, 의식에는, 구체적인 장소성이, 수학에서 말하는, 존재할 수 없는 가상의 점들처럼, 결여되어 있는 것이 아닐까, 하고, 나는 의구심을 품는다. (「자연사 박물관」, pp. 85~86, 강조는 인용자)

의심하는 '나'의 의식이 연쇄적으로 이어지는 말에 업혀 태동하는 중이다. 뒤에 등장하는 '나'는 앞의 '나'를 끊임없이 부정하고 있는데, 그로 인해 마치 종이 바깥으로 탈출할 것 같은 문장들이 쓰이고 있다. 이 의심과 부정이 단순히 의식의 수준에서 평면적으로 이루어지는 것에 그치지 않고, 글쓰기의 실제적 행위와 입체적으로 강하게 결합되어 있다는 사실을 눈여겨보자.

쓴다는 행위란 무엇인가. 그것은 끊임없이 유동하고 있는 외부의 사태에 대한 주체의 사유(로고스)를 문자라는 공간 형식으로 결박하는 행위다. 다시, 말하자. 그러니까 눈앞에서

264

쓰이고 있는 것은 있는 그대로의 외부의 '사태'가 아니라, 주관의 사유를 통과하여 표상된 것, 즉 사유하는 주체의 음성(표상)의 그림자 같은 것이다. 이번 소설집에서 한유주가 쓰기를 "일종의 받아쓰기"(「농담」, p. 37) 혹은 '베끼기'라는 행위로 비유하는 것은 그러므로 의미심장하다. "베끼지 않고 무언가를 쓸 수는 없어"(「인력입니까, 척력입니까」, p. 189) 그러므로 글쓰기는 본래 언제나 사유 속에서 현전하는 목소리의 그림자로, 대리자로, 필경사로 격하되는 과정이다. 이 사이에서 형성되는 주종 관계가 순조로울 것이라 믿는 것은 순진한 태도다. 아마도 그것은 쓰는 족족 쓰인 내용을 진실로 믿어버리는 백치의 글쓰기라 할 수 있는데, 이에 반해 한유주의 글쓰기는 바로 그 가장 기본적인 부분을 문제 삼음으로써 그 진실의 확실성을 산산조각 내버린다. "아니, 이르렀기 때문이라고 적는 지금 이 순간", 아니 더 정확히 말하면 의식의 수준에서 이루어지던 사유가 문자화되는 순간, 필연적으로 감내해야 하는 주체의 내부적인 분열 같은 것을 목격했기 때문이다.

예컨대 '나는 쓴다'라는 아주 간단한 문장을 생각해보자. 여기서 '쓴다'라는 행위를 관장하고 있는 주어 '나'는 어떤 존재인가. 그것은 실제로 이 문장 자체를 총괄하고 있는 주체인가, 아니면 '나는 쓴다'라는 문장을 통해서 지시되고 있는 가상의 인물 '나'인가. 이에 대한 식별이 근본적으로 불가능해지는 이유는 행위로서의 쓰기와 문자로 기록된 단어로서의 쓰기 사이를 관장하는 주체의 중첩이 발생하기 때문이다. 데리다가 오스틴의 화행 이론을 해체적으로 읽으면서 말했듯, 이 자리('나')는 소위 사태기술적 발화constative speech와 수행적 발화performative speech 사이의 이분법이라는 것이 애초부터 불가능하다는 것을 적시하는 자리이기도 하다.

이렇게 받아쓰기와 베끼기라는 수동적인 역할에 머무는 '나'를 일컬어 '글쓰기의 코기토'라고 부를 수는 없을까. 이를 사유하고 의심하는 주체로서의 데카르트적 코기토와 비교하는 것은 제법 흥미로운 일이다. 아시다시피, 데카르트가 『방법서설』에서 도출했던 테제 '나는 생각한다(의심한다), 고로 존재한다'는 이성의 인식론적 확장을 도모하기 위한 가장 명석 판명한 베이스캠프 같은 것이었다. 그러나 한유주의 '나'는 이러한 데카르트적인 테제가 도출되는 과정에서 무의식적으로 망각되었던 다른 요소를 탈은폐시키는 작용을 하면서, 도리어 서사의 확장 가능성에 결코 메워지지 않는 구멍을 뚫어버린다. 비유컨대 한유주의 '나'는 다음과 같은 생각의 프로세스 위에 놓여 있다. '나는 의심한다, (라고 쓰는) 나를 의심한다, (라고 쓰는) 나를 의심한다, (라고 쓰는) 나를 의심한다, (라고 쓰는) 나를……'

당연한 말이겠지만, 여기서 방점이 찍혀야 할 부분은 "(라고 쓰는)"이라는 부분, 즉 실제 글쓰기에서 문자로는 결단코

정박될 수 없는 어떤 연행(演行)적 요소다. 어떤 문장이 쓰이는 과정에 반드시 관여하지만, 사실상 보이지 않는 이 숨은 주체를 향한 의심이 무한 퇴행의 사슬을 따라 끝없이 나타날 수밖에 없으므로, 나와 나의 발화의 확실성이 무한정 유예되고, 코기토가 계류의 준거로 삼을 수 있는 "구체적인 장소성"이, 그러니까 언어적 고정점이 사라져버린다.

때문에 한유주 소설의 '나'는 문법적으로 보자면, 1인칭이겠지만 소설의 주제, 내용, 기능 차원에서 보자면 차라리 한국어 문법에는 존재하지 않는 비인칭 주어에 가깝다. 이 익명적인 주어 '나'는 소설에서 개진되는 글쓰기의 주체에 대한 실존적 자각 때문에 불가피하게 노출되는 존재론적 공백이자, 서사적 영도(零度)다. 이 영도의 자리를 끊임없이 자각하는 주체는 불가피하게 모종의 존재론적 찢김을 감내하지 않을 수 없으니, 종결이 예정되어 있지 않은 유랑을 떠날 수밖에 없다.

죽고 싶은, 죽어지지 않는

다시 하라. 다시 실패하라. 더 잘 실패하라.
혹은 더 잘 나쁘게. 다시 더 나쁘게 실패하라. 정말 진절머리가 날 정도로.
—사무엘 베케트, 『가장 나쁜 곳으로 *Worstward Ho*』

하지만, 어찌 이것이 전부이랴. 여기까지만 말하면, 우리는 소위 자아의 불확정성이나 글쓰기의 불가능성이라는, 이제는 다소 빤하고 당연하게 느껴지는 철학적 상식에 도달하는 것에 은연중 만족해버리기 쉽다. '재현 불가'는 두말할 나위 없이 언어의 한계와 같은 운명이지만, 그것이 사유의 정거장이 될 수는 있을지언정 언어 예술 활동의 종착지가 될 수는 없다. 작품을 명약관화한 전언으로 환원시키려는 비평이나 이론에게야 그것만으로 충분히 자족스러운 깨달음이겠으나, 그러한 자기 최면적 깨달음에 안주해버릴 때 텍스트의 미학적 매력이 실종되어버리기 때문이다. 우리가 다음 대목을 각별히 주의 깊게 대할 수밖에 없는 것도 그래서이다.

내가 쓰고 싶은 것들은 서술도 묘사도 진술도 아니다. ……에 대한 서술이나 묘사나 진술을 쓰고 싶지 않다는 말이다. 나는 단어를 쓰고 싶고, 문장을 쓰고 싶다. 아무것도 설명하지 않고 소설을 쓰고 싶다. (「인력이거나, 척력이거나」, p. 199)

"……에 대한 서술이나 묘사나 진술을 쓰고 싶지 않다"고 했거니와, 우리는 이것이 어떻게 "소설을 쓰고 싶다"라는 말과 양립하는지를 물어야 한다. 한유주의 글이 소설임을 인정하기를 완강히 외면하려는 이에게는 이것이 꽤 의외의 발언처럼 들릴지 모르나, 정색하고 말하건대 한유주가 지속해서 소설을 쓰고자 했던 것은 자명한 사실이다. 그러면 이렇게 말해보는 것은 어떨까. '소설에 대한 소설'이 있고 '소설을 쓰(려)는 소설'이 있다. 한유주는 후자에 좀더 가깝거니와, 그것은 그의 글쓰기가 소위 소설이 무엇인지를 열심히 설명하는 글쓰기, 이를테면 소설에 '대한' 글쓰기와는 다소 성격이 다르고, 또 다를 수밖에 없다는 것을 말해준다. 작가가 자신의 소설론을 직접적으로 피력하는 데 주안점을 두었다면, 구태여 소설이라는 형식을 비경제적으로 차용함으로써 세간의 오해를 살 필요가 없다는 뜻이다. 더군다나 이러한 종류의 글쓰기에서는 소설이 무엇인지를 외부적인 시선으로 다루는 패러디적 이야기들이 가진 다소 들뜬 상태의 불경스러움과 삐딱함도 엿보이지 않는다. 훨씬 그 고민의 열도가 높다는 것인데, 이 열도의 근원을 말하기 위해서는 소설을 쓰고 싶다는 진지한 일념과 그것이 쉬이 이루어지지 않는다는 어떤 불가피함을 동시에 직관해야 한다. 불가피함이라고 했거니와, 그러므로 이것은 일종의 이중부정태다. 가령 이렇게 재구성해보자. 무언가에 "대해 더 이상 생각하는 것이 불가능하더라도, 내 안에서, 도대체 생각하지 않고 깨어 있는 것이 불가능하므로"(「머리에 총을」, p. 58), 그리하여 "차라리 죽었다면, 죽어버렸다면. 이야기가 계속되는 것을 멈출 수 있"(「불가능한 동화」, p. 253)을 테지만, 그것도 가능하지는 않으니 "나는 그것이 매우, 지겹고도 지루하다고 생각했지만, 아니, 생각하지만, 그럼에도 불구하고, 다시 한 번, 그럼에도 불구하고"(「자연사 박물관」, p. 85), "나는 나를 반복한다. 나도 어쩔 수가 없"(「농담」, p. 27)다고 고백한다고.

말하자면, 쓸 수도 없고 쓰지 않을 수도 없다는 것이다. 이 진퇴양난의 중언부언은 재현 불가능성의 단독 소행이 아니다. 비록 그것이 글쓰기를 일시적으로 주춤거리게 만들 수는 있지만, 그것을 계속해서 밀고 나아가게 하는 동력으로 작용하지는 못하기 때문이다. 이를테면, 최소 두 가지 불가피함의 그 배후를 지목할 수 있다. 하나는 언어가 존재의 근간인 인간인 이상 완전히 침묵을 한다는 것은 존재론적으로 불가능하다는 소극적 불가피함이라면(제아무리 실제로 말을 하지 않고, 글을 쓰지 않는다고 하더라도 우리가 생각하는 한 말을 하는 것이나 다를 바 없으니까), 다른 하나는 "아무것도 설명하지 않고 소설을 쓰고 싶다"는 욕망, 더 자세히 말하면 "완벽한 현재 시제의 문장들로 구축된 소설"이라는 말로 비유될 수 있는 불가능한 이상으로서의 소설을 추구하는 것, 즉 이 불가능성을 추구하는 것을 회피하는 것 또한 불가능하다는 불가피함이다.

마치 말라르메의 '한 권의 책'처럼 (가령 여기서는 끝내 발견되지 않는 토마스 베른하르트의 책처럼) 한유주에게 '소설'이란 아직 쓰이지 않은, 혹은 앞으로도 쓰이지 않을 어떤 무언가이다. 플라톤 이래로 모든 서양철학이 그에 대한 주석을 다는 것에 불과했다면, 말라르메 이래로 모든 문학적 글쓰기는 말라르메조차 결국 실패할 수밖에 없었던, 그 쓰인 적도 읽힌 적도 없는 책을, 그야말로 필사적으로 필사하는 일에 가까운 것이다.

필사적이라고 했거니와, 이 또한 수사적 과장이 아니다. "스스로를 소진하는 것, 주어가 적의 위치를, 목적어 역시 적의 위치를 차지하는, 거칠 것 없는 공방전을 계속"(「농담」, p. 38) 하는 것. 이렇게 한유주의 쓰기란 "어떠한 상징도 의미도 없이, 계속해서, 아니 지속적으로" 쓰기를 미루면서 '나'를 탈진의 상태로 몰아가고, 마침내 이 탕진된 '나'를 죽음의 문턱까지 재촉하는 것이다.

현재형의 시제를 사용한다고 해도, 의식이 문장으로, 아니 문장이 의식으로 발아하는 순간, 모든 시간은 무화되는 것처럼 느껴졌고, 그럼에도 불구하고, 나는 계속해서, 의식에 떠오르는 것들을, 문장으로, 돼먹잖은 문장들로 옮겨야 한다고 생각했는데, 그것만이 내게 주어진 사명과도 같은 일이기 때문이 아니라, 단지, 그것이 어떻게 가능할 수 있는지, 혹은, 그것이 어떻게 불가능할 수 있는지에 대해 나의 죽음을 걸고—거창하기도 하지—스스로에게 설명하고 싶어졌기 때문이다. (「자연사 박물관」, p. 86)

사변적으로 거창한 이야기를 하고 싶은 것이 아니다. 말을 하는 것이 곧 실제적으로 의미를 비워내고 되살리는 과정이므로 한유주의 글쓰기는 곧 "죽음"을 거는 글쓰기 아니, 죽음을 향한 충동으로 달궈진 글쓰기일 수밖에 없는 것이다. 라캉의 지적처럼 본래 말을 한다는 것 자체가 '사물에 대한 살해'를 바탕으로 한 행위가 아니던가. 한유주는 이러한 명제에 더해 그것이 언어가 상징하고자 하는 현실의 대상뿐 아니라, 말을 관장하는 주체 스스로에 대한 자살적인 과정으로까지 확장될 수밖에 없음을 보이고 있다. 사물의 죽음, 자기 자신의 죽음. 그렇게, 필경사는 반드시〔畢竟〕 두 번의 죽음〔死〕을 분만해야 한다.

물론 그것은 문자 그대로의 '죽음'이라고 할 수는 없는데, 무엇보다 이 '죽음'이라는 단어 자체가 존재하기 위해서는 '죽음' 그 자체에 대한 살해의 공정이 가미되어야 하기 때문이다. 그러니, "오로지 입안에서만, 죽음, 죽음, 죽음, 하고 중얼거리는 것 밖에는, 아무것도, 할 수 없었던 것이다"(「자연사 박물관」, p. 85). 모든 죽음은 허구적인 죽음이다. 그러므로 우리에게 '죽음'이라는 단어는 근본적으로 허용되지 않는다. 우리가 읽은 단어는 이미 그게 아니었고, 우리가 쓴 단어 역시 앞으로도 그게 아닐 것이다. 죽음 또한 단 한 권의 거대한 책이다. 그런데도 이것을 끝까지 받아쓰겠다는 것은 "읽어본 적이 없는 문장들을 베끼고 또 베낀다"(「농담」, p. 30)

는 것, 이를테면 이런 일을 감행한다는 것이다.

> 왕국의 사전에는 끝이라는 단어가 없으므로 왕의 필경사는 날마다 철필의 끝을 날카롭게 다듬어야 한다. (「나는 필경……」, p. 17)

흥미로운 문장이 아닐 수 없다. 여기에 한유주의 글쓰기와 관련하여 중요한 비밀이 내장되어 있으니 말이다. 그것을 조금만 더 분명히 드러내기 위해 이렇게 바꿔 읽어보자.

왕국의 사전에는 끝이라는 단어가 없으므로 왕의 필경사는 끝없이 철필의 끝을 날카롭게 다듬어야 한다.

이 문장의 묘미는 저 숨겨진 '끝없이'가 환기하는 사태와의 연동 속에서 생각될 수 있다. 여기서 우리는 한유주의 글쓰기가 이루어지고 있는 장소, 그러니까 그가 존재하지 않은 채 글을 쓰고 있는 존재론적 지평의 고도를 짐작케 하는 일종의 힌트를 얻을 수 있다. 이를테면 개략적으로 두 가지 뜻을 짐작해볼 수 있겠다. 첫째, 우리에게 진정한 의미의 끝은 허용되지 않으므로 우리는 그야말로 끝내지 못하고 계속할 수밖에 없다. 그렇다면 무엇을 계속하는가? 둘째, 그런데 그것은 또한 끝과 무관한 일은 아니다. '철필의 끝을 날카롭게 다듬는 것’, 말하자면 끝을 내지 않기 위해 대신, 수행적인 지평에 서는 끝까지 끝을 내지 않으면서, 끝을 환기하는 것이 가능해지니까.

그러므로 이 에피그램은 곧 한유주의 글쓰기를 은근히 공시하는 가장 집약적인 문장이다. “나는 쓸 것이다. 무엇을? 무엇을”(「자연사 박물관」, p. 109). 그렇다면 이 발언 역시 위와 비슷한 뉘앙스를 담은, 일종의 불가능한 선언문이 아니겠는가. 말하자면 어떤 대상에 대해서 쓰는 것이 아니라, 오직 씀으로서 끝까지 글쓰기의 목적어를 비우고, 마침내 글쓰기를 끝없이 지연하면서 마침내 그 사라진 목적어를 환기하겠다는 것이다.

그런 맥락에서, 「자연사 박물관」은 얼핏 읽으면 독일의 작가 토마스 베른하르트의 짧은 소설 「희극입니까? 비극입니까?」에 대한 일종의 패러디나 오마주처럼 보이지만, 사실 이 단편은 패러디로 설명할 수 없는 아주 근본적인 내적 싸움을 힘겹게 기록하는 중이다. 어느 날 연극을 보러 가던 서술자가 우연히 마주친 미치광이 여장 남자에게 공포를 느꼈다는 것을 원 텍스트의 내용을 바탕으로, 그 주인공이 느꼈을 법한 ‘죽음’에 대한 공포를 다시 쓰기 시작한다. 그런데 그 다시 쓰기는 엄밀히 말해 원작에 대한 베끼기이면서 동시에 불완전한 베끼기일 수밖에 없다. 그 이유는 우선 이 글의 서술자가 “글을 쓰는 동안에는, 「희극입니까? 비극입니까?」를 다시

읽지 않기로 결정했"(p. 95)다는 물리적인 사실 때문이기도
하지만, 더욱 근본적으로는 앞서 지적했듯 이 지난한 글쓰기
의 곡예가 사유와 표상의 대상이 될 수 없는 것, 그러니까 '죽
음'을 베끼는 과정에 다름 아니기 때문이다.

　그리하여 '나'는 이 소설의 직접적 주제라 할 수 있는 '죽
음'에 대해 말하기 위해 소설 속 트리스탄이 다시 그의 소설
속 인물 토마스의 죽음을 생각하는 과정을 그저 상상적으로
다시 쓰는 방식으로, 그러나 결코 완전히 그 죽음에 대해서는
기술할 수 없다는 표정으로, 느리게 실현한다. "여러분도 잘
알고 있는 것처럼, 죽음을 지연시키는 방법 하나는, 지친 얼
굴 표정을 감추고, 계속해서, 가능하다면 영원히 말을 하는
것이다"(「자연사 박물관」, p. 89). 그러니까, 그것은 죽음을
말할 수 없다는 것을 말하기 위해, 한없이, 지루하게, 그러나
관능적으로 '죽음'이라는 단어를 둘러싼 의식과 무의식 사이
에서 실제로 죽음의 곡예를 펼치는 일이다. 말하자면, "죽음
을 지연시키는 방법"으로만 "죽어서도 죽지 않는, 죽여도 죽
지 않는"(「자연사 박물관」, p. 110) 무언가를, 그러니까 죽음
을 쓰지 않는 방식으로 죽음을 가까스로 쓸 수 있을 뿐이다.
죽고 싶은, 그러나 죽어지지 않는 주체의 실패가 연속되고,
죽음이라는 단어와 글쓰기의 주체가 벌인 사투의 궤적만이
남을 뿐이다.

기다림의 글쓰기

이 남겨진 궤적은 그러므로 일종의 주저흔이기도 하다. 희한하게도, 내용으로서의 이야기나 확고부동한 인물들의 존재론적 기축들이 모두 증발되었음에도 불구하고 한유주의 소설에 남는 것이 없지는 않으니 말이다. "그럼에도 불구하고 시간이 지나갔다"(「불가능한 동화」, p. 232). 이 글의 앞부분에서 말했듯 이 소설의 전체적인 주체 '나'를 분열시키는 어떤 지평으로서의 시간 말이다. "모든 이야기는 동일한 방식으로 반복되지만, 그것을 반복하는 시간은 동일하지 않았다"(「불가능한 동화」, p. 251). 그러니, 다시 말하자. 한유주의 텍스트는 하염없이 반복되지만, 이 반복되는 주체의 생멸(生滅)적 리듬 속에서 동일하지 않다라는 차이, 즉 시간성이라는 것이 생산된다.

"나는 쓸 것이다. 무엇을? 무엇을." 그러므로 여기서도 우리는 이 동일한 물음과 답이 새롭게 환기하는 시간성을 지목해야 한다. 과연, 한유주의 텍스트에서 '순간'이라는 단어와 그에 대한 자의식적인 물음이 곳곳에서 등장하는 것은 우연이 아니었다. 물론, "시간과 관련된 모든 표현들은 어쩌면 무용"할 테니, 엄밀히 말해 시간을 쓴다는 것은 근본적으로 불가능한 일처럼 보일 수 있다. 어떻게 순수한 과거나 미래를

'지금—여기'로 인양하겠는가. 본래 시간의 경험이란 것의 시제를 설정해야 한다면 그것은 언제나 현재형일 텐데 말이다. "시간의 흐름에 보폭을 맞추기 위해서는 연신 무언가를 입에 넣고 물고 핥고 씹고 삼켜야 한다"(「농담」, p. 21). 그런데, 그러므로 이 현재형의 시제까지도 엄밀히 말해서는 경험될 수 있는 것이 아니다.

"모든 달라짐은 영원히 현재형이다"(「인력입니까, 척력입니까」, p. 172). 그렇다면 시간의 풍화작용으로 사물이 변화하는 것일까, 변화가 이행되기 때문에 시간이 산출되는 것일까. 빛이 입자이면서 파동일 수 있듯, 이 둘의 존재론적 선후 관계를 설정하려는 노력을 작파하고 시간 역시 이 두 양태를 통해 동시적으로 직관될 수 있어야 한다. "나는 이 글을, 내가 편지에 대해 생각하고 있다는 현재형의 문장으로, 처음부터 끝까지 채울 수도 있다. 아니다. 그것은 불가능하다. 이 글은 이미 시작되었으며, 한 번 쓴 문장을 고치는 것은 가능하지 않다. 어쩌면 매번 다시 시작하는 것만이 가능할 것이다"(「도둑맞을 편지」, p. 162). 그러니 매양 달라져야 하고, 달라질 수밖에 없는 것이다.

그는 그렇게 시간이라는 보이지 않는 백색 종이 위에서 무언가를 쓰는 중이다. 물론 이 말은 지나치게 범주가 넓은 명제일 것이니, 조금만 더 세분할 필요가 있다. 아우구스티누스의 통찰을 경유하자. "과거의 현재는 기억이요, 현재의 현재는 직관이요, 미래의 현재는 기다림입니다"(『고백록』). 앞의 시간 명사들이 일종의 제한적인 표상이라면, 이 표상들을 매개하는 공통적 '현재'는 경험이 무대화되는 주관의 지평일 터이다. 그리고 아우구스티누스의 생각대로라면 주관의 지향성이 구현되는 양태에 따라 기억, 직관, 기다림의 구분이 이루어질 수 있다. 묘하게도 이것은 문학적 글쓰기의 장르적 존재론이기도 하다. 그렇지 않은가. 과거를 현재화하는 것이 소설의 방법론이라면(과거 시제의 정착이 근대 소설을 낳았다는 롤랑 바르트의 지적을 떠올려보자), 현재를 '지금―여기'로 분명히 현재화하는 현현은 시의 목적론이다. 소설가가 기억의 총아라면 시인은 직관의 영매인 셈이다. 그렇다면 미래를 현재화하는 것은, 기다림의 글쓰기는 누구의 소관인가?

의심의 여지도 없이, 여기서 아우구스티누스는 사제를 염두에 두고 있었을 것이다. 아직 오지 않은 미래를 충실하게 기다리는 일이니, 그것이야말로 절대적인 것의 품으로 귀의하려는 다짐으로 현재를 감내하는 사제의 삶과 같은 것이 아니겠는가. 태도론의 견지에서는, 한유주의 소설 속 주체들의 삶 역시 그와 같은 사제의 기다림을 닮았다고 할 수 있다. '기다리다'가 '쓰다'라는 동사와 더불어 한유주 소설에서 가장 자주 등장하는 어휘 중 하나라는 것도 그 징후다. 그런데 이때의 기다림은 우리를 가슴 설레게 만드는 기다림이라기보다는, 아무런 희망도 남아 있지 않은 상황을 하염없이 견디게 만드는, 다소 불경스럽고 오만한 태도에 좀더 가깝다. 대재난 이후의 삶을 그린 「인력입니까, 척력입니까」 「인력이거나, 척력이거나」 연작은 그러한 기다림이라는 것이 그야말로 권태를 혹독하게 참아내는 과정과 다를 바 없다는 것을 알레고리적으로 보여준다. "지구의 시간이 정지했다. 혹은 대재난 이후의 시간이 시작되었다. 그 후로는 매일이 일요일이었다"(「인력입니까, 척력입니까」, p. 173). 시간이 완전하게 사라져버린 황량한 무대, 말하자면 역사의 기념비적 모뉴망도 미래로의 직행을 보증하는 이념의 티켓도 존재하지 않는 텅 빈 공간에 처한 멸종 직전의 주체는 어떻게 그 자신의 삶을 새롭게 도모할 수 있는가. "우리가 할 수 있는 일이란 기다리는 것뿐이었다." 그러나, 확실히 그것은 망연자실의 체념이 아니다. 왜냐하면, 그 어떤 대상에도 좌우되지 않는 기다림의 시간 속에서 우리는 비로소 새로운 주체로 변화될 수 있는 윤리적 기미, 즉 미래로부터의 기별을 발견할 수 있기 때문이다. "왕의 필경사는 왕이 입을 여는 순간을 고요히 기다린다. 그렇게 나는 내일이라는 단어를 증거하는 것"(「나는 필경……」, pp. 16~17).

혹 여기에 스며들 수 있는 종교적 목적론의 뉘앙스가 버겁다면 다음 말을 덧붙여보는 것도 한 방법이다. "주의는 기다림이다. 그는 기다림 속에서 그 자신이 기다리는 것인지 알 수 없고, 기다림에서 그는 분리되어 빠져나와 있으며, 기다림은 그의 바깥에서 기다린다"(모리스 블랑쇼, 『기다림, 망각』).

과연, 진정한 기다림은 무엇을 기다리는지도 알 수 없는 기다림이면서, 자신이 기다린다는 사실까지도 망각하는 기다림 없는 기다림인 것이다. 충실한 기다림의 목적론에는 그러므로 목적론을 불가능하게 만드는 아포리아적 요소가 있다. 우리가 누군가를 진실로 기다린다면, 우리는 그 누군가를 기다리지 않는 것에 다름 아니다. 목적 없는 기다림, 목적어를 끊임없이 비우는 기다림. 낙관적이든, 절망적이든 미래에 저당잡히지 않기 위해서는 그렇게 최소 지향성으로 미래와 관계를 맺어야 한다. 그것은 결국 현재를 부정하면서 현재를 살아가는 방식으로 자기를 변화의 물결 속으로 여일(旅逸)하게 침잠하도록 만드는 태도다. "나는 다시 시작한다. 미래의 일이다"(「농담」, p. 50).

미래의 일에 가 닿기 위해 실패는 동력이고, 반복은 그 형식이자 시간인 것이다. 기다림은 거기에 매개되어 있는 주체의 윤리다. 그렇게, 거듭 '다시'의 존재태를 통과하면서, 실패로써 내일을 증거하는 것. "나는 쓸 것이다. 무엇을? 무엇을." 이 문장과 한유주의 기다림의 존재론이 서로 공명하는 것은 그러므로, 결코 우연이 아니다. 기다림으로서의 글쓰기란 미래를 경험하기 위해서는 불가피하게 미래를 경험할 수 없다는 실패의 방식으로 끊임없이 나의 삶을 실천적 행위로 재구성하고, 비명(悲鳴) 같은 무수한 현재의 잔해들을 텍스트의 비명(碑銘)으로 남기는 일, 기다림을 기다림으로 쓰는,

자기 해체적 윤리다. 한유주는 현재라는 시간의 지평을 테스트의 무대로 삼으면서, 기다림으로 미래를 받아쓰는 작가다.

여기까지가 입구다. 여기서 더 들어가버리면 입구가 곧 출구가 되어버린다. 시간이 곧 글이 쓰이는 공간과 다를 바 없다고 했으니 애초부터 그가 기거하는 곳이나, 거꾸로 기거하지 않는 곳을 찾아 헤매는 작업이 가당할 리 만무했다. 앞에서 우리는 작가가 쓰는 곳에서 존재하지 않고, 존재하지 않는 곳에서 쓴다 했는데, 이제와서 새삼 다시 하는 말이지만 이 말은 결코 비유나 과장이 아니었다. 그렇게 쓰이는 텍스트는 문자(글)를 사용해서(쓰기) 벌인 연극이자 춤이며, 순수한 행위 그 자체에 가까워지려는 익명적 주체의 몸부림이 남긴 흔적이기 때문이다.

앞서 우리는 음악에 대해 말한다는 것이 궁극적으로 음악을 다시 연주하는 일이어야 하는 것이라 했는데, 이러한 생각은 이미 저 자신이 쓴 것을 완벽히 개괄할 수 있는 소설에는 해당되는 것이라 할 수 없지만 최소한 한유주의 소설에서라면, 그대로 적용되어야 할 듯하다. "독서는 언제나 작가 자신이 제어하거나 제어하지 못하는 언어의 도식들의 관계를 겨냥해야 한다"(자크 데리다, 『그라마톨로지*Of Grammatology*』) 말 그대로 독서는 단순히 문자에 기숙하는 의미의 편간들을 탐식하는 행위가 아니라, 문자 그 자체가 만들어내는 삶의 도

식들에 동참하는 전이(轉移)적, 시간적 체험에 다름 아니다. 그러므로 한유주의 글에 대해 말한다는 것은, 아직 쓰이지 않은 그의 소설을 읽은 것, 아니 다시 쓰는 과정이다. "어쩌면, 아무것도 쓰지 않고, 모든 문장들을 쓸 수 있을지도 모른다. 어쩌면, 단 하나의 문장으로, 다른 모든 것을 쓸 수 있을지도 모른다."(「인력이거나, 척력이거나」, p. 207) 말하자면, 세상의 모든 문장을 다시 쓰는 과정이기도 한 것이다. 본래 모든 글쓰기는 현실에서는 존재하지 않는 책의 서문과 같다고 하지 않았는가. 대문자 책으로 비상하려고 했던 말라르메나의 형이상학적 꿈이 남긴 시편들이 그 궤적이라면, 한유주 역시 그와 같은 길을 걷고 있는 시간의 사제, 미래의 필경사다. 시간이 소멸되지 않는 한 그는 늘 쓰면서 쓰지 않고 있는 중일 것이고, 쓰지 않으면서 늘 쓰고 있는 중일 것이다. 반면, 독자인 우리는 말을 하는 존재인 이상, 설령 한유주의 소설을 읽고 있지 않다고 해도, 필경 그의 소설을 부분적으로 읽고 있는 중일 것이다. 기왕 그렇다면, 조금만 더 가보는 것도 나쁘지 않겠다. "내가 오늘부터 쓰게 될 소설도, 완성되고 나면, 그것을 다시 읽을 때마다, 다른 문장들을 읽게 될 것인지, 나는 궁금하다. 그러니까, 아직 첫 문장도 쓰지 못한 소설을, 다시 읽는 순간, 다른 모든 책들처럼, 내가 쓰지 않은, 혹은 그렇다고 여겨지는, 문장들을 맞닥뜨리게 될 것인지, 나는 궁금하다"(「인력이거나, 척력이거나」, pp. 206~07). 나 역시 여간 궁금하지 않은 것이 아니다. 이 글이 할 수 있는 일은 그러므로 여기까지다. 그러나, 그러니, 독자여 이제부터 다시, 시작이다. 무엇이 다시 쓰일 수 있을지는 당신의 손에, 아니 언어의 펜촉에 달려 있다. 바라건대 가시라. 천천히, 그리고 느리게. 저 기묘하고도 현기증 나는 낯선 시간선 위로, 글쓰기의 심연 속으로. 이따금 주저하고, 때로는 망설이면서. 그곳에 한유주는 없을 것이다…… 그럼에도 불구하고 그곳에서 필경, 당신을 기다리고 있을 것이다.

작가의 말

나의 왼손은 오늘 말이 없다. 나의 오른손은 기다리고 있다. 나는 왼손잡이로 태어나 오른손잡이가 되었고, 두 손은 서로 닮았으면서도 닮지 않았다. 나의 두 손 사이에 시기와 질투가, 연민과·분노가 자리한다.

어느새 세번째 책이 묶였다. 이 책에 실린 단편들은 모두 누군가의 문장들을 차용하고 남용한 결과가 아닐까 생각한다.

베끼지 않고 쓰는 것이 가능할까. 이 질문을 반복해서 생각했다. 더 잘 베낄 수 있지 않았을까, 더 감추고 더 드러낼 수 있지 않았을까, 생각한다.

　나는 지금 작가의 말이 아닌 감사의 말을 써야 한다. 그러나 부를 이름들이 너무나 많아서, 부르지 못할 이름들을 대신 적기로 한다. y와 b와 k에게 깊은 감사를 표하고 싶다. 아울러 문학과지성사 편집부 여러분께는 언제나 고마운 마음뿐이다.

2011년 겨울
한유주

수록 작품 발표 지면

나는 필경…… 『문학과사회』 2009년 여름호

농담 『한국문학』 2009년 여름호

머리에 총을 『문학사상』 2009년 6월호

자연사 박물관 『현대문학』 2010년 2월호

돼지가 거미를 만나지 않다 보안여관 〈술화의 물화〉전 2010년 가을

도둑맞을 편지 『문학바다』 2010년 봄호

인력입니까, 척력입니까 『문학동네』 2010년 봄호

인력이거나, 척력이거나 〈문학웹진 뿔〉 2010년 7월

불가능한 동화 『월간에세이』 2009년 7월~12월호